Antoine Grall

L'écho de la poussière

© 2018 Antoine Grall

Edition : BoD - Books on Demand
12/14 rond-point des Champs Elysées
75008 Paris, France
Imprimé par BoD – Books on Demand, Norderstedt, Allemagne
ISBN : 978-2-322-09144-7
Dépôt légal : 12 2018

Un grand merci à ma famille,
Un soutien inestimable
Merci aussi à mes amis,
Un privilège

1. Première balle de Kelly

Le vent sifflait une vieille rancœur dans la rue orange, déserte et silencieuse, tandis que les genoux couverts de pisse d'un homme gravement blessé au ventre ployaient et heurtaient brutalement le sol de sable et de pierres.

La lourde tête du blessé pendait un coup à droite, un coup à gauche, dans la mesure impitoyable du désespoir, tels les battements sans vigueur d'un vieux pendule à bout de forces. Les larmes acides de l'ultime souffrance coulaient en averse sur ce corps aux allures de marionnette dégingandée. L'homme, pourtant hagard et dont l'esprit s'évaporait au fil des secondes, parvint à remarquer la poussière du sol s'assombrir à cause de ses sanglots et de son urine, telle l'ombre discrète d'une morte sournoise rampant sur la terre, et qui, par endroit, se teintait de rouge.

En proie à l'abattement, l'homme employa ses dernières forces à émettre des implorations discontinues dont les accents sibilants prirent la forme d'éructations incompréhensibles, sorties sans détour et sans ambages de son œsophage troué. Mais ses supplications restaient vaines car Jack y était insensible. Sa marche imperturbable et muette contrastait avec les rots douloureux et pleins de peur légitime de l'homme à genoux.

De grosses gouttes de sueurs dégoulinaient franchement de ses pores. Elles s'unissaient en un mariage humide avec ses larmes, dans une osmose corporelle qui caractérise l'homme perdu et fini, dont le corps possède déjà l'odeur perfide de la mort, imminente. Plus que la balle logée dans sa poitrine, sa douleur abrutissante provenait de sa peur. Sa respiration était saccadée, ses gestes las, son espoir vacillant.

Devinant les pas de son bourreau, il tenta à nouveau de plaider sa cause, d'implorer une miséricorde. Mais seul un son aigu et sifflant, déformé par l'angoisse et venu des tréfonds des entrailles, accompagnait son souffle court.

La mort continuait d'avancer impassiblement, pas à pas, foulant la poussière indifférente où allait retourner le blessé. Lorsque Jack parvint à trois enjambées de son adversaire il dégaina Kelly, son revolver à huit-coups, visa au niveau du cœur, eut malgré lui une sensation de dégoût cachée par ses traits décidés, puis tira une seule fois pour ôter la vie.

Si le cadavre avait été un homme lambda, Jack aurait utilisé son autre revolver et ensuite rengainé sans attendre. Mais cet homme-là n'était pas n'importe qui. Il s'agissait d'un des sept lieutenants du Capitaine Morgan, ses sept plus proches serviteurs, ses sept chefs de troupes, ses sept plus fidèles amis. Jack avait commencé à traquer ce premier allié deux mois auparavant, progressant de jour en jour avec patience, se rapprochant doucement mais sûrement de sa proie.

Enfin il voyait ce lieutenant gésir, inerte, devant lui. Il fit alors un geste nouveau, qu'il espérait renouveler encore sept fois. Il leva lentement Kelly à hauteur de ses yeux, ouvrit le barillet et fit le compte du nombre de chambres encore chargées. Il compta sept balles. Satisfait du résultat, il rangea son colt dans son étui, en caressa légèrement la crosse puis se dirigea vers le saloon le plus proche, le Roxy's, les yeux irrigués par l'éclat d'une détermination infaillible.

Abasourdis, les spectateurs du duel restaient muets, observant le corps raide et fumant du lieutenant, la tranquillité surprenante du gagnant ou, pour la majorité, leurs propres pieds tournés l'un vers l'autre, preuves incontestables de leur impotence bouffante. Le Marshal Hyde s'étant absenté de St Gilmour, personne ne possédait l'étoffe nécessaire pour aller questionner Jack quant aux tenants et aboutissants du duel.

Bien des années étaient passées depuis qu'ils avaient vu quelqu'un oser affronter ouvertement un sbire du Capitaine Morgan. Hors aujourd'hui, plus qu'une insulte ou une menace sans lendemain, c'était le message morbide et sans équivoque d'un cadavre qu'offrait Jack à Morgan. Le public pensa que cet homme ne pouvait être que fou pour s'attaquer de la sorte à l'homme le plus puissant de Casanova. Folie ou non, la gravité de l'évènement ne semblait pas l'atteindre. Au contraire sa démarche en direction du saloon soulignait une sérénité étonnante.

Jack entra au Roxy's, se dirigea droit vers le bar, y commanda un double whisky, s'y accouda, vida le verre d'un coup sec de la tête en arrière, utilisa sa manche pour s'essuyer la bouche de laquelle s'échappa un chuchotement.

— Un de moins. Plus que six, Morgan, avant que je ne vienne à toi.

Ce murmure plein de menace le fit sourire car ce chiffre six signifiait qu'enfin, enfin il se rapprochait de sa vengeance. Avant Morgan, il ne restait plus que six mousquetaires, ainsi que se surnommaient eux-mêmes les sept lieutenants d'après une idée du plus érudit d'entre eux, Archibald Gallagher. Jack commanda un deuxième whisky qu'il engloutit aussi rondement que le premier.

Il se retourna, son regard satisfait et encore concentré embrassa l'intérieur du saloon éteint, puis il alla s'asseoir à une table inoccupée dans un coin, commanda un œuf au plat et un steak, saignant cela va de soi.

Tandis qu'on préparait son déjeuner, il relâcha enfin sa vigilance et laissa loisir à ses yeux de vagabonder au hasard, traverser la fenêtre pour observer nonchalamment la rue qui se débarrassait subrepticement du cadavre, les gamins qui ressortaient leur tête blonde au travers des portes entrebâillées et, plus loin, vers la sortie nord de St Gilmour, un cavalier pressé chevauchant seul et au galop vers le nord.

Par sa longue expérience dans l'art de tuer et d'être traqué, Jack devinait facilement les intentions de ce cavalier pressé. Il comptait se rendre le plus rapidement possible chez le Capitaine Morgan, afin de lui raconter en détail le duel et son issue, essayant de rassembler toutes les informations collectées ci-et là à propos de l'assassin afin de donner le maximum d'indications au Capitaine.

Cet excès de zèle se retrouvait chez certains hommes de la région, prompts à laisser en plan leur quotidien morose et à foncer chez le Capitaine, non pas par dévouement, mais par espoir de recevoir une belle récompense en échange de ce qu'ils pensaient être des informations cruciales.

Mais par défi, ou plutôt dans sa plénitude inébranlable, notre héros bien que conscient du danger que représentait un cavalier allant cafter son meurtre à Morgan, préféra le laisser partir.

En premier lieu car ce cavalier connaissait mal le Capitaine, un homme confondant souvent, moins par manque de discernement que par violence gratuite, le messager et le message. A morbide message, messager victime. Adieu donc, naïf et trop zélé cavalier.

Ensuite car l'action du délateur ne pourrait contrarier les plans de Jack. Morgan finirait inexorablement par apprendre la mort d'un de ses lieutenants, qu'il se teinte aujourd'hui ou demain de rouge, le chemin qu'empruntait Jack baignait de toute manière dans le sang.

Enfin, et cette raison, en cet instant, prévalait sur les deux autres, car le serveur venait de lui apporter son steak saignant et Jack ne transgressait jamais son devoir vis à vis de son estomac.

— Bon appétit l'ami, et surtout le bœuf ne me déçois pas. Ça me ferait chier mais tu sais que je serai capable de passer au porc rien que pour me venger.

Les cochons peuvent dormir tranquilles, le steak fut succulent. Que le lecteur se rassure également, Jack n'était pas fou pour parler ainsi à son assiette. Ses soliloques se justifiaient par une solitude étendue qui, parfois, devait être rompue par un succédané de dialogue. Lorsque la viande fut dégustée avec appétit et l'addition réglée avec pourboire, Jack marcha en direction de l'écurie de St Gilmour située à proximité de l'école primaire, où il avait laissé Amon, son cheval.

Après qu'un des leurs l'ait reconnu, alors qu'il rêvassait le regard perdu dans la poussière orangée de la rue, et ait alerté ses amis, tous les élèves se jetèrent contre les deux seules fenêtres que possédait leur salle de cours. Ils se ruaient les uns sur les autres afin d'avoir la chance d'apercevoir le gagnant du duel auquel ils n'avaient pas eu le droit d'assister. Ils souhaitaient voir cet homme au sang-froid vertigineux. Les gosses excités n'en revenaient pas. Un meurtrier déambulait paisiblement dans les rues encore silencieuses de St Gilmour.

Tous ignoraient leur professeur qui tentait vainement de les rappeler à la leçon. Leur fascination ne déclinait toujours pas lorsqu'il proféra des menaces, qu'il en chopa un par l'oreille et le tira jusqu'à sa place, l'obligeant à s'asseoir et à rester calme tandis qu'il s'apprêtait à manœuvrer similairement avec les autres. A son soulagement, Jack se trouva bientôt dans un angle de vision le rendant invisible. Certains élèves retournèrent s'asseoir, rêveurs. D'autres, mus par l'envie de conserver le plus longtemps possible l'image de ce tueur implacable, restèrent immobiles devant les fenêtres, les mains et les joues collées contre les vitres et les yeux exorbités, jusqu'à ce que le professeur réussisse enfin à leur faire regagner leur place.

Le gérant de l'écurie regarda Jack d'un drôle d'air lorsque celui entra. Rares sont les hommes si calmes dans les instants qui suivent un duel. En temps normal, les genoux craquent et le gagnant trébuche à terre sous le coup de l'émotion, ou encore son estomac se réveille et offre aux spectateurs une vue privilégiée sur son contenu tandis que le sol se couvre d'une immondice plus écœurante que le sang.

Hors, ce jour-là, l'estomac du cowboy avait fonctionné dans le sens opposé des prédictions des spectateurs. Plutôt que de vomir la nourriture vers l'extérieur, il l'avait quémandé. Le sens de passage attendu s'inversait et pour cette raison la ville évoquerait encore longtemps ce comportement inattendu et inhabituel.

Le serveur avait même hésité longuement avant de servir Jack car il s'offusquait de donner une si bonne pièce de bœuf à un client qui allait de toute manière bientôt la rendre au monde, mais sous un aspect bien moins appréciable.

Malgré les craintes légitimes de son employé, le manager, M.Parker, ordonna que la commande du cowboy soit respectée. Il souhaitait observer quelle grimace s'imprégnerait sur le visage de cet inconnu lorsque le sang du morceau de viande lui emplirait la bouche. Personne ne pourrait, quelques minutes à peine après avoir tiré dans le cœur d'un homme, avaler un tel pavé de chaire sans ressentir une remontée violente et acide de dégoût.

Il se trompait car Jack, après avoir englouti sans sourciller l'objet de ses convoitises culinaires, marcha paisiblement et sans signe d'écœurement jusqu'à l'écurie, s'amusant même en constatant la réaction des gosses de l'école qu'il entraperçut derrière les deux fenêtres, sur sa droite.

Son cheval était prêt, reposé et nourrit. Jack paya le gérant, demande à ce dernier de seller sa monture puis grimpa dessus. Il prononça un adios à peine audible et quitta le village par le sud, dans la direction opposée du cavalier cafard bientôt cadavre.

2. A la poursuite du prochain

S'il est une qualité à reconnaitre aux lapins, c'est la tendresse de leur corps après avoir été mijoté en ragout. Jack s'en délecta plusieurs jours durant sur la route qui le menait à la garnison du Colonel Smith. Autour des collines d'abondance, que sont les reliefs présents au sud-est de St Gilmour, ne vivaient que très peu de prédateurs, si bien que le prospère lapin proliférait dans cette région.

Après avoir contourné par l'ouest ces collines sur plusieurs dizaines de kilomètres, il bifurqua en direction du sud-est, à hauteur de Pakuchi qui se trouve plus loin à l'ouest, pour se diriger cette fois-ci en ligne droite vers le campement militaire. La construction en cours de la ligne de chemin de fer se faisait deviner par les bruits sourds des lourds marteaux et autres machines modernes utilisées par la force des hommes, quelque part dans le nuage d'ocre provenant des plaines sous ses yeux.

Le trajet se passa sans accroc, il ne lui semblait pas être suivi. Et puis il faut préciser qu'en ces lieux proches de la plus grande garnison de l'armée, il était rare de se faire attaquer et dépouiller par des brigands de passage.

Bien qu'il s'agisse d'une route de la région particulièrement empruntée, Jack n'eut pas à supporter l'insistance irritante des voyageurs naïfs qui tentent, malgré de nombreux échecs cuisants de sociabilisations, d'entrer continuellement en contact avec le badaud lambda, qui se promène tranquillement sur les routes de Casanova sans savoir qu'il sera la cible incessante de ces êtres incapables de voyager seuls, et dont la présence d'une autre personne à leur côté est une condition sine qua non à leur périple.

Il faut dire que Jack, au premier abord et à cause de ses airs de corbeau énervé, ne ressemble pas à ce genre d'hommes affables et avenants, qui ouvrent leurs bras jusqu'à toucher le ciel dans le but d'inviter leurs semblables à venir se réfugier dans cet espace thoracique de chaleur humaine.

Son air cruel démotiva nos amis les bavards qui ne tentaient même pas de s'approcher de Jack lorsqu'ils le croisaient.

— Te rends-tu compte, camarade, que ce duel représente le début de la fin ?

Jack aimait discuter avec Amon. Il affectionnait surtout de lui poser des questions car il pouvait par avance deviner quelle serait la teneur équine de ses réponses.

— Amon, Amon, tu es un cheval bien plus digne que moi. Tu sais où nous sommes ? A l'orée de notre dernière balade ensemble. Moi le tueur, toi le brouteur d'herbes, une monture exemplaire. Tu es plus digne que moi alors tu vivras plus longtemps que moi. C'est ça, ta récompense. Qu'en penses-tu Amon, souhaites-tu te joindre à la lubie de nous autres les hommes en tentant d'accéder à la gloire éternelle ou bien est-ce que le foin d'une écurie suffit à ton bonheur ?

En guise de réponse, le cheval mastiqua un peu plus bruyamment en posant sur ses bruits de déglutition un regard fier de défi.

— J'en étais sûr vieille branche, mange et sois heureux. Ton appétit, bien que trop végétal à mon goût, incarne merveilleusement la quintessence de l'affinité qui nous lie.

Un soleil clair accompagnait Jack et sa monture sur les derniers kilomètres. On entendait les oiseaux piaffer dans les arbres et s'envoler au bruit des sabots. Le coin était paisible, sans fausse note. Cette nature simple et calme agissait sur l'humeur de Jack, l'apaisait. C'est un homme tranquille qui parvint au pied du mur d'enceinte de la garnison. Un soldat en faction brandit son fusil dans sa direction et le héla du haut des remparts pour connaitre son identité et la raison de sa venue.

Jack répondit qu'il s'appelait John Oliver et qu'il souhaitait parler au commandant de la garnison. Le soldat le somma de patienter. Deux minutes plus tard, les larges portes en bois s'ouvrirent et Jack trotta jusqu'au garde qui lui intima de descendre du cheval et de le lui confier, en plus de ses deux revolvers, de son fusil et de son couteau. Jack ne broncha pas, jetant simplement un regard féroce au soldat en question dont le visage prit un air innocent et malin du type « ce sont les ordres mon gars ».

Le Colonel Smith qui avait été averti de cette visite sortit du baraquement qui lui servait de bureau et vint à la rencontre de Jack, sans cérémonie ni tentative de démonstration de force. Jack sourit, le Colonel était fidèle à sa réputation d'homme efficace qui préférait le chemin direct, sans palabres qu'il considérait comme de l'esbroufe. Homme élégant et avenant d'une cinquantaine d'années, mélange parfait d'un corps encore vigoureux, récompense d'une vie saine, nomade et d'un caractère affirmé, le Colonel en imposait. Son seul véritable défaut, d'après Jack et si l'on en croyait les on-dit, consistait à une propension exagérée à la prudence. Si la situation l'exigeait, Smith pouvait passer à l'action, sans fioriture ni doute. En revanche, tant que les circonstances ne dépassaient pas un certain seuil d'urgence, sa nature circonspecte le maintenait dans une indécision figée.

— Quel bon vent vous amène mon brave ?

Contrairement à la gravité qu'impose son statut militaire, le Colonel aimait saluer son prochain, connu ou étranger, sans ambages. La solennité lui déplaisait au plus haut point. Des années de commandement lui prouvèrent qu'une bonne tape dans le dos valait mieux qu'une menace toute hiérarchique lorsqu'on souhaitait que la personne en face partage une pensée avec vous. Non pas qu'il oubliât d'être sérieux, il ne tiendrait pas ce poste sinon, mais disons que les armes et le sang ne lui ont pas fait oublier toute la vie d'à côté, celle de l'océan et des étoiles. C'était un fervent lecteur de tout ce qui peut se lire, mais son œuvre favorite restait « Pensées pour moi-même » de Marc Aurel. Cette attirance pour la littérature le condamnait à aimer parler. C'était un bavard invétéré qui profitait de son statut pour causer sans être interrompu.

— Laissez-moi deviner. Un quelconque sauvetage d'un de vos proches nécessite notre aide ? Non, plutôt, vous êtes un de ces vendeurs qui vagabondent par-delà les plaines et montagnes dans le but de refourguer leurs marchandises néfastes. Non plus, à vrai dire, à votre air renfrogné, je jugerais que vous êtes à la recherche d'un travail juste et rémunéré et pensez pouvoir trouver ceci ici, c'est bien ça ?

Jack répondit par la négative. Même s'il adorait deviner à leur aspect les raisons qui poussaient les visiteurs à venir le voir, le fait de n'avoir pu trouver la bonne réponse n'entama en rien l'enthousiasme de Smith, ravi par la perspective d'une discussion qui ne se cantonnera pas au stock de poudre ou à celui de patates.

Lorsqu'ils entrèrent dans le bureau du Colonel, avant qu'ils ne soient assis, Jack expliqua la raison de sa présence. Il souhaitait retrouver un dénommé Marcelo, ancien militaire de son état.

D'un caractère protecteur, surtout lorsqu'il s'agit de ses subalternes, le Colonel fut d'abord réticent à discuter d'un ancien soldat avec un inconnu. Mais l'aplomb de Jack attisait sa curiosité.

— Que voulez-vous à Marcelo, John ?

— Rien de plus que lui rendre son dû.

Sa fidélité envers ses soldats, actuels et anciens, était l'une des rares raisons qui faisait perdre son affabilité au Colonel. Il agissait constamment de manière à les protéger, quitte à devoir se taire. Comme la finalité de la visite de Jack restait encore un mystère, il décida de jauger les réelles intentions de son interlocuteur avant de donner plus d'informations. Jack, comme à son habitude, n'y alla pas par quatre chemins.

— Je vous l'ai dit Colonel, je souhaiterais simplement rendre à Marcelo ce qui lui appartient.

— Je suppose qu'il ne s'agit pas d'un pot de confiture que vous lui auriez emprunté la semaine dernière ? Je connais Marcelo, le type d'homme qu'il est malheureusement devenu après avoir quitté mes rangs. Vous dites vouloir lui rendre son dû, ce qui lui appartient. Dans notre langage de gens d'armes, cela indique une histoire de vengeance.

— Vous avez la réputation d'un homme perspicace Colonel. Où puis-je trouver cet homme ?

Le Colonel refusa de répondre. Son hochement de tête et son regard montrèrent qu'il ne lâcherait plus un mot si Jack s'obstinait à ne pas lui exposer la véritable raison qui le poussait à chercher Marcelo.

— J'ai mes raisons Colonel, Casanova également.

— Que voulez-vous dire ?

Jack ne souhaitait pas perdre du temps. En outre il savait que toute circonlocution serait vaine car l'intelligence du Colonel ne serait pas dupe. Il prit donc le parti d'être franc et dénigra tout préambule, quitte à changer de sujet.

— Vous êtes le commandant de l'ensemble des troupes du territoire n'est-ce pas ? De fait, vous possédez des informateurs partout dans la région. Par conséquent, vous ne pouvez qu'être au courant des agissements de Marcelo, que ce soit pour le compte du Capitaine Morgan ou non. Qu'attendez-vous pour passer à l'action ?

Irrité par le contenu et le ton de la conversation, le Colonel, gardant son courroux pour lui, pria poliment Jack de sortir de son bureau et de s'en aller.

— Nous n'avons, je le crains, déjà plus rien à nous dire. Et quoi que vous vouliez à Marcelo, je vous prierai de ne pas vous prendre pour un justicier. J'ai déjà assez à faire avec les filles Johnson…

Son esprit romantique avait espéré un quelconque dénouement cordial avec Jack, mais ce dernier l'insultait directement vis-à-vis de son manque d'initiative à l'encontre du Capitaine. Il se refusait donc de discuter avec lui, encore plus de lui offrir tout renseignement.

Jack n'en avait de toute façon plus besoin. En vérité, il cherchait juste à s'assurer que Marcelo était bien un ancien soldat de la garnison. Le fait que le Colonel se soit braqué de la sorte confirma les informations qu'il avait déjà en sa possession. Il ne lui restait plus qu'à savoir à quoi ressemblait Marcelo, mais Jack connaissait le lieu idoine pour se renseigner. Il quitta donc le Colonel Smith satisfait de l'entrevue, au contraire du militaire.

Après le départ de Jack, le second de Smith, Juan-Luis Claudio Buendia de la Costa, qui avait tout entendu, vint le voir.

— Colonel, avec tout mon respect, je me pose les mêmes questions que ce John. Nous savons tous les deux que Marcelo travaille depuis plusieurs années pour Morgan. Evidemment, je comprends pourquoi vous ne vous risquez pas à attaquer de front le Capitaine, mais vous auriez pu depuis longtemps intervenir pour Marcelo. Dès lors, je comprends que votre inaction envers cet homme découle d'une estime particulière à son encontre, et qu'il ne doit sa liberté qu'au respect que vous semblez éprouver pour lui.

Le Colonel Smith toisa son second, responsable d'une belle ineptie et à qui il aurait bien donné une rouste. Il préféra toutefois lui donner une leçon par l'esprit plutôt que par la main.

— Premièrement, le type qui vient de partir ne s'appelle certainement pas John. Ses intentions envers Marcelo sont mauvaises je le sais, mais je ne peux rien y faire. En tant que force militaire, nous ne pouvons aider un homme pour sa vendetta personnelle, a forteriori lorsqu'il s'agit d'un des lieutenants de Morgan, car cela reviendrait à attaquer ce dernier de front, ce que nous ne pouvons tout simplement pas nous permettre. Nous n'aurions pu arrêter ce John non plus car nous n'en avons pas le motif, à moins que des sous-entendus malheureux soient désormais des faits suffisants pour un tribunal… Bref, je m'égare. Vous ne le savez pas De La Costa, car vous l'avez à peine connu, mais Marcelo était un de mes meilleurs soldats. Un homme non dépourvu de stratégie couplé à un tireur hors pair. Et la garnison l'appréciait pour ses facéties, c'était un leader naturel, concentré dans l'action mais toujours avenant, voire drôle, à sa manière, lors des permissions. Les soldats raffolaient de ses anecdotes rocambolesques, même si je ne comprenais pas toujours pourquoi. Tenez voici l'une des histoires qu'il raconta un soir à une partie de sa troupe et qui les rendit tous hilares.

« Vous avez déjà rêvé de trou du cul ? Parce que moi oui, et croyez-moi, c'est très bizarre. On pourrait se dire qu'on connait notre trou du cul par cœur, après tout on l'utilise tous les jours depuis notre naissance et à force on en est même devenu intime et son bien être est notre bien-être, mais, tandis que vous dormez, lorsque votre cerveau commence à divaguer à son propos en toute inconscience, c'est très étrange.

J'avais bu de l'absinthe ce soir-là et tout allait bien tandis que je me couchai nu dans mon lit favori. Et puis, je ne sais pourquoi, mes idées naviguèrent vers le sexe et les joies de la procréation, puis je m'endormais pour me réveiller la tête à l'envers, avec seulement de vagues souvenirs de trou du cul qui me chantait la marche nuptiale à tue-tête, tandis que j'applaudissais gaiement et des deux fesses cette merveilleuse mélodie, tout en mémorisant l'air car j'espérais pouvoir un jour le reproduire afin que le monde entier puisse profiter de ce monument de poésie et de beauté postérieure. »

— De La Costa, répondez-moi sérieusement, peut-on réellement apprécier ce genre d'histoire après avoir lu Othello ? Juan-Luis, sérieusement ?

Le second haussa les épaules, à mi-amusé mi-irrité par la réaction de son supérieur dont il était accoutumé. Le Colonel continua son récit.

— Malheureusement les derniers mois de son service furent moins convaincants car il prit la mauvaise habitude de boire et ce vice rongeait ses aptitudes. Etant plus souvent hébété par l'alcool que l'esprit clair, fréquentant un peu trop ardemment le bordel de Pakuchi, j'ai dû au bout d'un an me résoudre à le renvoyer. Je crois qu'il n'en était pas malheureux car sa nature recherchait toujours l'action, seul le mouvement et le danger semblaient pouvoir le distraire. S'il est encore la moitié du poivrot qu'il était devenu en partant d'ici, il doit probablement trainer dans ce lupanar ou à la distillerie Floyd. Mais ce *« John »* ne l'aurait pas appris de ma bouche. De toute manière mon petit doigt me dit que nous entendrons bientôt parler à nouveau de ce type.

Par la fenêtre du baraquement, Smith regarda alors Jack monter sur Amon puis quitter lentement la garnison, toujours maître de lui-même, calme et posé. Même s'il ne l'avait pas montré lorsque le Colonel prononça leur nom, Jack avait été content d'entendre que les trois sœurs Johnson continuaient leur travail de sape à l'encontre de l'organisation de Morgan. Sans aller aussi loin que lui en supprimant ses lieutenants, elles n'avaient de cesse de lutter contre son oppression. Elles étaient, depuis toujours, des alliées de poids.

Tout avait commencé il y a une douzaine d'années lorsque Jack travaillait en tant qu'adjoint avec le shérif Johnson à Pakuchi, un village en banlieue de St Gilmour. Il avait adoré ces quatre années de travail honnête en compagnie du plus grand ronchonneur de Casanova qui était aussi, à son avis, le meilleur shérif de la région. Juste et droit, toujours disponible pour aider ses concitoyens, le père Johnson savait en outre faire preuve d'un jugement bannissant la hâte et la précipitation. Le terme justice prenait tout son sens dans sa bouche. Il donnait sa chance à tous, de manière équitable. Mais, s'il savait se montrer clément et patient, il savait également être impitoyable avec ceux qui trahissaient sa confiance ou ses principes. Aucune pitié n'était accordée à ceux qui oubliaient la loi, les voleurs, les excités du haricot (c'est ainsi qu'il désignait les personnes incapables de respecter la paix et l'ordre public), les arnaqueurs, les violents, les tricheurs, etc, cette entière fange désastreuse de l'humanité provoquait un dégoût batailleur chez Johnson.

Ce dernier avait été tué dans l'exercice de ses fonctions alors que lui et Jack s'étaient rendus dans une ferme éloignée du village, suite aux plaintes de l'habitant quant au vol de plusieurs de ses moutons. Le shérif avait voulu rester plusieurs jours sur place pour constater lui-même les affirmations de Willy Bones mais, durant trois jours, rien ne se passa alors que les rapts étaient censés être quotidiens. Peut-être le voleur avait-il repéré le shérif et son adjoint et évitait désormais le lieu. Si c'était le cas, le shérif jugea que sa présence pouvait faire office d'avertissement auprès du voleur. Il ne manquerait pas d'enquêter, mais au moins le délinquant stopperait-il probablement ses larcins maintenant qu'il se savait surveillé.

Sur le chemin du retour, sortis de nulle part, deux cow-boys prirent Johnson et Jack en embuscade et un bref échange de coups de feu eut lieu. Johnson tomba au sol, une balle dans le ventre et une autre dans la jambe. Jack avait touché l'un des deux agresseurs et continuait à faire pleuvoir des balles précises. Sa résistance farouche découragea les deux assaillants qui s'enfuirent sans demander leur reste. Lorsque Jack descendit de son cheval pour rejoindre le shérif, l'abondance de sang qui l'entourait, sa posture raide et le souffle rauque qui s'échappait difficilement de sa gorge ne laissèrent aucune place au doute. Les larmes aux yeux, Jack tenta de rassurer Johnson quant à son état.

— Ça va aller chef, ça va aller, je vais vous emmener rapidement à Pakuchi et William vous raccommodera rapidement !

Mais l'espoir ne dupait par Johnson qui se savait condamné. Il regrettait sa mort, bien sûr, qui souhaiterait mourir pour une histoire de moutons volés ? Mais il se montrait bien plus serein que Jack qui ne pouvait se contenir car, c'est ainsi qu'il le ressentait, il était en train de perdre son deuxième père.

D'une voix faible et résignée, le shérif demanda à Jack de transmettre tout son amour à sa femme Cléa ainsi qu'à ses trois filles, Marguerite, Lila et Violette.

— Et surtout, fils, sois heureux, furent ses dernières paroles.

Après avoir ramené le corps à Pakuchi, Jack entreprit de retrouver l'assassin. Les trois sœurs Johnson se joignirent à lui. Jack apprécia l'aide car il savait que leur père, dont le métier et la nature fit qu'il souhaitait que ses proches soient toujours prêts à affronter toute éventualité, les avait initié à l'art du pistage, du tir et du combat rapproché.

Leur mère avait désapprouvé ces formations mais comme ses filles s'intéressaient plus au pistolet qu'au dé à coudre, elle prit sur elle-même et renonça à éduquer ses filles telles qu'elle l'entendait.

Le groupe mit peu de temps à retrouver les agresseurs qui, inconscients ou trop bornés pour demeurer méfiants, n'avaient pas pris la peine de fuir au loin. La traque fut donc courte et une fusillade surprise accueillit les deux hommes lorsqu'ils sortirent d'un vieux baraquement abandonné au sud de Pakuchi.

Celui qui avait été blessé par Jack mourut sur le coup tandis que le deuxième gesticulait de douleur couché au sol après avoir reçu une balle dans le mollet et une autre dans l'épaule. Lorsqu'il vit les quatre silhouettes sortir des fourrés il comprit que son heure était venue. De son bras valide il se redressa sur le cul dans un grognement rauque. Il voulut insulter ceux qui s'approchaient de lui mais aucun son ne dépassa la commissure de ses lèvres.

Marguerite, l'ainée, se tint debout devant l'homme. Accompagnée d'une moue dédaigneuse, le regard plein de rancune, elle lança d'un ton sec « de la part du shérif Johnson, connard » puis les quatre tirèrent à l'unisson sur l'homme dont le corps fut projeté en arrière. Son crâne heurta violemment le sol, son dernier visage grimaçait de douleur.

Même s'il avait toujours été proche des sœurs durant la période qu'il passa chez les Johnson, Jack et les trois filles devinrent véritablement complices ce jour-là. Cet acte commun fit office de pacte de sang entre eux. Tacitement ils savaient qu'ils pourraient toujours compter les uns sur les autres. Cette pensée fit sourire Jack à nouveau. Amon s'ébroua. Jack lui caressa l'encolure.

— Amon, je sais qu'on repart en sens inverse, mais je t'emmène voir une très vieille amie à moi. Tu verras, elle vaut le détour.

3. Les peintures du lupanar

Nom d'une pipe au miel, Jack !

Tante Lolo, la gérante du bordel, n'en revenait pas de revoir Jack. Des années avaient passé depuis leur dernière entrevue, et encore plus depuis que Jack avait quitté le bordel La Belle dans lequel il avait travaillé durant son adolescence.

Jack avait atteint Pakuchi la veille au soir mais dans un excès de prudence afin que l'honnête établissement, aux prix défiants toute concurrence, ne soit pas associé à son nom, il s'était refusé de passer la nuit dans une des chambres qu'il connaissait si bien. Toutefois, si l'envie l'avait emporté, son choix se serait porté sur la chambre numéro trois, où pendait cloué au mur un portrait de Sisyphe. Tante Lolo adorait utiliser son temps libre pour peindre des portraits des grandes figures du passé qu'elle admirait, qu'ils fussent réels ou mythologiques.

La matinée s'avérait propice pour une visite confidentielle car la fréquentation de l'établissement était alors assez faible. Il savait également qu'à cette heure il trouverait Lolo en train d'asticoter les billets, sa manière de faire les comptes de la veille, prostrée religieusement dans son vieux fauteuil en cuir rouge bordeaux, dans la pièce qu'elle interdisait à tout visiteur si elle ne l'accompagnait pas.

Ce lieu servait de bureau pour la comptabilité et les affaires, de salle de psychanalyse pour les filles lorsqu'elles perdaient pied, d'exutoire lorsque ses sentiments prenaient le pas sur sa raison, de purgatoire lorsqu'elle devait incarner l'autorité et punir les filles qui désobéissaient à ses ordres, les faisant attendre de longue minutes sur le divan, sans mot dire mais le regard dur, croyant que ce long silence couplé à la méchanceté de son visage servirait largement d'expiation aux filles prêtes à la rédemption, et enfin, de chambre douillette pour les rares hommes dont elle acceptait la présence chaleureuse en certaines nuits de solitude.

Après avoir toqué mais sans lui laisser le temps de répondre, Jack poussa la porte et aperçut son amie, à l'allure et l'attitude fidèles à ses souvenirs. Tante Lolo possédait un visage rougi par les années, l'alcool, les pleurs et les colères, des cheveux gris mi-longs qui cachaient les rides de son front. Personne à Casanova ne proposait un balcon plus spacieux ni un air de gnome énervé plus réussi. Sa dentition était incomplète et le lobe de son oreille droit manquait, coupé lors d'une bagarre antédiluvienne avec la gérante du bordel de Muddy Town. Ajoutez à ce tableau une corpulence tout en rondeur et des manières aussi lointaines de la grâce que peut l'être un marteau animé par un marionnettiste arthritique et vous obtiendrez une image plutôt réaliste de la gérante qui, en résumé, était aussi belle que le crépuscule est joyeux. Ce physique ingrat cachait toutefois l'une des personnalités les plus dévouées, fortes et indépendantes de Casanova, capable d'octroyer un amour maternel illimité à tous ceux jugés dignes par ce cœur débordant de vitalité.

— Nom d'une pipe au miel, Jack ! Viens m'embrasser salopard !

Ce qu'il fit avec plaisir. Ils se serrèrent dans leurs bras, Lolo ébouriffa les cheveux de Jack comme s'il s'agissait de son fils. La joie des retrouvailles passée, Jack lui exposa les raisons de sa visite impromptue, sa volonté de retrouver un homme nommé Marcelo. Constatant l'air dubitatif de Tante Lolo qui commençait à s'inquiéter pour Jack, ce dernier tenta de justifier sa conduite en résumant son histoire, depuis son départ du lupanar il y a dix-sept ans jusqu'au duel avec le premier lieutenant à St Gilmour. Il exposa les raisons irréfragables qui l'avaient mené lentement mais sûrement sur ce chemin qu'entrevoyait sinistrement Lolo.

En tant que mère protectrice de son ouaille, elle désapprouva absolument les desseins de Jack, pleura son désir de vengeance, le menaça et implora, tenta de lui faire voir la dure réalité.

— Mon enfant, tu te diriges droit vers ta perte, déclara-t-elle tristement, les bras ballants et le regard perdu au travers de la vitre.

Mais la volonté de Jack demeurait inébranlable.

— Cet homme que je recherche, Marcelo, est un ancien soldat mais surtout un vrai poivrot. Le Colonel Smith n'a rien voulu me dire mais j'ai deviné qu'il s'agissait d'un client assidu de ton établissement. Dis-moi simplement à quoi il ressemble et je disparaîtrais à nouveau de ta vie.

En le paraphrasant, Tante Lolo rétorqua qu'elle ne ressentait ni le besoin ni l'envie qu'il disparaisse à nouveau de sa vie. Toutefois, lorsque Jack lui exposa un visage déterminé qui n'autorisait aucune esquive, elle n'eut d'autre choix que de se résoudre à décrire les traits de ce fameux Marcelo. Jack comprit alors qu'il le connaissait déjà pour l'avoir croisé, et pire, pour l'avoir servi plusieurs fois il y a fort longtemps, lorsqu'il travaillait au lupanar où le lieutenant venait régulièrement prendre du bon temps. Mais jusqu'à ce jour, Jack n'avait jamais fait le rapprochement entre le client Sanches et le mousquetaire Marcelo.

Des années auparavant, grâce à la constance de ses visites, l'ancien soldat était devenu un habitué des lieux et choisissait systématiquement, après les avoir toutes essayées, la chambre au mur de laquelle était accroché le tableau de Jules César. A l'époque Jack admirait ce choix qu'il considérait comme la preuve de l'ambition d'un homme sachant assouvir ses désirs tout en gardant en vue le potentiel de son avenir.

La naïveté l'aura aveuglé car l'apparente ambition dont semblait disposer Marcelo ne s'avérait en définitive n'être qu'un déguisement d'une vanité exacerbée. Cet apparat lui collait d'ailleurs à la peau. Trop malin pour ne pas être conscient de l'ampleur de ses facultés, l'ancien soldat n'en tirait toutefois jamais le maximum car il faisait également preuve d'une fierté excessive qui lui donnait l'illusion de pouvoir se passer d'entrainement. Sa mère racontait d'ailleurs fréquemment à qui voulait l'entendre que si son poil dans la main avait été moins grand, Marcelo aurait pu devenir maître de l'univers.

Certains qualifieront cette affirmation de divagation née d'un amour maternel et donc aveugle, tandis que d'autres, ceux qui auront connu Marcelo, admettront qu'un potentiel remarquable aura été gâché par oisiveté. Mais même indiscipliné, il demeurait un redoutable adversaire pour quiconque osait l'affronter.

Sentant le danger de la situation dans laquelle Jack allait s'empêtrer, tante Lolo ne put réprimer un soupir las. Elle tenta de lui faire prendre conscience de la taille de la montagne à laquelle il s'attaquait. Le pouvoir de Morgan s'étendait partout dans Casanova, son ambition ne s'assouvirait seulement le jour où il en aurait le contrôle total.

D'ailleurs, une semaine auparavant, elle avait reçu une lettre d'Auguste Blanchard, le responsable de la partie finance (et donc corruption) de l'organisation du Capitaine. Il souhaitait la rencontrer afin de discuter *avenir*, ce qui revenait à dire qu'il souhaitait racheter l'établissement La Belle. Contrôler ce bordel, dont le succès se démontrait par la foule d'homme qui le fréquentait, revenait à prendre possession d'un accès privilégié à la libido et donc à la volonté de ces hommes. Autrement dit, il s'agissait du lieu idoine pour recruter de nouveaux bras.

Pour Lolo, bien qu'elle n'éprouvât pas de peur manifeste, cette lettre et les complications qu'elle impliquait lui trituraient l'esprit. Elle ne pouvait s'empêcher de se demander ce qu'il allait advenir de ses filles, de La Belle et d'elle-même, car elle avait choisi de ne pas répondre à la missive.

— Jack, nom d'une pipe en bois, on parle de Morgan et de sa nature dévastatrice. Et puis, tu es seul. Aurais-tu oublié le nombre de partisans dont il dispose ? Sa faculté à se faire des alliés ?

Tante Lolo avait raison sur ce point, le Capitaine possédait une aptitude peu commune à rallier les gens à sa cause, à séduire le quidam pour l'incorporer dans son système qui y gagnait en puissance. A l'époque où son empire balbutiait ses premières gammes d'accroissement et qu'il avait besoin d'hommes pour l'agrandir, il s'amusait régulièrement à tenir des discours enflammés auprès de quelques fermiers qui, convaincus par les paroles révélatrices et prometteuses de Morgan, n'hésitaient pas à se joindre à lui afin de le servir.

L'un de ces discours avait eu lieu une vingtaine d'années auparavant à Pakuchi, et Tante Lolo se rappelait encore parfaitement de l'effet qu'il avait eu sur certains de ses clients qui ne revinrent jamais au lupanar. Ce plaidoyer, elle s'en souvenait encore parfaitement. Elle revoyait Morgan, debout sur un tonneau en bois, en train de gesticuler et d'haranguer la foule qui l'observait solennellement.

« Mes amis, mes très chers amis, c'est ainsi que Morgan avait commencé son discours, vous qui connaissez comme moi le dur labeur de la terre, vous qui pour survivre vivez dans la sueur, vous qui comme moi avez entendu les promesses qu'offrait Casanova, si je viens vers vous aujourd'hui c'est parce que, comme vous, j'en ai assez de la misère qui est la nôtre alors que nous méritons de vivre dans l'opulence. Nous méritons les meilleurs festins alors que nous ne mangeons que de la poussière !

Quelle est la cause de cette injustice ? Pourquoi sommes-nous pauvres quand nous devrions être riches ? Pourquoi subissons-nous les ordres du pédant qui se repose derrière son bureau alors que nous devrions embrasser une liberté illimitée ? Pourquoi, oui pourquoi ? Je vous le demande aujourd'hui…

Parce que nous, et lorsque je dis *nous*, je parle de nos parents, des parents de nos parents et ainsi de suite qui, aveuglés par l'éclat de la félicité de recevoir une terre à cultiver, n'ont su discerner le mensonge que cachait ce don. Mes parents, Dieu les bénisse, étaient des agriculteurs appliqués et honnêtes, mais ils n'ont pu survivre à la dictature que leur imposait des hommes véreux. Soi-disant parce que leur terrain leur avait été offert gracieusement, des hommes d'affaires sans scrupule s'octroyaient le droit de les exploiter, leur faisant payer une taxe scandaleusement élevée !

Mes parents et les vôtres, ainsi que leurs parents à tous ont sacrifié leur liberté car ils préféraient la sécurité d'une terre qui proposait du travail, aussi laborieux et injuste soit-il, à l'incertitude d'être livrés à eux-mêmes. Les exploitants, ces richissimes individus éloignés, ce sont eux qui ont su profité de la naïveté de nos aïeuls, eux qui encore aujourd'hui n'éprouvent ni gêne ni honte dans leur exaction pourtant honteuse et avilissante pour qui prétend être du genre humain…

Mes amis, mes très chers amis, aujourd'hui est un jour nouveau car aujourd'hui nous refusons le labeur sans récompense, nous refusons de suivre le chemin naïf tracé par nos ancêtres, nous refusons d'oublier la liberté au motif du bonheur faussé de posséder une terre qui n'apporte rien d'autre que l'esclavage, nous refusons de dépendre de tyrans. Aujourd'hui, nous refusons de rester prostrés dans une position de soumission, nous combattons les fausses promesses, nous combattons pour nos terres !

Aujourd'hui je vous le promets, si vous me suivez, si vous acceptez de vous ranger à mes côtés, si vous écoutez mes conseils, si vous m'élisez comme chef, comme guide pour vous libérer de l'injustice de ces chaines sournoises, alors je ferai de vous un peuple libre, un peuple puissant dont les actes ne seront pas dictés par les désirs de despotes lointains mais par votre volonté propre ! La seule chose qu'ils veulent est que le feu qui sommeille en vous s'éteigne définitivement. Mais votre destinée exige que vous preniez les armes ! Et, je vous le dis, nous vaincrons ! Grâce à notre victoire, vous n'aurez plus à vénérer une terre qui vous emprisonne dans l'opprobre de l'oppression. Grâce à notre victoire, vous vivrez libre ! Unissez-vous derrière moi, mes frères, et je vous rendrai votre liberté ! »

Selon le type d'audience à toucher, le contenu différait pour s'adapter aux peurs et à la colère de chaque public. Et les parents de Morgan devenaient, en fonction de la cible visée, des bûcherons aux biceps meurtris, des agriculteurs aux champs infertiles, des artisans harcelés ou encore des mineurs atteints de cécité à cause des longues heures passées sous la terre loin du soleil. Toutefois la rengaine *je vous rendrai votre liberté* revenait systématiquement.

Ah, la liberté... si seulement Jack avait su en profiter, pensa Lolo dans un élan mélancolique. Elle l'avait recueilli si jeune et si annihilé par la tristesse qu'elle se sentait responsable, grâce à l'aide et la bienveillance qu'elle lui avait prodiguées durant de nombreux mois, de l'avoir ramené sur le chemin de la vie. Même s'il s'agissait d'une existence ombragée par le voile indicible d'une haine profonde et diffuse, au moins était-elle parvenue à le sortir de sa profonde torpeur.

Au fil des années le caractère de Jack avait semblé se radoucir. Même s'il était capable de brefs mais sanglants accès de violence, ceux-ci se manifestaient uniquement lorsqu'il avait à défendre les filles contre les hommes trop bourrés ou victimes de la sauvagerie de leur tumescence qui leur faisait oublier les règles réglementaires de courtoisie. Et puis il avait été si doux, si aimable avec les filles qui l'avaient accueilli dans leur lit... Mais, aujourd'hui, face à cet homme féroce dont la seule pensée se tendait exclusivement vers le châtiment, elle se rendit compte qu'elle s'était trompée.

— Tu aurais pu avoir une belle vie Jack. J'espérais sincèrement que le sexe t'avait fait oublier ta vengeance, soupira Tante Lolo.

— Bah, tu sais, le sexe est une affaire de sang, comme la mort. Et puis l'amour est aveugle mais la mort l'est encore plus. Parce que la mort emporte sans discernement plus de monde que l'amour.

Sur ces mots qu'il prononça sans grande conviction mais qui, il l'espérait, trouveraient place dans l'imagination sans bornes de Tante Lolo, Jack sortit du lupanar en esquissant un simple geste à son amie qui semblait perdue dans ses pensées. Il mit ensuite son chapeau, monta sur Amon et prit la direction du nord-est, vers la distillerie Floyd. Maintenant qu'il connaissait le visage de Marcelo, il pouvait se rendre sans tarder à l'établissement favori que fréquentait sa prochaine victime.

4. Ivresse mortelle

Des tonneaux en chêne, des dizaines et des dizaines de tonneaux en bois de chêne, voilà ce que tirait, poussait et soulevait Jack quotidiennement depuis bientôt deux mois. La distillerie Floyd était située au nord-est de St Gilmour, dans la région appelée Ivremont, au pied des seules collines visibles sur des kilomètres.

Elle avait été créée il y a une centaine d'année par un certain M.Gilles Bavier, un français fraichement débarqué de Muddy Town sur l'un des rares bateaux à accoster dans la région.

Il avait espéré apporter aux Casanoviens la culture du vin, il n'obtint que des crachas de dégoût. Alors, tel un être surnaturel, il transforma le vin en whisky et Floyd devint très rapidement prospère et réputée dans la région, grâce au flair commercial de M.Bavier et à la qualité de sa distillation.

L'empressement de Jack afin d'être accepté en tant que simple larbin ne surprit pas le gérant actuel de l'entreprise, M.Valmont, car nombreux étaient les pauvres types en rade d'argent recherchant n'importe quel boulot, à n'importe quelles conditions, afin de pouvoir subvenir, le plus souvent, à leurs besoins d'ivresse et de sexe tarifé. Ainsi on ne lui fit guère signer de contrat afin de pouvoir s'en séparer au bon vouloir de la famille Bavier qui restait propriétaire du lieu. Cette technique bénéficiait également à Jack car l'absence de toute formalité renforçait l'anonymat.

Sa chef, Evelyne Desilles, dit Evy, incarnait l'autorité mieux que quiconque, notamment grâce à sa voix caverneuse de fumeuse et ses sourcils en forme de V qui lui procurait un air continuellement fâché. Jack l'appréciait toutefois car sous ses déplaisants atours de femme dure et béotienne, elle savait être juste et sincère et ne s'embarrassait pas de faux semblants pour arriver à ses fins. Ses braillements naissaient du devoir et de sa dévotion pour son métier, accompagnés, il faut l'avouer, du plaisir gratuit mais dépourvu de réelle méchanceté de pouvoir tempêter impunément sur chaque travailleur.

Un autre aspect de sa personne, ou plutôt de sa fonction, plaisait à Jack. Tous les jours, à dix heures précises, elle enquillait les verres immodérément. L'alcool la rendait joyeusement vulgaire, encore plus encline aux flots incessants d'insultes dardées. La première fois, Jack fut surpris de la voir grisée. Non seulement car c'était un état inhabituel et inapproprié pour quelqu'un dont l'autorité ne devait souffrir d'aucune contestation, ensuite car il connaissait très peu de femmes qui buvaient du whisky, encore moins à dix heures, encore moins à la mesure d'une bouteille.

Lorsqu'au bout d'une semaine sa curiosité prit le pas sur sa prudence, car il souhaitait par-dessus tout ne pas se faire remarquer au sein de la distillerie, il demanda un éclaircissement quant aux raisons de ses beuveries matinales. Du rire gutturale d'Evy s'ensuivit un rot sorti en ligne direct de la gorge tandis qu'elle lui répondait qu'il ne s'agissait en aucun cas d'un acte pur et simple de plaisir, mais de son devoir en tant que responsable de la production de goûter au whisky avant qu'il ne soit mis en tonneau, ceci afin d'en vérifier la saveur.

Ce test gustatif, dont elle seule possédait les qualifications requises après que son formateur, le jeune frère de l'exploitant, eut été retrouvé mort dans le désert de la mort, validait ou non la production du jour.

Cette habitude ancestrale de goûter le breuvage avant sa mise en tonneau ne devait concerner que cette distillerie car, comme tout amateur de whisky le sait, avant le conditionnement le malt ne possède pas encore son goût final de boisson digeste. Mais M.Gilles Bavier, le créateur, avait eu l'idée commerciale d'utiliser cette vérification à des fins de rentabilité en l'utilisant comme un gage de qualité auprès de ses clients. Il s'était permis de vendre son breuvage plus cher que la moyenne en attestant que son produit était soumis, contrairement aux boissons concurrentes, à des contrôles drastiques et professionnels tout au long de son élaboration.

Bien entendu, à Casanova, l'alcoolique lambda n'eut cure de ces dispositions soi-disant qualitatives et continua à boire le whisky le moins cher de la région, le Blue Frog, de la distillerie McCarthy. La haute société quant à elle, attachée solidement à ses croyances ubuesques qu'elle demeurerait au-dessus des petites gens si et seulement si elle détachait ses habitudes de celles du bas peuple, plébiscita le whisky de la distillerie Floyd et transforma par là même ce qui aurait dû rester une lubie d'un entrepreneur véreux, le contrôle anticipé du goût d'une boisson balbutiante, en un acte respecté et apprécié d'une clientèle à côté de la plaque.

Lorsque Gilles Bavier comprit l'attraction qu'exerçait ce contrôle sur la bourgeoisie, il décida d'en profiter en organisant une fois par mois une visite guidée de son entreprise avec comme point d'orgue le test gustatif. Il prenait un malin plaisir à faire également goûter les visiteurs afin qu'ils se rendent compte de la tâche ardue que cela représentait, chacun trouvant absolument infect le breuvage à ce stade de sa production. Son frère, Joseph, acteur de profession, magouilleur à ses heures perdues, feintait toujours de trouver plusieurs arômes lorsqu'il s'adonnait à un test aussi fictif qu'ostentatoire devant une foule conquise par tant d'expertise dans un domaine qu'elle ne connaissait guère.

Evelyne Desilles était au courant de cette supercherie, son prédécesseur n'ayant pu lui cacher la vérité lorsqu'il la forma pour prendre sa suite. Mais cette mystification n'entama en rien sa dévotion. Elle ne révéla jamais la vérité, continuant jour après jour à tricher et se saouler la gueule au nom usurpé de la saveur maitrisée.

Jack en était là, à écouter la voix rauque d'Evy qui braillait avec amour sur les employés pour qu'ils travaillent plus vite, qui maudissait le tonneau qui lui saccageait l'épaule, qui se demandait si tous les bourgeois qui participent aux dégustations ressemblaient à des « énergumènes pire que des crocodiles ! », lorsqu'il apprit enfin, entre deux jurons tumultueux, la venue de Marcelo dans les jours qui suivaient.

Ses attributions professionnelles l'obligeaient à rester dans l'est de Casanova, et particulièrement vers Ivremont afin de surveiller et marchander avec les Indiens du Nord, les Hurapawa. C'est d'ailleurs son affinité avec l'alcool qui appuya la décision de Morgan de dédier son lieutenant à cette tâche car les Indiens étaient attirés par ces eaux-de-feu. Les connaissances et la passion de Marcelo pour ce domaine lui permettaient d'échanger efficacement avec les Hurapawa.

Son appétit et son commerce vidaient rondement les réserves qu'il s'était faites. Afin de s'approvisionner à nouveau, refusant de laisser cette tâche oh combien cruciale entre les mains novices d'un amateur en la matière, Marcelo se voyait contraint à parcourir le vide interminable qui séparait la distillerie Floyd du reste du monde habité. En tout cas c'est ainsi que ressentait Marcelo la distance qui séparait l'établissement des Bavier des villes et villages les plus proches. Lorsqu'il avait un coup de trop dans le nez, il en venait à maudire cet état de fait.

— Putain d'Indiens qui boivent comme des trous ! Putain de Morgan qui m'oblige à traiter avec ces assoiffés ! Putain de Bavier, quelle idée d'aller s'installer dans un coin paumé comme ça ? Putain de whisky, putain de putain !

Ainsi devisait-il lorsque ses réserves se vidaient. Puis, une fois calmé et empli de contrition, il se maudissait lui-même pour ses propos calomnieux. Les jours suivants, sa repentance l'amenait à vendre moitié moins cher aux Hurapawas des cigares, de l'alcool ou tout autre produit valorisé capable de les corrompre. Une deuxième technique de pardon consistait à voler pour le compte du Capitaine de pauvres pigeons innocents.

Mais sa technique d'absolution favorite réclamait la participation conjuguée d'une fille de joie et de plusieurs verres de whisky. Dans ces cas-là, comme l'alcool coulait à flot, la mascarade du blasphème envers le monde recommençait, suivi inévitablement par l'action de pardon le lendemain qui l'obligeait à vendre à nouveau moins cher, à voler plus gros ou à baiser plus ardemment.

Le mouvement perpétuel n'existe peut-être pas, mais si l'homme était immortel alors les habitudes humaines pourraient l'être. Ce cirque reproduit par l'ancien soldat, naissant chaque fois dans les brumes de l'alcool, était toléré par Morgan car Marcelo, grâce à son talent inné, restait un exécutant dont l'exubérance n'effaçait pas l'efficacité.

En outre, son pouvoir dans l'organisation de Morgan se limitait à de l'exécutif, de l'obéissance dévouée sans avoir à prendre de décision trop grande qui risquerait de mettre à mal l'empire du Capitaine en cas d'erreur. Surveillance, rapts, vols, pression : on demandait à Marcelo d'exécuter des tâches secondaires qu'il l'accomplissait avec brio. Mais ces agissements restaient loin des hauteurs atteintes par les manœuvres stratégiques des trois mousquetaires les plus influents et puissants de Morgan : Auguste Blanchard, James Keenan et Archibald Gallagher.

Voilà deux mois que Jack s'était engagé comme larbin dans la distillerie et comme il ne rechignait pas au travail, personne ne lui avait posé de questions quant à son passé et les raisons qui le poussait à vouloir rester dans l'Ivremont.

Deux mois passèrent sans fissure dans la patience de l'homme résolu, chaque heure amenant un nouveau plan, chaque nuit l'effaçant bien que Jack s'endormisse persuadé de la justesse de sa ruse. Mais l'aube s'obstinait à lui faire prendre conscience de l'inanité de ses projets. Aucun ne tenait la route, tous subissaient le jeu du hasard qui risquait de venir enrailler la roue de sa vengeance.

Tout cela sans compter sur le fait qu'il ignorait quelles étaient les habitudes de Marcelo lorsqu'il venait à la distillerie. Restait-il muré dans sa chambre entouré de gardes du corps ou se baladait-il dans les champs d'orge, hurlant sa joie au ciel pour féliciter le dieu de l'alcool de sa trouvaille magique ?

Il ne connaissait pas l'ancien militaire personnellement, mais d'après les histoires qu'on racontait sur lui, les deux suppositions, bien que contradictoires, étaient recevables. Il pouvait parfois faire preuve d'une paranoïa farouche, née probablement d'un ancien traumatisme dû à un affrontement particulièrement sanglant, et cela au milieu de gens qui ne lui voulaient que du bien, tandis que d'autres fois s'en allait-il vaquer à ses occupations dans les lieux les plus hostiles sans faire preuve de la moindre vigilance.

Après plusieurs discussions entre lui et lui-même, il décida que la meilleure méthode consisterait à garder sur lui Kelly, ou au moins à portée de main, et il attendrait le moment opportun pour abattre Marcelo.

Ce plan sujet à l'improvisation lui paraissait tellement rachitique qu'il touchait à l'aberration. Il savait parfaitement que ce moment idoine pouvait ne jamais se manifester car cela impliquait l'addition de deux facteurs aléatoires. Que Marcelo soit assez proche de Jack et qu'ils soient isolés des autres pour éviter qu'il y ait des témoins et représailles.

La présence d'un endroit où se cacher après le forfait serait également un plus non négligeable. Autant le duel contre le premier lieutenant pouvait être interprété comme une simple escarmouche personnelle entre deux hommes qui souhaitait régler un différend par la mort, et il semblerait d'ailleurs que ce fut le cas car deux mois passèrent sans que Jack n'eut vent de cet épisode, autant valait-il mieux agir avec discrétion à la distillerie car il s'agira d'un meurtre en bonne et due forme.

Et même si le lien entre le duel et la mort de Marcelo ne saurait être trouvé immédiatement, le Capitaine n'était pas assez stupide pour attribuer au hasard la mort rapprochée de deux de ses lieutenants. Dès lors, Jack aurait bien plus de mal à se cacher et, a posteriori, à garder secret son plan d'éradication.

Marcelo et ses compagnons débarquèrent bruyamment un après-midi ensoleillé. En habitués des lieux, ils s'installèrent nonchalamment comme s'ils étaient chez eux. Ils avaient prévu de rester plusieurs jours sur place, histoire de profiter du stock illimité de bouteilles, avant de repartir vers leurs prérogatives. Durant les deux premiers jours, Jack, même à distance, apprit à connaître le lieutenant, un personnage haut en couleur, comme en témoignait l'histoire de la secte qui lui était dédiée, contée par Martin S, le bras droit de Marcelo, un soir arrosé où plusieurs caisses du breuvage furent ouvertes.

Tout avait commencé il y a cinq ou six ans. Marcelo avait quitté l'armée et écumait sans relâche les bars de Casanova, profitant de son temps libre pour soigner ses gueules de bois carabinées et quasi quotidiennes. Un jour, complètement ivre et alors qu'il finissait sa nuit dans une porcherie, couché au milieu des cochons dans une boue odorante, un paysan, qui s'apprêtait à commencer son labeur journalier dès les premières lueurs de l'aube, entra dans la porcherie et y vit Marcelo au sol, immobile et silencieux. Terrassé par l'alcool, il ne donnait aucun signe de vie.

Le paysan, prudent, pris une fourche et piqua les côtes de Marcelo pour tenter de le réveiller, peu convaincu toutefois par sa manœuvre tant il pensait avoir affaire à un cadavre. Sentant un objet lui rentrer désagréablement dans le ventre, Marcelo se réveilla d'un bond et commença à beugler sur le paysan, l'insultant de tous les noms. Surpris par cette brusque transformation, le paysan hagard s'excusa.

— T'es pas mort l'ami ?

— Le jour où les morts pourront crier comme je viens de le faire, tu reviens me voir le vieux ! Histoire qu'on ait une discussion entre ici et l'au-delà.

Marcelo n'eut pas conscience de l'impact de ses paroles. Le paysan en question, dont les rides profondes témoignaient de l'approche du trépas, commençait doucement mais sûrement à perdre la boule. Toutefois, enchanté d'apprendre qu'un jour existera la possibilité de discuter avec les morts, et toujours ingambe malgré son âge avancé, le paysan vendit sa ferme et entreprit de rejoindre tous ses amis. Eux aussi avaient perdu un être cher et il souhaitait leur redonner espoir.

— Je connais quelqu'un qui sait qu'on peut discuter avec les morts ! leur balançait-il allègrement, tellement persuadé par ce qu'il avançait qu'il parvint à convaincre une dizaine de gaillards aussi lucides que lui à se joindre à lui.

C'est ainsi que débuta leur entrainement quotidien consistant à tenter de discuter avec les gens de l'au-delà, afin de pouvoir, lorsque le jour inéluctable arrivera, aider Marcelo à partager ses paroles avec le peuple défunt en lui servant de traducteurs, d'interprètes, d'intermédiaires, de transmetteurs, bref de l'épithète qui convenait car, ils n'en doutaient pas, les moyens de communication différaient une fois passé de l'autre côté de la lumière.

Qu'il s'agisse de mot, de signes, de manifestations célestes, les disciples de Marcelo, c'est ainsi qu'ils se surnommaient eux-mêmes, seraient prêts et rendraient leur guide fier comme un pape de connaitre de tels gens capables d'être aussi efficaces dans ce qu'ils appelaient désormais les *échanges inter-cieux*.

Cet entrainement, qui de l'extérieur ressemblait à des fous parlant avec les feuilles des arbres en hiver et les taupes de la terre, écoutant les borborygmes de la planète comme s'il s'agissait de symphonies à décortiquer, saluant les nuages, fixant des heures et des heures les ondulations des rivières, sembla être pour les observateurs candides une nouvelle étape vers l'illumination ultime. Ils s'entrainèrent les uns et les autres dans cette folle spirale sans queue ni tête.

Cette émulation irrationnelle redoubla leur ardeur et leur motivation dans leur quête de recrutement de novices. L'histoire veut que ce soit durant cette faste période qu'ils réussirent à embrigader un dixième larron qui déclara, le jour où ils l'accostèrent pour lui démontrer la vérité de leur foi « de toute manière, le marché des scarabées bousiers est en chute libre, alors… ».

Voici comment Marcelo était devenu, malgré lui, la divinité d'une bande d'illuminés. Le lieutenant avait croisé ce groupe, par hasard, un jour. On eut dit une secte rendant un culte à son dieu. Ils lui offrirent leurs biens les plus onéreux, leurs babioles les plus admirables. Marcelo refusa tout en bloc. Il les insulta allégrement et siffla des menaces pour les faire déguerpir. Puis quand il comprit qu'ils n'étaient pas dangereux et étaient prêts à tout pour le satisfaire, il leur demanda de lui offrir les meilleures bouteilles de Casanova. Ils se jetèrent à pleine brassée dans cette quête. Grâce à cela, même si l'évènement est rarissime, Marcelo se voyait de temps en temps remettre en main propre une bouteille de whisky offerte par un disciple ayant réussi à le retrouver. Le mousquetaire promettait chaque fois à l'insensé qu'une récompense l'attendait au domaine de Morgan. Ils s'y précipitaient tous.

— Une main d'œuvre sans cervelle en plus pour toi Capitaine, lançait Marcelo tout en soulevant son verre en direction du nord.

Ceux qui avaient écouté l'histoire, même s'ils la connaissaient par cœur, riaient bruyamment puis buvaient une bonne rasade de whisky avant de continuer à discuter de femmes ou d'alcool dans l'hilarité générale.

Deux jours plus tard, Jack tua Marcelo pendant que celui-ci pissait tranquillement contre un mur, vidangeant son corps des litres de whisky qu'il avait ingurgitées les heures précédentes en compagnie de ses sous-fifres assoiffés. La chance était avec Jack car lui-même était sorti quelques instants auparavant pour vider sa vessie et s'apprêtait à retourner à l'intérieur. Comme il s'agissait d'un des seuls moments de relâchement qu'il s'autorisait, Jack fut tout autant surpris que ravi que Marcelo lui offrit cette opportunité. Lorsque ce dernier sortit en titubant et qu'il salua Jack d'un « salut l'ami » imbibé d'alcool, Jack n'en revint pas. Mais grâce à son esprit clair, il se ressaisit prestement, dégaina silencieusement Kelly, visa, grimaça car l'histoire de la secte l'avait faire sourire, de plus cela le répugnait de tirer sur un homme dans le dos, puis, en un éclair il se rappela pourquoi il faisait ça et tira.

La déflagration se fit entendre partout alentour, Jack courut se réfugier derrière une botte de foin plus loin. Il ne sortit de sa cachette qu'au moment où plusieurs hommes s'étaient réunis autour de Marcelo et qu'il était sûr que personne ne le verrait arriver de nulle part.

Lorsqu'il rejoignit la troupe agitée, la surprise se lisait sur le visage des employés de la brasserie, tandis qu'une colère sourde commençait à poindre chez les acolytes de Marcelo. Les deux groupes se fixaient du regard. Les travailleurs savaient pertinemment que les autres n'étaient pas dupes, il était indubitable que l'assassin fut du côté des employés.

Toutefois, afin d'éviter de s'aventurer sur la pente dangereuse des représailles qui se transformerait en bain de sang, Martin S. rompit le silence afin de crever l'abcès et affirma qu'il ne serait fait aucun mal aux innocents et que tant que les travailleurs resteraient sages, les siens ne lèveraient pas les armes contre eux. Un soulagement se fit sentir de part et d'autre, quoique tous demeurèrent cois dans une atmosphère suspicieuse.

Marcelo fut porté à l'intérieur où l'examen du cadavre fut mené par Martin S. et Amaro, le seul du gang qui avait étudié l'anatomie…animale et qui de fait était toujours désigné par défaut comme préposé médical. Bien que tout le monde ait entendu la détonation du revolver et que la cause du décès était donc connu, Martin S. ne souhaitait rien laisser au hasard et voulu en apprendre plus sur les circonstances.

Après deux minutes d'analyse, lui et Amaro grimacèrent de dégoût. Leur diagnostic fut succinct. « Mort d'une balle dans le dos tirée par un lâche.

5. Les dix condamnés

Noir. Seule l'obscurité est tangible.

Affaibli par un mal de crâne saisissant, les paupières lourdes et l'esprit errant difficilement dans le brouillard touffu de l'anémie, Jack était prostré dans une pénombre indéchiffrable. D'habitude si vivace, son instinct restait muet.

Après deux longues minutes de perplexité, ses sens commencèrent enfin à se réveiller. Il sentit ses bras tiré en arrière dans son dos, ses poignets comprimés par le serrement d'une corde épaisse. Il entendait de rachitiques échos de respirations rauques et courtes. Des murmures inintelligibles venaient parfois briser l'hégémonie terrifiante du silence.

Dès qu'il fut à nouveau en état d'utiliser ses membres, il tourna sa lourde tête vers la gauche puis vers la droite dans une molle tentative d'éclaircissement de la situation. Son constat lui déplut. Contraints au silence à cause de bâillons qui barraient leur bouche, Jack et les employés de la distillerie Floyd se trouvaient tous dans une position de prière, les genoux à terre, pieds et poings liés dans leur dos. Sans exception, chaque prisonnier demeurait ainsi à la merci des gardes armés qui les surveillaient d'un œil dur et sans clémence. Jack, furibond, ne parvenait pas à connaitre le nombre exact de geôliers.

Au-delà de cette situation précaire, qui risquait sûrement d'empirer, l'énervement de Jack prenait source dans son égo blessé. Impuissant, il ne put que constater la facilité avec laquelle les sbires de Morgan réussirent à capturer et enchainer dix hommes robustes, puis à les transporter dans un endroit qui possédait les charmes récalcitrants d'une prison.

La pièce ne possédait pas de fenêtre et d'après ce qu'entrevoyait Jack, les accès se limitaient à deux portes étrangement disposées car les deux dormants étaient intégrés dans le même mur, celui auquel faisait face les dix captifs. La composition des portes n'augurait rien de bon. Composés d'épaisses planches de bois, on avait ajouté aux battants deux bandes de fer sur les montants supérieurs et inférieurs. Un vitrage carré d'environ quarante centimètres de côté avait été installé dans la partie supérieure des battants. Leur diaphanéité laissant passer la lueur du soleil représentait pour l'heure la seule source de lumière qui permettait à Jack de mener son examen des lieux.

Les gonds semblaient lourds et solides et la serrure de la porte avait été renforcée par un blindage artisanal en fer. Les chambranles étaient eux fabriqués dans un fer qui commençait à rouiller par endroit. Jack se rembrunit. Son hypothèse était la bonne. Lui et les employés se trouvaient bel et bien dans une pièce employée à des seules fins d'emprisonnement. La robustesse des portes rendaient vains toute tentative d'ouverture par la force.

La tension qui naissait de l'angoisse et l'incertitude des prisonniers montait. Leurs tentatives désespérées pour se libérer de leurs liens se voyaient prestement écourtées par des coups de crosses dans les jambes ou la nuque. De longues minutes passèrent dans cette grisaille ambiante puis, au soulagement de certains, la porte de gauche s'ouvrit en fracas et Martin S. en surgit. Un sourire lui barrait son large visage dans une sinistre expression d'avidité sanguinaire.

— Mes amis ! Bienvenue, bienvenue chez nous. Vous l'aurez compris, suite au meurtre de Marcelo, j'ai décidé de vous droguer afin de pouvoir vous emmener ici, dans un petit coin perdu afin de vous y interroger sans être importuné. Mais avant d'en arriver là, laissez-moi vous dire quelque chose. Au départ, je vous en voulais d'avoir tué Marcelo. Il était mon chef bien sûr, mais c'était un ami avant tout alors croyez moi quand je vous dis que je vous ai d'abord haï. Et puis la conséquence de votre acte me frappa ! Sans Marcelo et en qualité de second, je deviens donc l'un des mousquetaires du Capitaine ! Situation prisée par de nombreuses personnes, vous savez ? Je vous remercie donc car votre acte stupide s'accorde à mon ambition. Pour cette raison, mais également parce que, tout comme Marcelo, je reste un grand fan du whisky que vous produisez, je suis disposé à ne tuer que le nombre nécessaire d'entre vous. Livrez-moi le meurtrier et je ferai preuve de clémence. Je compte sur votre coopération afin que cette mascarade ne s'éternise pas.

Sur ces paroles, il ordonna à ses hommes de débâillonner les prisonniers afin qu'ils puissent s'exprimer librement. L'un ou l'autre proféra des insultes bien senties mais cette faible insurrection fut calmée par Martin lorsqu'il dégaina et pointa son révolver sur la tempe du prisonnier le plus proche.

— Je vous donne trois secondes pour me désigner le coupable.

Personne ne broncha, soit par crainte de se faire remarquer, soit parce que la menace de Martin fut considérée comme du bluff. Ce dernier fit le décompte, acquiesça d'un signe de la tête lorsqu'il parvint à zéro, et appuya sur la détente sans broncher.

Le corps s'affala grotesquement sur le sol dans un bruit cotonneux. Des grognements se firent entendre mais aucun mouvement ne vint troubler l'inertie des prisonniers. Jack ne parvenait pas à défaire ses liens. Sa tête lui tournait encore. Son état léthargique devait être partagé par ses compagnons d'infortune car aucun signe de révolte ne put être constaté lors du lynchage d'un des leurs. Martin exultait car son attrait pour la mise à mort surpassait son amour pour le whisky, peu importait alors si au final il ne restât aucun travailleur.

— M. Valmont, j'en suis sûr, trouvera bien des hommes pour vous remplacer à la distillerie. Heureusement pour lui, il se trouvait avec nous lorsque Marcelo a été tué. Sa présence l'innocente et nous continuerons donc à avoir du bon whisky… Lorsqu'il vous aura remplacé bien entendu.

Derrière sa promesse de clémence se cachait donc un baratin éhonté. Sa jubilation faisait peur à voir. Il préférait lorsque les victimes gardaient le silence. De une parce qu'il détestait les vendus qui, dans une tentative désespérée de sauver leur propre peau, accusaient leurs compatriotes au hasard. De deux car cette résistance muette justifiait le massacre qu'il perpétrait au nom de la justice, lorsqu'il s'agissait en vérité d'assouvir une soif insatiable de violence et de sang.

La sueur perlait sur le front de Jack qui se demandait si l'un des employés allait le désigner. L'enchaînement logique était simple. Il était le dernier à avoir intégré la distillerie, il était donc *l'inconnu*, celui en qui on pouvait le moins faire confiance. Etait-ce véritablement un coup du sort qu'un meurtre soit perpétré deux mois à peine après son arrivée ? Du point de vue des travailleurs, Jack en était conscient, il était le suspect parfait. Toutefois personne ne l'avait vu tirer sur Marcelo. Si des soupçons pouvaient être soulevés, aucune preuve ne pouvait être apportée. De toute manière, toutes ces considérations hypothétiques importaient nullement, se dit Jack, car nous allons tous être exécutés aujourd'hui, les uns après les autres comme de la volaille sans valeur.

Habitée par sa cruauté coutumière, Martin déambulait lentement autour des neufs prisonniers restants. Ce manège sadique avait pour but de miner leur volonté et leur résilience car, à chaque passage, la perspective d'être la prochaine victime torturait l'esprit de chaque captif. Sa perversité que chaque pas rassasiait le faisait saliver. Les captifs luttaient à nouveau contre leurs liens. Leurs sens étaient entièrement alertes à présent. Toutefois dans la panique propre à la survie, la raison confiait le pouvoir au corps qui se débattait inconsidérément et donc vainement.

Martin émit un rire guttural menaçant et s'approcha d'un homme en seconde ligne. Il fit une mauvaise blague au garde le plus proche qui s'esclaffa ostensiblement bien que faussement.

— Allez les gars ! Vous allez vraiment laisser mourir un deuxième de vos potes ? Tout ce que vous avez à faire est me dire qui est ce salopard qui a tué Marcelo ! Tirer dans le dos d'un homme, c'est moche. Pendant qu'il pisse, c'est petit. Alors qu'il est bourré, c'est inhumain. Alors vous imaginez les trois en même temps ? Dénonce toi sale lâche et j'épargnerai tes amis !

Sa harangue terminée, il pointa son canon sur le haut du crâne d'un prisonnier qui demanda pitié. Mais avant que quiconque ait eu le temps de réagir, le décompte était terminé et Martin tira. Un bruit immonde de crâne brisé et de cervelle qui explose se fit entendre au même moment. Un des captifs vomit.

Jack sentit la vague violente de la révolte déferler dans sa poitrine avec fracas. Quitte à se faire tuer, autant le faire en se défendant ! Par chance, même si ses bras et ses jambes étaient ligotés, ils n'étaient pas attachés *entre eux*. Il était donc tout à fait possible de se lever brusquement et de tenter quelque chose.

Il sembla qu'un des employés eut la même idée. Son voisin de droite se leva d'un bond et alla, de toute la force de son corps en plein élan, percuter brutalement le garde le plus proche qui n'eut pas le temps de réagir pour se protéger. Sa tête heurta violemment le mur de pierre juste derrière. Il y eut une seconde de profond silence puis le garde s'affaissa doucement en glissant contre la paroi, ses jambes formant un angle bizarre.

Jack ne se fit pas prier et emprunta la technique de son voisin pour rentrer dans le lard d'un autre garde qui venait de prendre son revolver en main. Martin tira mais manqua sa cible. Au même moment trois prisonniers portés par une colère aveugle se précipitèrent vers lui et l'assénèrent de coups d'épaule et de tête.

Martin tira au hasard dans le tas, un prisonnier tomba et l'emporta dans sa chute. Alors les deux autres se jetèrent sur lui pour l'écraser tandis que Jack et un homme qui s'était joint à lui immobilisait le garde part-terre et sans défense car son arme lui avait échappé lors du choc avec Jack.

De l'autre côté de la pièce, deux employés se tournaient le dos pour se défaire les nœuds les uns des autres. Lorsque le premier, Louis, eut les poignets libres, il empoigna l'arme du garde mort et tira sur un geôlier qui luttait contre un de ses semblables. Il fut touché à l'avant-bras et lâcha son fusil. Ce fut pour lui le signal d'alarme qui le poussa à fuir en dehors de la pièce. Puis Louis visa Martin. Mais il n'osait tirer car dans la mêlée se trouvaient deux de ses amis. Il se rua alors vers le garde immobilisé par Jack et lui tira dans la nuque.

Grâce à sa force et comme ses deux assaillants avaient encore les mains liées, Martin réussit à se relever et constatant la situation devenir critique pour lui, il s'enfuit d'un bond vers la porte d'où il était venu, la franchit et la claqua.

Les prisonniers s'aidèrent alors pour se défaire de leurs liens pendant qu'un des leurs surveillaient la porte à l'aide du fusil qu'il venait d'empoigner. Ils étaient sept survivants car Martin avait réussi à tuer l'un des leurs dans la mêlée. Un fusil et deux revolvers pour sept, sans savoir ce qui les attendait derrière la porte, leur chance était maigre mais au moins ils étaient debout et libérés.

Comme un seul homme, ils s'unirent autour de Louis. Jack se joignit à eux, soulagé de constater qu'aucun ne le regardait.

S'ensuivit une discussion animée sur la marche à suivre. Ils savaient que plus ils attendaient, plus leur chance de s'en sortir s'amincissait car leur ennemi aurait le temps de se préparer de l'autre côté du palier. La réflexion étant synonyme de mort, il fut donc décider au bout d'à peine une minute d'ouvrir en grand la porte puis de courir tous en même temps au dehors, afin de déferler en force, telle une meute affamée, sur l'ennemi qui n'aurait pas le temps de viser correctement ces nombreux corps en mouvement. Il y aurait sûrement des blessés, mais mieux valait ça que de passer un par un pour indubitablement mourir en chaine.

Les cris de fureur fusèrent lorsqu'ils franchirent en trois secondes la porte. Les trois qui étaient armés surgirent en tête et tirèrent des coups à l'aveugle afin de contraindre leurs ennemis à se cacher.

Ils débouchèrent dans un salon où une grande table en bois avait été renversée, plusieurs balles tirées d'un revolver sans tête touchèrent un des prisonniers, sans toutefois affaiblir sa détermination.

Un groupe de trois s'était élancé vers la gauche en sortant et avait percuté deux grands sièges en cuir rembourré derrière lesquels se tenaient deux hommes aux aguets. Ces dernières tirèrent dans le tas, tuant sur le coup l'un des trois, les deux autres leur sautèrent dessus et les frappèrent de toute leur force.

Il faut comparer dans cette bataille la fureur des employés qui s'étaient vus morts quelques minutes auparavant à la surprise de leurs geôliers qui pensaient passer une journée certes ensanglantée, mais surtout sans danger pour eux. Cette différence de motivation permit aux travailleurs de prendre rapidement le dessus sur leurs quatre ennemis. Martin, derrière la table, continuait en vain à tirer à l'aveugle mais il avait perdu tout discernement et ses tirs avaient pour seuls victimes les murs en pierre de la maison.

Rassemblés autour de la table, les employés, désormais cinq d'entre eux étaient armés, intimèrent Martin de sortir de sa cachette, tout était fini pour lui. Ce dernier, n'ayant plus de munitions, tenta la négociation.

— Mes amis, je vous avais dit que je laisserai partir certains d'entre vous sains et saufs. Voilà qui est fait, pourquoi ne pas s'en tenir là ?

Puis il se leva, le torse bombé bien que son regard trahissait une détresse légitime. Oh diable ces hommes ! pensa-t-il. Pourquoi a-t-il fallu qu'ils se précipitent aussi rapidement hors de cette pièce ?

Il n'avait eu en effet que le temps d'expliquer la situation à ses hommes et de leur recommander de former des barricades, bien pauvres, avec les meubles du salon, que les prisonniers s'élançaient déjà sur eux alors qu'il croyait avoir le temps de fuir à cheval.

Il se leva donc lentement et lorsqu'il fut bien droit, il tenta de négocier pour faire appel à la mansuétude des employés. Mais, sans qu'aucun n'ait eu besoin de prendre la parole, ils se transformèrent en bourreau et n'hésitèrent pas lorsqu'ils le plombèrent démesurément. Le corps de Martin, toujours debout, tressaillait chaque fois qu'une balle le touchait. Sa dernière expression dénotait un mélange de douleur vive et de stupéfaction.

Une minute passa dans un lourd silence. Chaque homme regardait le cadavre au sol, comme s'ils étaient hypnotisés par les angles bizarres de la mort qu'ils avaient eux-mêmes provoquée.

Jack sentit alors une vive douleur à sa cuisse gauche. Il tâta son muscle avant de le regarder et ce simple contact lui balança un éclair nerveux qui transperça son corps de part en part. Il avait été touché à la jambe lors de l'affrontement mais n'avait rien ressenti. Maintenant que l'adrénaline redescendait, ses sensations revenaient au galop et la douleur se fit bientôt lancinante.

Lorsque leur esprit émergèrent du carcan aveuglant de l'affrontement, les employés se réunirent et décidèrent de laisser tel quel les cadavres de leurs ennemis mais de rapporter les corps inertes de leurs compagnons moins chanceux qu'eux.

Aucun ne fit de commentaire à Jack mais tous eurent un regard dur et plein de reproche à son égard. Ils le jugeaient responsable de la tuerie qui venait de se dérouler, ce qui n'était pas tout à fait faux sans être une vérité entière. Mais Jack ne semblait pas vraiment remarquer cette procession d'admonestation muette car sa blessure accaparait tous ses sens.

On pourrait se demander pourquoi les employés, qui avaient perdus des amis, ne voulurent pas se venger physiquement de Jack. Ce n'était pas un manque d'envie qui les retint mais l'infecte réalité de constater le nombre déjà élevé de cadavres qui jonchaient le sol. Seul un fou accroîtrait à l'horreur la noirceur de la revanche.

De plus ils avaient remarqué la blessure de Jack. La souffrance qui se lisait sur le visage de notre homme leur suffisait. Louis prévint malgré tout Jack qu'il ne serait plus jamais le bienvenu à la distillerie Floyd.

Jack confirma, d'un léger coup de tête vers le bas, qu'il avait compris. Leurs amis sur les épaules, les employés quittèrent rapidement les lieux et utilisèrent les chevaux qui attendaient dehors pour rentrer dans l'Ivremont, en espérant n'avoir jamais à revivre ce genre de journée et en priant que Morgan ne fusse jamais au courant de ces évènements.

Jack retrouva Kelly dans l'étui d'un des hommes au sol. Il fut satisfait de constater qu'il ne s'en était pas servi, il y avait donc toujours six balles dans le barillet. Il avait fait construire ce colt à huit-coups dans un seul but, utiliser une balle par lieutenant, puis la dernière pour Morgan. Voilà cinq ans déjà que Kelly était attachée à sa ceinture. Cinq ans qu'il touchait, chaque jour, la crosse de son instrument de vengeance. Kelly, qui incarnait ainsi sa haine obsessionnelle, lui était plus que précieuse et rien ni personne ne devait l'en séparer.

6. Les huit flingues fantômes

Jack pataugea quelques minutes dans une mélasse mentale due à sa blessure. Solitaire depuis l'abandon de ses anciens collègues, il s'aventura à l'extérieur du bâtiment qu'il nommerait désormais la maison des tortures. A son ravissement, Amon l'attendait sagement. A sa contrariété, son état d'inconscience lorsqu'il avait été emmené l'empêchait de savoir où il se trouvait exactement. Toutefois il pouvait sans mal tabler sur une certaine proximité avec la distillerie Floyd, car il lui semblait improbable que les sbires se soient décidés de voyager impunément sur une longue distance alors qu'ils se trimballaient dix hommes inconscients.

De plus les collines d'Ivremont étaient visibles au loin. A leur forme, Jack devina qu'il se trouvait à l'opposé de la distillerie, soit à quelques heures à peine de la ville fantôme située entre St Gilmour et Richardson, Mercury. Au vu de la situation abandonnée de cette dernière, l'endroit présentait l'avantage non négligeable de pouvoir se reposer et se remettre de ses blessures en toute quiétude et incognito. Cet isolement comportait toutefois le risque de se faire zigouiller la nuit par les bandits qui y trainaient parfois dans le but de dépouiller les voyageurs qui osaient y faire étape. Pas besoin de docteur, se disait Jack, juste de repos et de prudence. Cette réflexion le décida ainsi de s'y rendre.

Le caractère fantomatique de Mercury vint suite aux innombrables batailles, ouvertes ou sournoises, qui opposèrent St Gilmour et Richardson durant leur sempiternelle lutte du pouvoir à Casanova. Dégoûtés par le nombre de victimes collatérales, dues au simple fait que leur ville était mal située sur la carte, car il fallait croire que les dirigeants de St Gilmour et Richardson considéraient Mercury non pas comme une ville habitée mais comme un terrain de combat, la majorité des Mercuroys décampèrent de leur fief afin de s'installer dans un havre moins risqué.

Quelques heures après avoir quitté la maison des tortures, Jack et Amon parvinrent à Mercury où seuls quelques corbeaux manifestaient des signes de vie. Charmant, pensa Jack avant d'entrer dans l'hôtel-saloon et de s'installer dans une chambre vide à l'étage. Il prit un chiffon puis essuya le désert sur son visage avant de se coucher. Malgré sa fièvre, ses pensées se tournaient vers l'avenir plutôt que sa blessure. Il s'endormit entouré par une poussière décennale.

Un bruit léger et suspect survint dans la nuit qui le réveilla parce qu'il ne dormait que d'un œil. Il connaissait les risques encourus dans cette ville. Même s'ils ne faisaient que passer, les hommes, bandits ou honnêtes, par dessein ou excès de prudence, pouvaient se montrer dangereux. Les caravanes ou estafettes également, idem concernant les chiens perdus et affamés qui déambulaient dans les rues.

En fait, la mort à Mercury n'était que de passage mais n'en semblait pas moins dangereuse. Parfois elle vous rencontrait, parfois non. Certains appelaient cela le destin. D'autres personnes plus censées attribuaient ces décès aux conséquences fatales d'une blessure par balle, tirée par le colt d'un homme, d'une femme ou d'un animal armés plus rapides que vous.

Jack attendit quelques secondes avant de se lever doucement. Il se dirigea vers le couloir. Le plancher sous ses pieds le trahissait dans un philarmonique de grincements que tout compositeur de bois aurait adoré créer.

A moins d'être sourd, l'homme au rez-de-chaussée savait la présence de Jack, il pouvait même plus ou moins bien le situer à l'étage. Jack maudissait son manque inhabituel de prudence. Pourquoi s'installer dans une chambre dont le sol se composait de vieux bois qui ne pensaient qu'à travailler ?

Le silence qui enveloppait le saloon renseigna Jack sur la tranquillité affichée par Amon malgré la présence d'un étranger. « Un cheval sans peur, bravo Amon » pensa-t-il. Mais la fierté pour sa monture ne lui était d'aucune utilité pour deviner quels étaient les agissements de la personne au rez-de-chaussée. Quoi qu'elle fût en train de faire, elle parvenait à se mouvoir silencieusement, elle. L'accalmie lui pesait, il pressentait un piège se tendre, Jack ne tenait plus en place. Presque à quatre pattes, il marcha lentement dans le couloir jusqu'à atteindre le haut des escaliers. Pas de mezzanine donc il ne pouvait être vu sans voir lui-même. Il attendit car il n'avait pas d'autre choix. Quoi qu'il fasse maintenant, l'autre l'entendrait à cause de ce *putain* de plancher.

S'il passait par la fenêtre qui surplombait les dernières marches pour sauter au dehors et prendre par derrière l'étranger, ce-dernier l'entendrait et aurait le temps de se réfugier derrière le comptoir, ou pire, il pourrait prendre Amon en otage. S'il dégringolait insouciamment les escaliers tel un fou furieux en quête d'action, l'étranger se ferait un malin plaisir de dézinguer sans difficulté cet excès de zèle. Jack pensa qu'il pourrait peut-être s'en sortir s'il était homme à survivre avec deux ou trois balles dans le buffet. Enfin, dernière solution, peu commode également, s'il s'endormait ses ronflements le trahiraient et il se réveillerait dans un autre monde. Il se voyait donc contraint de patienter, en sueur et à moitié couché sur le palier. Heureusement pour lui l'attente ne dura qu'une minute car l'étranger s'adressa à lui.

— Bonsoir mon ami, je m'appelle Eliakim. Cela vous plairait-il de boire un coup avec moi ? Je peux nous préparer un bon thé au gingembre.

Jack crut rêver ! Mon état est-il si piteux pour que j'en vienne à entendre de pareilles conneries ? L'étranger semblait vouloir engager la conversation, absurde ! Par la suite, Jack ne sut dire s'il avait eu une idée en tête pour se dépêtrer de cette situation ou s'il avait été emporté par la fièvre due à sa blessure, toujours est-il qu'il répondit par une question.

— Pourriez-vous dire à mon cheval de monter me rejoindre ?

L'absurdité de la requête va sûrement me faire gagner du temps. Dans quel but ? Pour gagner du temps. Dans quel but ? Merde, je l'emmerde lui en bas avec son thé !

Surpris mais seulement à moitié par la requête de Jack, parce qu'Eliakim l'avait vu rentrer dans le saloon avec la démarche caractéristique de l'homme atteint par une fièvre délirante, l'indien partit dans un rire franc et honnête. De son côté, Jack ne tenait plus en place, les gouttes de sueurs qui recouvraient son front lui brulaient les yeux et les pensées, sa blessure était pire qu'il ne le croyait et elle emportait toute logique. Il descendit les escaliers, les revolvers rangés dans leur étui.

« Thé ou whisky ? » fut la seule question qu'il entendit avant qu'une pétarade inopinée ne débarquât brutalement dans la pièce. Deux hommes, l'arme au poing, venaient d'y faire une entrée fracassante et tiraient au jugé, en gueulant des injures impropres à l'oreille humaine. Ils étaient saouls et, venant de l'extérieur éclairé par la lune, ils ne voyaient guère mieux qu'une chaise sans œil.

Toutefois, quatre revolvers dont les balles voltigent dans tous les sens sont plus dangereux qu'on y croirait, ainsi Jack et Eliakim eurent l'extrême sagesse et le même réflexe salvateur de se réfugier promptement derrière le bar. Ils se dévisagèrent l'espace d'une seconde qui leur fut suffisante pour constater qu'ils étaient alliés, puis ils dégainèrent et tirèrent sur les assaillants ivres. Ces derniers, enhardis par l'intempérance du combat, ripostèrent et les chaises et les tables, et l'escalier en bois et le miroir du bar, et le silence et les étoiles, tous souffrirent à l'unisson pendant deux longues minutes.

Dans un tel capharnaüm, impossible de savoir qui de Jack ou d'Eliakim parvint à refroidir les agresseurs. Toujours est-il qu'ils gisaient morts, à terre dans une mare de sang sous une couche de fumée aux effluves de roussi. Jack allait féliciter Eliakim du résultat remarquable de l'échauffourée lorsqu'il se sentit défaillir. Le bar, le miroir, les bouteilles et l'indien devinrent flous et tourbillonnèrent dans un trou de plus en plus noir et profond.

Lorsqu'il se réveilla, nauséeux et le crâne écrasé dans un étau, il s'étonna d'être en vie, sur son cheval, chevauchant à côté d'Eliakim. Ce dernier croisa le regard de Jack et lui sourit en lui disant que tout allait bien se passer, qu'il pouvait se reposer tranquillement, il veillerait sur lui, le soleil commençait à poindre le bout de son nez et réchauffait le sable d'une teinte orange. Jack sombra alors à nouveau, agité par une fièvre qui le rendait heureux de pouvoir poser sa joue brulante contre l'encolure d'Amon. Lorsqu'il se réveilla deux heures plus tard, Eliakim lui résuma la situation.

— Le blanc, je n'ai aucune idée de comment tu as pu faire malgré ton état délirant, mais tu viens de me sauver la vie. Tes balles ont touché les deux autres blancs alors que les miennes ne touchaient que les murs et les meubles. Ainsi je te le dis le blanc, mes mains remplaceront les tiennes pour te soigner. Le soleil monte et je te conduis dans mon village, Amahoro, afin que tu puisses t'y reposer et guérir. Sur la route, mes yeux remplaceront les tiens pour repérer les dangers et les animaux que je chasserai de mes bras qui sont les tiens également. Et, afin de sceller notre union, laisse moi donc te raconter mon histoire.

L'esprit dans un brouillard bouillonnant, Jack était incapable d'exprimer ni consentement ni refus. Mais même s'il ne le connaissait que depuis quelques heures, il se sentait en sécurité avec cet indien. Eliakim possédait un visage honnête et dégageait quelque chose de profondément calme et humain. Il était de ce genre de personne capable de s'endormir sur le monde sans être dérangé par son tumulte.

7. De longues fiançailles

L'histoire commençait plusieurs années auparavant, lorsque la curiosité poussa Eliakim à quitter sa tribu des Cheyuukee les Indiens du Sud, pour traverser le Canyon d'Hota vers l'ouest. Il souhaitait découvrir un autre monde, différent des forêts qu'il connaissait par cœur et loin des légendes des dieux de son peuple qui ne lui convenaient pas.

Enchaîné des années durant dans le cocon hermétique des croyances de son peuple, Eliakim eut au départ toutes les peines du monde à percer ce blindage spirituel. Le voyage qu'il entreprit ne plaisait guère aux anciens de son village. Son désir de découvrir le monde semblait être l'œuvre du diable qui travaille sans relâche afin de perdre et les hommes et les femmes dans le labyrinthe sans issue du péché. Prisonnier à l'intérieur, nul ne peut plus en sortir et les actions perpétrées ne riment plus qu'avec honte et désolation.

Eliakim devint donc, du point de vue de son peuple, un être perdu dans les méandres obscurs et profonds creusés sournoisement par le Malin.

Mais Eliakim, dont les capacités spirituelle et empathique ne possédaient aucune frontière, ne leur en tint pas rigueur car, plutôt que de considérer leur désaveu comme un affront, pleura ses voisins qui croyaient demeurer si proches du ciel grâce à leurs prières, mais qui en étaient véritablement si loin par leurs actes.

Il avait entendu parler d'une communauté installée dans un village près du canyon d'Hota, qui, ayant totalement rejeté l'idée de l'être supérieur, acceptait chaleureusement tout homme et toute femme dont le cœur s'ouvrait aux autres hommes et femmes, terrestres et réels, plutôt qu'aux divinités.

Dans ce village, bien qu'on acceptât les croyances en tant que superstitions archaïques, les prières étaient bannies et la règle tacite disait que seules les actions quotidiennes d'entraide et de générosité entre habitants étaient dignes de louanges.

Après plusieurs jours de marche, Eliakim parvint dans ce village coloré et, bien qu'il ne parlât pas un mot de cette langue étrangère, il fut accepté immédiatement grâce à son sourire franc et facile qui fut le meilleur des passeports.

Il passa les premières semaines à travailler en tant qu'aide du boucher car il savait manier le couteau et écorcher avec précision les bêtes qu'on lui présentait. Durant ce temps venait chaque jour à la boucherie l'institutrice du village, Madame Louise Raine, afin de lui enseigner les rudiments de leur langue et ainsi, sur les billots et à côté des livres, les mots et le sang se mélangeaient pour former l'exquise leçon de la vie.

Mais plus que ces cours qui lui permettaient de communiquer plus facilement avec son entourage, ce dont sa reconnaissance se traduisait par de tendres serrages de mains à la professeure chaque fois qu'elle repartait de la boucherie, Eliakim attendait impatiemment, chaque jour, le moment où une belle inconnue passait devant la vitrine du commerce.

Ils firent connaissance grâce au courage d'Eliakim qui prit sa décision indéfectible de l'accoster, le jour où il sut que la honte ne pourrait pourfendre sa fierté d'indien car son niveau linguistique s'avérait désormais suffisant, à défaut de parfait, pour poser une question qui trottait dans son esprit depuis ce jour fatidique où il l'aperçut pour la première fois *« voulez-vous dîner avec moi ? »*.

Lorsqu'elle répondit *oui*, il fut pris de court parce que sa concentration, focalisée sur la bonne prononciation des mots et l'intonation de la question, avait accumulé toute sa nervosité dans le processus de la demande, occultant de fait l'entière partie pourtant tout aussi importante qui consistait à accueillir la réponse, positive ou négative, afin de pouvoir la traiter méthodologiquement et agir intelligemment en conséquence.

— Souhaiteriez-vous que je vous montre comment dépecer un lapin d'abord ?

Oubliée la logique, au placard l'intelligence ! Mais sa sollicitation surprenante eut le mérite de faire rire Sarah, car ainsi s'appelait la belle inconnue, qui accepta avec un grand sourire la proposition.

— Ça me changera des rendez-vous habituels déclara-t-elle et Eliakim fut instantanément emporté par le tourbillon sableux de l'amour.

Ils vécurent deux ans ensemble, pauvrement et dans un bonheur contemplatif : lui s'émerveillait de la capacité de Sarah de prendre tous les aléas de la vie avec le sourire et de considérer chaque expérience douloureuse comme un tremplin vers un avenir meilleur. Elle s'étonnait chaque jour du potentiel sans fin d'Eliakim par rapport à tout ce qui touchait l'être humain, son envie inextinguible d'apprendre et sa profonde et sincère dévotion envers ses proches.

Ils décidèrent de se marier sans fracas ni démesure, mais lorsqu'Eliakim découvrit l'importance que revêt le décor de cet acte dans le monde occidental, il fut accablé de honte car il était pauvre et ne pouvait prétendre à répondre aux critères de luxe imposés par la cérémonie.

Malgré les protestations de Sarah qui affirmait que les plus belles unions étaient rarement les mariages d'argent. Eliakim décida de lui offrir la meilleure cérémonie possible. Privé de toute logique à cause de son amour inconditionnel et de son ingénuité irrévocable, Eliakim partit donc sur les routes de Casanova à la recherche d'un travail dont le salaire dépasserait largement celui que touche le commis d'un boucher. Ce départ lui permettait de plus d'assouvir son envie originelle de parcourir le monde.

Sarah ne put retenir ses larmes ni son homme, car elle savait que sous une épaisse carapace de gentillesse se terrait une volonté têtue et immuable. Elle promit de l'attendre le temps qu'il faudrait, certaine qu'il reviendrait triomphant, d'une manière ou d'une autre, de sa quête de richesse.

Muddy Town fut la première destination d'Eliakim, la ville portuaire installée à l'embouchure de l'Emilia, le fleuve qui coulait au creux du Canyon d'Hota. Le port était la seconde ville la plus peuplée de Casanova. Bien qu'il ait trouvé un job de serveur dans un saloon, la taille de Muddy Town lui paraissait exagérée, il y étouffait. Il décida donc de continuer sa route.

Sa seconde tentative eut lieu à Paris, en tant qu'adjoint du shérif, sur les conseils d'un ancien soldat croisé au saloon lui ayant expliqué que le haut salaire proposé compensait les risques inhérents au métier. Mais il semblât que la couleur de sa peau autorisait les appréhendés à outrepasser toutes les règles de respect dues à son rang, si bien qu'il sut que la justice ne passerait jamais par son bras tant que l'esprit des hommes se limiterait à la teinte d'un visage plutôt qu'à l'insigne en forme d'étoile cousue sur le veston.

Il entreprit alors de traverser la région entière pour aller travailler en tant que mineur de fonds dans les montagnes d'Hota. Même si les risques inhérents à ce type de travail n'étaient plus à prouver, il savait que seulement quelques mois passés dans les racines des montagnes lui permettraient d'économiser assez. Son espoir fut coupé net par la voix du responsable du recrutement.

— Vous ne possédez pas l'expérience requise, de plus vous n'êtes plus tout jeune, hors nous avons besoin de gaillards solides et souples là-dessous !

— Le blanc, jeta Eliakim à Jack qui ne put comprendre, vous vivez dans un drôle de monde qui manque de logique. Vous demandez aux plus jeunes de tuer les sangliers les plus forts alors qu'ils n'ont même pas encore l'âge de tenir un arc convenablement…

Ce genre de déconvenues continua étape après étape, refus après désillusion. Déçu et désireux de retrouver Sarah après des mois d'absence, Eliakim empruntait le chemin du retour vers Amahoro. Le hasard voulu que lui et Jack se rencontrassent alors qu'ils traversaient les deux Mercury.

— Même si je rentre pauvre, au moins ne le suis-je pas plus qu'à mon départ. Et puis Sarah est trop intelligente pour laisser l'argent nourrir ma honte, elle saura me pardonner et nous nous marierons pauvres et heureux.

Jack acquiesça, bougonna car il avait une dette de vie désormais, mais sourit à son nouvel ami, conscient de la chance qu'il avait de devoir sa vie à un homme bon et dont le caractère s'avérait dépourvu de toute trace de cupidité.

Son état déplorable, mais aussi parce qu'il avait faim et qu'il savait qu'il avait besoin de l'Indien pour se sustenter car il n'était pas en état de chasser, entérinèrent sa décision de prendre la route avec Eliakim jusqu'à son village. Et puis, pensa-t-il, une aide est toujours bienvenue et des soins me semblent indispensables. Pour couronner le tout, Morgan cherchera probablement un homme seul, pensa Jack, alors autant s'adjoindre une compagnie.

Concernant les corps des deux assaillants bourrés, ils ont été jetés et recouverts d'un peu de terre par Eliakim dans la fosse commune du village fantôme. Personne n'aurait su dire avec exactitude de qui était née l'idée de cette fosse, le village étant inhabité et délaissé depuis des dizaines d'années. Certains racontent qu'elle avait été creusée par un groupe d'amis qui, après avoir trucidé de nombreux adversaires, décida par fainéantise qu'il valait mieux creuser un seul grand trou que plusieurs petits.

Depuis l'habitude est restée et chaque personne qui en tue une autre à Mercury est tacitement priée de jeter le cadavre dans ce large trou, là où ils seront mangés par les bêtes et se transformeraient petit à petit en poussière, devenant, de cette manière, la localité favorite des charognards et du temps.

Grâce à ce procédé, il est possible de demeurer quelques nuits dans le village sans subir les effluves nauséabondes des corps en décomposition. Chacun respecte la coutume de transporter le cadavre jusqu'à la fosse, du moins autant que faire se peut car il arrive que le corps soit trop lourd à charrier. Par conséquent, c'était un fait connu que les seuls squelettes qui restaient dans les maisons et rues étaient les squelettes des anciens gros.

8. Les géants de Casanova

Lorsqu'ils parvinrent au Canyon d'Hota quelques jours plus tard, Eliakim conta avec entrain la légende du lieu. Bien entendu, Jack la connaissait déjà, comme tout le reste de la population de Casanova, mais il accepta de l'entendre une énième fois. Non pas, comme auparavant, à cause de son état qui empêchait toute protestation, mais parce qu'il était curieux d'entendre cette histoire être relatée par un Cheyuukee.

La légende indienne raconte qu'en des temps immémoriaux vivaient des géants sur la Terre. Envoyés par des dieux anciens dont les noms sont oubliés depuis toujours, chaque géant était composé par l'un des quatre éléments élémentaires : feu, terre, eau ou air. Les quatre castes s'étaient vu octroyé un rôle précis qui consistait à modeler le monde selon les désirs des dieux, avec une juste proportion des océans, des terres et des déserts.

Malheureusement ces géants étaient dépourvus d'intelligence et se cherchaient régulièrement noise. Leurs querelles devaient chaque fois être réglées par les Ysunites, les *arbitres*, des êtres célestes également envoyés sur notre planète par les dieux afin de surveiller et guider les géants. Les Ysunites étaient moins forts et grands que les géants, mais leur intellect leur permettait de gagner en influence et donc en puissance.

Un jour la force d'un des géants surpassa celle de tous ses congénères. Il acquit cette vigueur grâce aux nombreux bassins qu'il creusa, à la multitude de mers qu'il créa et aux innombrables vagues qu'il façonna. Ce géant des eaux s'appelait Hota Casmuska.

Peu d'années passèrent avant qu'il n'en vienne à remarquer sa supériorité en force et qu'il voulut en tirer avantage. Il tenta alors de recouvrir d'océans le monde entier. Dans sa quête il se heurta à de nombreux adversaires composés de feu, d'air ou de terre. Il gagna toutes ses batailles et ses victoires augmentaient d'autant plus sa puissance brute.

Malheureusement les Ysunites, jusqu'alors convaincus qu'il ne représentait pas une véritable menace, ne s'intéressèrent que trop tardivement aux agissements d'Hota. Un jour toutefois, confrontés au monde ravagé par les luttes gigantesques, ils ne purent que constater les conséquences de leur inaction. Ils décidèrent dès lors de stopper coûte que coûte la progression destructrice d'Hota Casmuska.

Les ravages irréversibles rendaient vaines tout recours à la ruse ou à la négociation, seule la suppression pure et simple d'Hota pouvait ramener la paix sur Terre. Les plus braves formèrent un groupe qui s'arma d'épées de feu et de terre et s'en alla défier le géant dans son antre, l'île désormais connue sous le nom de Casanova.

Des jours de luttes violentes s'ensuivirent, ils tapèrent plusieurs journées sur les membres bleus d'Hota, mais à chaque coup porté, ce dernier remodelait ses bras d'eau en cascades gigantesques sur lesquelles ripaient les lames des épées, cette technique lui permettant d'éviter toute blessure mortelle.

Inlassablement les Ysunites frappèrent durant des jours puis des semaines. Leurs forces commençaient à lâcher lorsque l'un deux, leur chef Tuwe Ya, eut une idée. Il alla chercher le plus grand géant des airs, Sni Nape, pour le prévenir des dégâts que pouvait causer Hota si les Ysunites ne parvenaient à le vaincre.

Sni Nape n'était au départ pas convaincu de vouloir les aider car il méprisait tout autant l'eau que la terre ou le feu et peu lui importait qu'il y ait uniquement des océans, des volcans ou des plaines sur Terre car le vent, supérieur aux autres éléments, pouvait exister par lui-même, seul.

Tuwe Ya lui expliqua alors que si le monde n'était constitué que d'eau, non seulement il ne pourrait jamais s'amuser à créer des ouragans, à chanter sa mélodie volante au travers des montagnes et des ravins mais que, surtout, les dieux enrageraient et risqueraient de détruire ce monde pour en créer un autre.

Après mûre réflexion et constatant en effet que son pouvoir se trouverait amoindri si la Terre s'uniformisait en une masse d'eau, Sni Nape accepta de les aider et se rendit sur le champ de bataille tandis qu'Hota, en éliminant plusieurs éminents Ysunites, s'approchait de plus en plus de la victoire.

Alors Sni Nape souffla sur Hota les vents les plus froids qu'il eut pu rassembler de par le monde afin de transformer en glace les cascades du géant d'eau. La lutte monumentale dura un mois sans répit, plusieurs autres Ysunites moururent. Un jour enfin, profitant de la fatigue d'Hota qui combattait depuis plus longtemps que lui, Sni Nape parvint à le geler.

Le chef des Ysunites pris son épée, une lame forgée en or pur, un maximum d'élan et frappa d'une force incommensurable Hota droit au cœur. Celui-ci se brisa en plusieurs milliers d'éclats de glace dont la majorité disparut dans les profondeurs des océans qu'il avait lui-même créés.

Toutefois, sa main droite, après avoir frôlé les étoiles, retomba violemment au sol et s'y figea pour l'éternité en de gigantesques montagnes glacées. Les montagnes d'Hota possède ainsi plusieurs surnoms : les doigts glacés ou encore, la montagne du géant de glace…

On dit également qu'un fragment de l'épée d'or de Tuwe Ya resta coincé dans la main d'Hota et que cette partie de l'arme git toujours au fond d'une des cavernes des montagnes. La taille de ce fragment représenterait l'équivalent de plusieurs ours empilés les uns sur les autres. Nombreux sont ceux à s'être perdus dans les méandres des montagnes glacées dans l'espoir de découvrir ce butin faramineux.

Un autre fragment de l'épée aurait quant à lui voltigé dans l'atmosphère sur d'innombrables kilomètres avant de retomber dans sa longueur, le tranchant orienté vers le sol. Ainsi aurait été formé le Canyon d'Hota, la terre coupée en deux par une lame d'antan. Cette dernière, sous la violence du choc, aurait explosé en mille milliers de morceaux, éparpillés un peu partout dans la région de Casanova mais présents surtout, et logiquement, dans la rivière du canyon d'Hota.

Eliakim avait à peine achevé de raconter la légende que les deux hommes parvinrent en vue du poste de gardes. Edouard Montillard, le maire de St Gilmour, avait décidé d'installer ces postes de surveillance des deux côtés de chaque pont, dans le but officiel de commercer intelligemment avec les Indiens qui vivent à l'Est du Canyon, mais dont l'objectif réel consistait à placer à quatre endroits stratégiques de la région une petite troupe d'infanterie, prompts à défendre l'ouest du Canyon contre les Indiens si ceux-ci décidaient de mener une bataille, et pouvant aisément espionner ces derniers en temps de paix.

Les voyageurs qui voulaient traverser ces ponts pouvaient le faire sans autorisation spéciale, mais la consigne de chaque chef de troupe était d'enregistrer dans un pupitre le nom de chaque personne traversant le pont, dans un sens ou dans l'autre. Bien que l'historique ne fût que très rarement consulté, cela paraissait être une mesure sage et pratique pour le maire, mettant en avant cet argument sans faille que, grâce à lui et ses pratiques de prévention, les habitants de Casanova pouvaient vivre en sécurité, tout du moins en ce qui concernait les Indiens.

Bien que le visage blême de Jack ne passa pas inaperçu, les gardes ne bronchèrent pas lorsqu'Eliakim demanda à passer sur le pont car ses origines indiennes et son air naturel de gentillesse lui garantissaient un passage aisé vers l'est, sa terre d'origine. Quelques heures plus tard,

Amahoro, qui était situé à quelques kilomètres au sud-est du pont, fut en vue.

— Amahoro a été construit il y a d'innombrables lunes par des hommes et femmes qui souhaitait partager leur amour avec une large communauté, commença Eliakim. Ils souhaitaient fonder un lieu idoine pour ceux qui voulaient vivre en paix et en harmonie avec leurs congénères. Tu sais le blanc, nous ne sommes pas tous de la même intelligence, ainsi nous n'avons pas tous une égale tolérance. A Amahoro ne vivent que les plus tolérants. Même si les Cheyuukees sont un peuple brave et pacifique, peu d'entre nous acceptent entièrement la venue de vous autres blancs. Peu d'entre nous vivent à Amahoro avec des hommes rouges, jaunes et blancs. Tu as de la chance d'être tombé sur moi le blanc.

Jack s'était perdu dans ce dédale de couleurs et ne remarqua même pas qu'ils s'approchaient de l'orée du village. Leur arrivée fut célébrée gaiement bien qu'on remarquât qu'Eliakim n'était pas revenu seul et que la gueule dure et marmoréenne de son compatriote n'inspirait a priori pas une grande confiance.

Toutefois les enfants, fidèles à la candide exubérance des premières années, ne tinrent pas compte du faciès dépourvu de sourire qui accompagnait la mine ravie d'Eliakim et se précipitèrent sans discrimination dans les jambes des deux arrivants. Certains enlaçaient même Jack bien qu'il ne fut pas du village. Leur coutume d'accueil ne différenciait pas l'étranger de l'habitant.

Un frisson de malaise glaça Jack parce que son souhait de demeurer dans l'ombre afin de ne pas se faire remarquer semblait être un sommet inatteignable dans cette société où les marmots braillaient à qui voulait l'entendre qu' « Eliakim est revenu avec un étranger pas beau » !

Toutefois la gentillesse des habitants qui l'accueillirent chaleureusement et sans curiosité mal placée, la sympathie qu'éprouva immédiatement Sarah, la fiancée d'Eliakim, à son égard, les rires sans limites des rejetons et surtout le fumet de viandes grillées qui lui parvenait aux narines, tout cela évacua les préceptes de prudence qui s'évaporaient par touches d'insouciance de son mental d'acier.

Depuis sa poursuite du premier mousquetaire et l'affrontement à St Gilmour, Jack ne s'était autorisé aucun moment de répit et ses sens étaient continuellement restés en état d'alerte, ce qui d'ailleurs, à son grand dam, s'était avéré insuffisant face aux hommes de Marcelo à la distillerie. Que pourrait-il se passer alors s'il se permettait de desserrer l'étau de la surveillance durant plusieurs journées ?

Son état de fatigue inaccoutumé dû à sa blessure, mais aussi la brochette odorante qu'un habitant jovial lui tendit, acheva par sa puissante odeur d'herbes et de graisse sa volonté, une fois n'est pas coutume, dilettante. Jack rejoignit la foule qui s'était installée autour d'une grande table, au milieu de ce qui semblait être la place principale du village.

Le repas fut bon, la nuit délicieuse bien qu'entrecoupée par des réveils brusques causés par la douleur. Pour atténuer ses effets, Eliakim qui dormait à côté de Jack et qui se réveillait donc à chaque fois en même temps que ce dernier, roula deux joints, un pour lui, l'autre pour Jack. Au bout d'une heure, les yeux rougis et le regard perdus dans les contrées de l'imagination embrumée, Eliakim sursauta.

— Lorsque la licorne et l'arc en ciel se battent entre eux, seul le mal se réjouit, déclara-t-il solennellement à moitié dégagé de sa torpeur.

Jack pouffa les yeux fermés. Puis dans un sourire ébahi, il dit à Eliakim qu'il ne comprenait rien à ce qu'il racontait, que ses paroles qui mélangeaient la prose indienne, le style des blancs et le vocabulaire des deux langages étaient insondables. L'Indien demanda alors si Jack profitait du moment.

— Oui

— Alors tu n'as pas besoin de comprendre l'ami. Profite, comme nous devrions tous le faire, de l'époque la plus lointaine. Lorsque le cœur et l'esprit se mélangeaient encore dans l'enfance.

Jack regarda l'indien d'un air circonspect avant de mordre à pleine dents dans la cuisse d'un poulet broché. Il soupira de plaisir et demanda à Eliakim pourquoi celui-ci ne portait pas un nom indien, alors qu'il était né dans la tribu des Cheyuukees. L'indien répondit qu'Eliakim était le prénom qui ressemblait le plus à celui qu'on lui avait donné à sa naissance.

— Ah ! s'exclama Jack, ils veulent dire la même chose ? Enfant de la pluie qui tombe dru ? Ou lune rouge à demi transparente ?

Eliakim rigola.

— Non non, le blanc, pas dans ce sens-là. Eliakim et mon nom indien se ressemble quand on parle, ils sonnent de la même façon. Mais la signification de mon nom de naissance reste une énigme. J'ai vécu mon enfance entouré d'indiens mais mes parents m'ont rapidement emmené ici. Peut-être connaissais-je le sens du mot quand j'étais enfant, mais maintenant je l'ai oublié. Ça ne m'empêche pas de vivre tu sais. On ne comprend pas toujours tout, termina-t-il en s'esclaffant.

Comme Jack lui demanda pourquoi il riait ainsi, Eliakim répondit qu'il connaissait une histoire qui illustrait bien ce qu'il venait de dire à propos des nombreuses incompréhensions qui jalonnent nos vies.

L'histoire commençait lorsqu'une communauté de fervents admirateurs de la vie, ces hommes et femmes pleins de bonne volonté n'étaient autres que les fondateurs d'Amahoro, décida d'ériger un village prônant la paix, la tolérance et l'amour et que l'église s'en sentit menacée.

Durant les semaines que durèrent la construction des premières bâtisses du village, des représentants cléricaux, un évêque et trois prêtres, n'eurent de cesse « chaque jour que Dieu leur accordait » d'harceler ces fondateurs en menant à bien ce qui leur semblait être un acte nécessaire de « remise sur le droit chemin ».

Ces visites, qu'Eliakim qualifia d'harcèlement, voyaient l'évêque et les deux prêtres revêtir leur plus admirable soutane, choisir leur bible les plus adroitement imprimées puis aller pilonner oralement chaque ouvrier avec des sermons et des sonnets tirés du texte sacré. Le but était de guider ces fourmis égarées grâce à ce matraquage verbal maniéré et empli de menaces implicites aux effets prétendument salutaires.

Malgré ces religieux obstinés et l'irritation qui pouvait découler de leur discours appuyés, les ouvriers parvinrent à terminer les premières constructions sans qu'aucun conflit ne fût déclaré, ou même sans qu'on eût entendu une seule fois une voix s'élever de colère ou d'impatience.

Mais les choses se compliquèrent lorsque les représentants de l'église constatèrent l'inanité de leurs démarches et qu'ils décidèrent de passer à la vitesse supérieure. Dieu ne saurait souffrir l'affront de ces païens qui osaient prôner les mêmes vertus que lui en omettant volontairement de faire appel à son nom. L'évêque et les prêtres délaissèrent par conséquent le matraquage répétitif au profit de l'invective personnelle.

— Comment osez-vous avilir le nom de Dieu en construisant des maisons quand seule l'édification d'une église est juste ?

— Comment osez-vous prôner des vertus que seul Dieu, dans sa miséricorde sans limite, a le pouvoir de prodiguer ?

— Comment osez-vous prétendre proposer la paix, l'amour, la charité, la tolérance aux hommes alors que ce sont des dons partagés par Dieu et Dieu seul ?

La patience a ses limites, ainsi ces attaques personnelles eurent le don d'énerver les fondateurs. Il s'ensuivit une bataille entre le clergé et, bien que ce terme n'existât pas alors, les hippies. Chaque groupe se lançait dans des discours dithyrambiques quant à la légitimité de sa démarche. Des débats animés eurent lieu sur les meilleurs moyens de prodiguer de l'amour à son prochain, de refuser et dénoncer le mal, de faire preuve de tolérance envers chaque être vivant.

— Comment peut-on se prétendre sur le chemin de la vertu lorsqu'on fornique avec complaisance et sans pudeur ?

— Comment peut-on se prétendre sur le chemin de la vertu sans connaitre la joie et le sentiment d'aboutissement que procure la procréation ?

La prière fut confrontée à la contemplation, le recueillement fut opposé à l'agape, la charité et le partage rivalisèrent, l'abstinence et le sexe bataillèrent, la confession et le pardon luttèrent. On prônait le signe de croix et l'ablution d'un côté, on encourageait le contact physique et le joint de l'autre.

Mais malgré toutes ces oppositions, les messages véhiculés par les deux partis étaient identiques. Il s'agissait d'aimer et non de convoiter, de tolérer et non de voler, d'aider et non d'être jaloux. A vrai dire, bien des fois, si l'on rapportait les paroles telles quelles sans préciser quel parti les avait prononcé, il devenait impossible de savoir si elles provenaient du clergé ou du hippie. Le conflit prit donc des allures grotesques. Un spectacle où les personnages, bien que tous pourvus d'oreilles, n'entendaient pas les autres. Ce n'est qu'au bout d'un an que Lisa, une ancêtre de Paloma, décida d'arrêter cette rivalité burlesque qui voyait chaque protagoniste faire preuve de plus en plus d'audace oratoire pour tenter de remporter cette course à l'argument.

— L'éloquence n'exclut pas systématiquement la vacuité du propos, avait-elle commencé avant de stigmatiser le comportement des opposants. Elle leur fit remarquer que leur but était le même et que, même si leurs moyens pour y parvenir différaient, ils ne pouvaient s'en tenir rigueur car, comme elle leur rappelait, nous incitons à la tolérance, alors soyons tolérants en acceptant nos divergences. Sur ce, elle épousa un prêtre qui venait de se convertir à la liberté et cette union acheva les velléités de ce conflit ubuesque. Même s'ils vivaient en paix depuis, il existait encore des vestiges de rivalité entre les deux groupes. C'est ainsi qu'on pouvait voir, de temps à autre, un prêtre et un hippie se chamailler sur leurs thèmes de prédilection. Eliakim lui-même s'amusait parfois à provoquer les gens de l'église par des attaques verbales bien senties.

Le récit amusa Jack. Il savait que son train de vie ne convenait ni à l'église, ni à Amahoro. S'il avait débarqué à l'époque, les deux partis se seraient trouvé un ennemi commun et peut-être ne se seraient-ils jamais opposé.

— Et c'est cette tolérance qui fait que tu m'as invité à boire un thé au saloon, comme ça, sans te méfier ? demanda Jack à Eliakim car cette question le taraudait depuis leur rencontre à Mercury. J'aurais pu être un tueur froid et sanguinaire.

— Je savais que tu n'en étais pas un, du moins pas envers tout le monde, répondit Eliakim tranquillement.

— Et comment savais-tu ça ?

— A ta façon de traiter ton cheval.

Jack passa le reste de la nuit à rêver de troupeaux de chevaux multicolores qui buvaient l'eau rouge tumultueuse de l'Emilia. Une vieille femme aux longs cheveux blancs nattés vint le lendemain matin pour contrôler l'état de sa blessure. Les fleurs qui pendaient au bout de ses nattes multipliaient les couleurs tandis que sa gentillesse et sa bonté naturelle prirent Jack au dépourvu. Il se retrouva nu avant d'avoir eu le temps de réagir et la grand-mère sourit, le soigna et reparti sans avoir prononcé plus de mots qu'il n'en faut, sans heurts et sans fioritures.

Le séjour de Jack dans ce village perdu entre l'âge de l'innocence et l'âge du partage, autrement dit perdu en dehors du temps, dura plusieurs semaines savoureuses. La lumière du ciel y était plus claire sur le rouge des coquelicots dont la robe écarlate appelait les oiseaux et les lapins à venir dans les plaines et s'y allonger pour contempler le jour qui passe.

Sous les arbres si hauts qu'on eut dit que les cimes chatouillaient les rares nuages, se vautraient et s'exerçaient dans l'art de l'amour les habitants excités par la chaleur et les formes humaines ainsi que par l'humidité de l'herbe. Herbe qu'ils s'amusaient à cueillir et fumer en communauté le soir, sous les étoiles clémentes qui acceptaient sans peine d'affaiblir la puissance de leurs rayons afin de permettre aux humains, aux yeux rougis et presque clos, de pouvoir admirer leur lumière, éternelle face à la vie d'un homme, éphémère par rapport à la langueur infinie de nos pensées.

Tandis que Jack leur apprenait à améliorer leurs techniques de chasse, les habitants l'habituaient à côtoyer la paix en lui enseignant que le bonheur ne se trouvait pas de l'autre côté de la montagne, mais qu'il se cachait dans les multiples connexions qu'une âme développait avec les autres, la nature, la musique, la pratique d'activités physiques, bref, n'importe quel domaine potentiellement vecteur de joie pour celui qui le pratique. Plus le nombre de ces liens augmentent, plus le bonheur est palpable, un œil averti le distinguerait aisément dans la brume lumineuse du matin et le sourire de sa famille et de ses amis. Plus la liaison est forte, plus longtemps et plus profond est ce bonheur qui se propage en cercle autour de nous au gré de nos pérégrinations.

Malheureusement l'âme tourmentée de Jack se promenait trop loin de cet havre de tranquillité, elle avait déjà basculé sur un territoire plus volcanique et restait sourde, malgré leurs efforts répétés, aux préceptes et avertissements des Amahoriens qui lui conseillait de changer de voie. Bien que Jack acquiesçât systématiquement, que l'ambiance fut joviale, qu'il vécût dans une sorte de paradis perdu, sans pression ni drames, que la nourriture fut succulente quoiqu'un peu trop axée sur les légumes, malgré tout ça, il ne put se résoudre à rester à Amahoro.

Remis complètement de sa blessure, il attendit de terminer son repas, partagé avec les quelques personnes dont il s'était rapproché, avant de se lever. Paloma, la chef du village, une sublime femme aux traits doux et fins, des yeux bleus foncés sous une chevelure brune, presque noire, entre deux âges, possédant la fraicheur de la jeunesse et le charme de la maturité, faisait partie du lot. Il en profita pour la remercier puis ajouta simplement *je m'en vais.*

Ce qu'Eliakim, les yeux rougis, traduisit en ces termes pour permettre à la communauté de mieux comprendre ce départ.

— Ecoutez tous, vous êtes de bonnes et sympathiques personnes, vous m'avez beaucoup aidé, plus que je ne le mérite, mais si je me mets à fumer autant que vous fumez, je ne partirai pas d'ici avant dix ans. Hors, en dix ans, Morgan risque de mourir d'une cause naturelle. Et comme je n'ai pas envie d'en vouloir à la nature car je suis sûr que de notre duel ce serait elle la gagnante, je préfère m'en aller aujourd'hui. Merci pour votre aide.

9. Le lac des ruptures

La suite du plan de Jack consistait désormais à éliminer le dernier larron de la bande à Marcelo, Steven S, afin de réduire à néant cette partie de l'organigramme de Morgan. Pour se faire, il devait se rendre au pont nord du Canyon d'Hota, là où se trouvait un avant-poste du Capitaine. Ce dernier voulait rester proche, géographiquement parlant, des Indiens du Nord afin de faciliter les échanges avec ces derniers.

Pour y parvenir, Jack aurait pu emprunter le côté ouest du Canyon, son meilleur profil car les risques y étaient moins élevés. Mais le côté est offrait une route moins fréquentée et donc plus discrète, à l'abri de rencontres inopportunes. Le dilemme fut donc de courte durée bien que ce choix impliqua le danger incarné par les Hurapawas, peuple bien plus belliqueux que les Cheyuukees au sud.

Le chemin vers la mort est parfois parsemé de lieux mystérieux dont les secrets ne seront jamais révélés. D'autres fois ce chemin vous permet de contempler des endroits, sans mystère certes, mais au charme indéniable. C'était le cas du lac Kaya, également surnommé affectueusement « le lac aux amants » par les Casanoviens et qui était situé à l'est du Canyon, au sein du No Man's Land entre les deux tribus indiennes, à l'exact milieu du point le plus au nord et du point le plus au sud de Casanova.

Les anciens disaient qu'il s'agissait du paysage le plus sublime que pût offrir Casanova. Les plus jeunes acquiesçaient silencieusement car ils ne pouvaient réfuter cette affirmation faute d'avoir voyagé dans la région entière.

Difficile de nier qu'avec les eaux claires et translucides du lac qui prenaient les teintes rosées du soleil au crépuscule, accompagnées par une série d'arbres qui l'enlaçaient d'une ceinture touffue aux multiples nuances de verts, le tout présidé par les deux collines tabulaires dont les pentes abritaient milles espèces d'arbustes et de plantes et dont les sommets plats, reflétés par le miroir tendu du lac, se pavanaient dans une robe bleutée, auxquels on ajoutait les couleurs des nénuphars, des coquelicots et autres fleurs arc-en-ciel, ainsi que les roseaux en forme de cheveux sous le chant paisibles des oiseaux, le lac et ses environs formaient un admirable paysage dont l'étoffe était suffisante pour inspirer les plus exigeants des poètes.

Depuis des années la beauté des lieux enhardissait les cœurs des couples amoureux, des amants secrets et passionnés ou bien encore recueillait les rencontres aussi passionnelles que brèves. Au départ, ces couples avaient été attirés par la promesse d'un écrin naturel digne de leur sentiment formidable.

Puis cette attirance fut associée à l'excitation savoureuse due au danger latent qu'évoquaient les Hurapawas. Les amants, alléchés par le risque de se faire surprendre par des indiens, par la perspective d'une partie de jambes en l'air en ayant la plante des pieds chatouillée par les flèches mortelles des peaux rouges, accouraient au lac toujours plus nombreux. Le péril stimulait leur passion.

Les premières années s'écoulèrent paisiblement et virent passer d'innombrables rencards d'amour, pas invariablement réussis certes, mais au moins les amants restaient en vie car les Hurapawas, trop occupés par le conflit les opposant aux Cheyuukees, ignoraient les rendez-vous inoffensifs des blancs.

Mais comme toujours lorsque l'on traite avec l'être humain, la curiosité s'empara subrepticement des esprits. Les jeunes peaux rouges qui voyaient passer ces couples par dizaines sans jamais les approcher furent tentés par la beauté des jeunes demoiselles dans l'étincelant éclat de leur printemps. Or la curiosité ne stagne jamais longtemps dans l'inaction. Une fois l'objet convoité à portée de main, le jeu occulte tout le reste. Prudence et rationalité disparaissent, même l'intelligence devient muette.

C'est pourquoi les jeunes indiens, qui jusqu'à présent ne faisaient qu'observer à distance les blanches peaux, en vinrent à parier sur celui d'entre eux qui parviendrait à capturer la plus belle femme. Nombreux furent les Roméo exsangues à mourir lors de leur vaine tentative chevaleresque de sauver leur dulcinée, plus encore furent blessés dans leur ego, plutôt que dans leur chair, de n'avoir su protéger leur bien aimée.

Mais la nature humaine possède des recoins intouchés par la logique, car, malgré le péril désormais réel et effectif depuis que les Hurapawas passaient à l'action, le lieu ne désemplissait pas. Les rendez-vous d'amour s'étaient transformés en rendez-vous d'aventure.

Etait-ce de l'audace ? Sûrement. De l'inconscience ? Quel amoureux pourrait prétendre ne pas être inconscient ? Un pari ? Peut-être parfois. De la fierté ? Pourquoi pas, dans certains cas.

Lorsqu'elles comprirent en effet que les Indiens ne capturaient que les plus belles d'entre elles, il n'existât plus une seule jeune femme dans Casanova qui ne voulut tester la finesse de ses traits au lac. La nature des rendez-vous changea alors une fois de plus. L'orgueil avide remplaça l'aventure candide. Nous ne pouvons d'ailleurs passer sous silence les propos d'une femme, vexée et en colère car elle et son amant revenaient du lac sans y avoir été embêtés :

— J'aurais préféré mourir de peur dans les bras des Indiens que de vivre de honte dans les tiens.

L'histoire ne dit pas si ce couple a tenu. Peut-être l'homme était-il allé chercher une femme plus belle avant de se la faire enlever par les indiens. Peut-être la femme décida-t-elle de retenter l'aventure du lac et, cette fois-ci, s'y fit capturer par un Indien dont les critères étaient plus bas que ceux de ses amis. Quoiqu'il advienne, le lac reçut, du côté ouest du Canyon, le surnom officieux du « lac des ruptures ». Du côté est, celui des Indiens, le lac acquit le nom du « lac aux blanches promesses ».

Jack parvint sans soucis sur le bord nord-ouest du lac. Il prenait soin de ne pas trop s'en approcher afin d'éviter les patrouilles curieuses des peaux rouges. Lorsqu'il parvint au pont nord, dit le pont des riches, il traversa en sens inverse le Canyon et se mit à la recherche de Steven S.

Jack savait que Morgan ne prendrait pas la peine de réunir l'équipe dont les têtes auront été coupées, mais qu'il disperserait les hommes restants de Marcelo au sein des autres unités de ses autres mousquetaires, en fonction des besoins de chacun.

Après plusieurs jours de traque, Jack était parvenu à débusquer et à isoler Steven S. du peu de compagnons qui l'entouraient. Peu habitué à subir des menaces pleines d'aplomb et à se confronter à la rugosité d'hommes comme Jack, le dernier de la bande à Marcelo ne résista pas longtemps, les heures de poursuite chahutèrent son esprit avant de le faire craquer. En haut d'une des falaises du Canyon d'Hota où les avait menés cette partie de chasse, l'ombre tremblante d'un homme geignait. Jack ne put réfréner une moue de dégoût.

— Ils se croient à ce point intouchables qu'ils ne savent même plus se défendre, grogna-t-il dédaigneusement.

Jack s'avançait vers Steven le colt en main. Steven n'avait plus de munition. Il ne suppliait pas mais son esprit tremblait et ses pieds reculaient dangereusement vers le dernier carré de terre avant le gouffre. Un geste brusque de Jack fit sursauter Steven qui fit un grand pas en arrière. Erreur fatale car ses jambes se retrouvèrent dans le vide. Le reste du corps suivit inexorablement la chute de plusieurs dizaines de mètres avant de heurter violemment le sol qui vint stopper en un fracas la dégringolade du corps. Et le monde oublia Steven S. en moins d'une seconde. Jack, du haut de la falaise et satisfait, contempla son œuvre.

Des orpailleurs trouveraient probablement le cadavre dans quelques jours et se chargeraient de prévenir les soldats en faction au pont du nord. Les prospecteurs pullulaient dans cette partie de la rivière car on y trouvait la majorité des filons d'or. Cette portion de l'Emilia, qui s'étalait sur la moitié nord du fleuve, était appelée « la rivière du riche », en contraste avec la partie sud surnommée « la rivière du pauvre » où les sédiments étaient rarissimes. Pour une fois, nous laisserons de côté les légendes qui tentent de justifier ce fait par des hyperboles incongrues pour aviser le lecteur que l'inégalité des dépôts aurifères provenait du fait que, au niveau intermédiaire du canyon, un affluent, la Sophia, se jetait du haut des falaises pour ensuite s'intégrer dans l'Emilia. Le courant devenait plus fort, la rivière plus étroite, les pépites d'or avaient par conséquent bourlingué jusqu'à Muddy Town pour se jeter dans la mer Eve et s'y perdre.

10. Rencontre

Une victime seule peut être aisément secourue. En fonction de la situation, la méthode est différente mais demeure élémentaire. Dans un monde violent tel que Casanova, ce sauvetage revient souvent à tirer sur un ennemi. Dans des conditions moins périlleuses, il suffit de trouver les mots adéquats. Ils réconfortent les cœurs les plus tristes, encouragent ceux prêts à abandonner, sauvent l'esprit en lui faisant prendre conscience de son potentiel.

Toutefois, lorsqu'il s'agit d'un village entier à sauver, le secours s'avère bien plus complexe. Le moyen qui protège l'individu n'est pas automatiquement applicable au pluriel. Environ quatre cent cinquante âmes, les habitants de Vert-en-plaine, sont persécutées par un ennemi commun, le Capitaine Morgan. A quel procédé faut-il recourir pour secourir un village entier ?

Suffit-il de se rendre sur la place centrale, d'y réunir les habitants et de leur scander des paroles incitant la révolte :

— Oyé moussaillons, prenez les armes, vos fourches et vos pioches, vos meilleurs couteaux et vos braves fils pour combattre à vos côtés ! Hola mes braves ! Révoltez-vous, allez-vous battre, réunissez-vous tous pour tuer l'oppresseur !

Ah si les soulèvements étaient si primitifs, le monde connaitrait plus de coups d'Etat. Concernant les Viriplainiens, les habitants du village qui nous intéresse ici-même, la putréfaction de leur volonté les faisait demeurer dans la mare abjecte de l'inaction.

Toutefois, même plongés dans la mélasse la plus totale, alors que la misère dictait leur vie via Morgan qui leur en faisait voir de toutes les couleurs avec ses vols, rapts, viols parfois, ou lorsqu'il les utilisait pour ses réjouissances cruelles et perverses, malgré toutes ces inhumanités, les

Viriplainiens ne parvenaient à se rebeller, à se réunir autour d'une table, d'y poser leurs couilles dans un élan de révolte logique, de courage nécessaire, et de dégainer tous ensemble leurs armes, de les brandir furieusement en direction d'un seul et même homme pour enfin trucider ce salaud qui les rendait si misérables !

Au lieu de cela, lorsque le tyran était aperçu à l'entrée du village, les Viriplainiens se terraient derrière leur mince porte en bois avec l'espoir cruel que Morgan choisirait quelqu'un d'autre pour assouvir ses lugubres désirs de torture.

Mais, nonobstant le caractère éminemment violent de ses actes, jamais le Capitaine ne prenait le risque de tuer ne serait-ce qu'un seul de ces habitants car il avait besoin que ce ramassis de lâches lui procurât des vivres, du bétail, de l'alcool et aussi, mais plus rarement, des jeunes femmes qu'il transformait en proies apeurées et aculées une fois relâchées au sein de ses troupes de soldats en manque.

Pourquoi les Viriplainiens restaient-ils dans ce village ? Pour quelles raisons ne déménageaient-ils pas ailleurs ? Pour le boulot, la famille, le climat, le terrain pas cher... bref, ce genre de futilités. La peur humaine contient plus de chaines que toutes les prisons du monde.

Tout cela sans compter sur la perversité rusée de Morgan. Afin de contrebalancer ses exactions, il offrait à tempérament des cadeaux au village. Un piano pour le saloon, du chocolat pour les enfants, du matériel pour les artisans, un bel étalon pour le maire...

— Voici l'un de vos bourreaux, proférait-il solennellement lorsqu'il rapportait, également en tant que présent, le cadavre d'un indien. Vous voyez mes amis, je suis votre ami ! Mes visites, même si elles peuvent sembler violentes à certains d'entre vous, sont en réalité une courtoisie que vous m'accordez en tant que récompense pour mon dur labeur à combattre vos ennemis les indiens. Voici l'un de vos bourreaux, je l'ai tué pour vous !

Afin de comprendre pour quelle raison le Capitaine offrît aux Viriplainiens un cadeau de ce genre, le lecteur doit savoir que les sbires de Morgan allaient de temps en temps piller Vert-en-plaine en ayant préalablement pris soin de se déguiser en Indien. Maquillage, tenues, tomahawk, tout était fait pour laisser croire aux habitants que ces attaques répétées étaient menées par les Hurapawas. L'usage de ce subterfuge vulgaire avait pour objectif d'éviter les foudres du Colonel Smith. En effet, les enquêtes de ce dernier pour connaître les responsables de ces pillages sporadiques aboutissaient toutes au même résultat. Les Viriplainiens, même s'ils n'étaient pas entièrement dupés par les déguisements, n'osaient apporter le moindre témoignage contre Morgan et, chaque fois, accusaient les indiens.

Bien que les forces militaires se doutassent que les Indiens ne pouvaient perpétrer autant de méfaits de ce côté-ci du Canyon, la belligérance des Hurapawas ainsi que l'absence de preuve quant à la culpabilité de Morgan suffisait à éloigner le doute de ce dernier.

Le Capitaine maintenait de cette manière tout un village sous pression tout en se faisant passer pour le héros de l'histoire. Face à cet homme grandiose et herculéen, les Viriplainiens s'avilissaient au point de mélanger une admiration usurpée à leur effroi justifié. Ils se réjouissaient que Morgan les appelât *mes amis*. Sa puissance les faisait se sentir en sécurité, elle les protégeait des Hurapawas qui vivaient juste de l'autre côté du canyon. Alors, après tout, Morgan disait vrai, ses visites bien que désagréables n'étaient qu'un dû ! Leur vie pouvait être bien pire dans les mains de quelqu'un d'autre, notamment des indiens !

Les Casanoviens ne s'y trompaient pas en surnommant dédaigneusement Vert-en-plaine « le village victime ». Les Viriplainiens crachaient, sans en être conscients, sur la valeur première de la liberté car ils acceptaient, les bras ouverts, une paupérisation tyrannique que l'indolence de leur esprit osait même comparer à une offrande légitime.

Lorsque Jack parvint à Vert-en-plaine, il ne sut s'il devait rire ou pleurer. Le comportement des habitants, comparables à des moutons enclins à brouter l'herbe la plus infecte parce que son voisin agissait pareillement, le dégoûtait autant qu'il lui faisait pitié.

Il alla boire un whisky au saloon, le Tommy's, tout en faisant le point, en réfléchissant aux évènements passés et futurs. Il avait tué le premier lieutenant, qui travaillait en solo, à St Gilmour puis, deux mois plus tard, Marcelo à la distillerie Floyd, ce qui signifiait qu'il ne restait plus que cinq mousquetaires. Ensuite, les meurtres des hommes forts de Marcelo, Martin S. à la maison des tortures et Steven S. au Canyon d'Hota, impliquaient la dissolution de ce qu'il restait de son groupe.

Cette série mortelle s'était enchaînée plus rapidement qu'il ne l'avait prévu. Jack imputa cette diligence au manque de prudence des hommes de Morgan qui se croyaient clairement intouchables. Personne, pensaient-ils, n'oserait défier l'un des sept mousquetaires de l'homme le plus puissant de Casanova. Cette erreur arrogante leur coûta la vie. Manquants de méfiance et donc de préparation, ils n'avaient été que des lapins effrayés, et bourré dans le cas de Marcelo, face un loup déterminé. Les prochains seront prévenus, pensa Jack, certainement plus coriaces, sur le qui-vive, la prudence et l'astuce seront de mise.

Il ne faisait aucun doute que Morgan mettraient ses sbires à l'œuvre dans le but de retrouver le coupable, peut-être même allait-il faire appel à quelques forces policières corrompues. Toutefois rien ne pouvait les mener directement à Jack.

Pour commencer, il n'y avait eu aucun témoin de la disparition de Steven au fond du Canyon, qu'un orpailleur retrouvera par hasard probablement dans quelques semaines. Ensuite, concernant le meurtre de Marcelo, même si les employés de Floyd passaient à table, les hommes de Morgan n'obtiendraient rien de plus qu'un portrait du suspect. Aucun ne connaissait son véritable nom, ni ses relations, ni son passé. Or, des hommes qui lui ressemblaient, c'est-à-dire solitaires et dans la trentaine, il y'en avait pléthore à Casanova.

De plus, les hypothétiques informations données par les travailleurs n'apporteraient que peu de détails supplémentaires à Morgan parce que ce dernier, via le cavalier anonyme de St Gilmour suite au duel, avait déjà eu le droit à une description physique de Jack. Une fois encore, rien d'inquiétant, son anonymat resterait intact grâce à la grandeur de St Gilmour où bivouaquaient quotidiennement moult voyageurs. Même le maire de St Gilmour, Edouard Montillard, pourtant de mèche avec Morgan, ne pourrait lui venir en aide parce que le séjour de Jack en ville avait été trop bref pour que quiconque ne se souvienne de lui en dehors du duel.

Jack en était là dans ses pensées lorsque des cris venant de la rue le lancèrent dans les bras rudes de la réalité. Il but cul sec le reste de son whisky et sortit du saloon pour comprendre d'où provenaient les hurlements et, surtout, à quoi ils étaient dus.

Les habitants affolés couraient dans tous les sens, ils semblaient avoir perdu leur esprit. Les bras en l'air ils ressemblaient à des marionnettes dégingandées et brailleuses et leur visage portait le masque de l'effroi.

Ceux qui le pouvaient se cachaient dans leur maison. Les moins chanceux tentaient de se dissimuler derrière des tonneaux ou des mottes de pailles, sous les perrons, derrières les vaches et les moutons, un homme tenta même de s'immerger dans une flaque d'eau… Ils cherchaient n'importe quoi qui leur eut permit de se rendre invisible au regard du prédateur qui se rapprochait.

Cette débandade collective amusait Jack qui décida d'ajouter le plaisir de l'alcool à sa jubilation. Il retourna à l'intérieur se rasseoir à sa table, et commanda à nouveau un whisky, un double en fait.

Lorsque le Capitaine arriva, car c'est sa venue qui terrifiait ainsi les Viriplainiens, il n'y avait plus âme qui vive dans la rue. L'enfer se fut abattu sur la plaine et dans les ruelles que l'ambiance n'aurait pas été différente. La raideur soudaine de l'air venait glacer le sang des habitants, et Morgan, tel un Lucifer fier et sûr de lui dans son territoire infernal, se pavanait sur son cheval, la tête élevée avec un sourire hautain et cruel aux lèvres. Il savait qu'il ne risquait rien. L'âme humaine est peut-être insondable, mais certains savent mieux l'exploiter que d'autres.

Jack n'avait encore jamais vu le Capitaine mais, même à distance et à travers une vitre mal lavée, il reconnut immédiatement le personnage grâce aux descriptions récoltées ces dernières années à son sujet. A vrai dire, même sans ces indices, il semblait difficile de se tromper sur la personne tant l'aura nuisible de Morgan infectait la place entière.

Bouffi d'arrogance, Morgan s'avançait sur son étalon noir, le torse bombé en terrain conquis. Même le chant des oiseaux, triste et dérisoire, semblait lui appartenir. Dans sa paume accourait toute la détresse des gens alentour. D'un simple geste du poignet il pouvait les écraser ou les envoyer valser au loin dans un endroit pire que le cimetière, car l'homme resterait sur Terre mais n'aurait plus accès à ses désirs, il deviendrait l'un des esclaves du Capitaine.

Ce dernier venait de passer la cinquantaine. Son corps demeurait frais, alerte et svelte. Sa stature droite et autoritaire démontrait, s'il le fallait encore, sa faculté à diriger les hommes. Son nez était fin et assez long et surplombait une fine moustache qui blanchissait. Son haut front était surmonté par de longs cheveux blancs et gris, ramenés en arrière chaque matin par un geste sec et appuyé.

Ses yeux gris laissaient à peine passer la lumière par leur fine fente. Ses lèvres, fines également et carnassières, contrastaient avec la largesse de son menton musclé. Dans la cartographie mondiale des profils humains, Morgan incarnait le lion assoiffé de sang.

Son vif regard parcourait les environs avec assurance et l'expérience d'un ancien soldat habitué à devoir juger des risques présents en une fraction de seconde. Il portait une veste de type commandant d'un navire, qui lui arrivait au-dessus des genoux et de couleur bleu nuit. Elle était fermée à l'avant par quatre boutons dorés et larges, ce qui lui conférait des airs d'amiral sur une frégate rapide et puissante. Des revolvers étaient accrochés de part et d'autre de sa taille tandis qu'une carabine dépassait de la selle, à moitié engouffrée dans un étui fabriqué expressément plus court qu'à l'accoutumée afin de pouvoir dégainer prestement.

Sa parade faisait enrager Jack qui se ressaisit toutefois rapidement. Il valait mieux garder son calme et éviter de passer ouvertement à l'attaque. Il n'était pas suicidaire et une charge frontale face au nombre ne promettait rien de bon. Même si la tentation était forte… Et l'opportunité rare ! Car en temps normal, le Capitaine restait cloitré dans sa villa aux allures de château fort. Autant à l'époque de sa montée en puissance pouvait-il être aperçu aux quatre coins de Casanova, toujours prompts à l'action, autant ces dernières années ne laissèrent que peu d'occasion au peuple d'approcher Morgan, barricadé dans sa forteresse inexpugnable. Jack avait parfaitement conscience de cette particularité. Son plan qui consistait à éliminer les sept mousquetaires en tenait compte. Agresser les lionceaux afin de faire sortir le lion de sa tanière…

— Merde Jack, fais quelque chose. Il est là, bute le ! crachait-il, les doigts tendus au-dessus de Kelly, tandis qu'il assistait à la parade poseuse de sa cible, de son ennemi, du but de sa vie, l'homme qui devait mourir pour qu'enfin sa famille soit vengée.

Toutefois, en observant la scène plus attentivement, Jack remarqua que malgré ses airs ostensibles de conquérant téméraire, Morgan n'avait rien laissé au hasard quant à sa sécurité. Quatre gardes rapprochés se tenaient constamment à ses côtés, deux derrières et deux sur les ailes. D'autres protecteurs s'étaient installés sur des toits choisis stratégiquement pour leur vue sur la rue entière. Les derniers marchaient le long des bâtiments, scrutant à l'intérieur le moindre signe d'une émeute ou d'un danger. Ainsi le désir profond de Jack de ne pas succomber terrassait ses velléités meurtrières.

Après avoir stoppé son cortège et être descendu de son cheval, Morgan se dirigea vers la maison la plus proche et y toqua à la porte. Un homme blême ouvrit et fut invité à sortir. Sans autre préambule, le Capitaine le frappa au visage. Il le rua de coups de poing au ventre. Lorsque l'homme tomba au sol à cause de la douleur, Morgan continua à le brutaliser en lui donnant des coups de pieds dans l'estomac, sur le crâne. Il fulminait ! Rouge, transpirant, haletant de méchanceté, il devait se débarrasser de toute la colère qu'il avait jusqu'alors contenue.

Jack fut abasourdi par ce changement soudain de comportement. La figure souveraine faisait place à un visage écarlate aux traits transformés par la démence. Il était inarrêtable. Habité par une haine irrépressible, il n'était plus en mesure de contenir ses coups et tabassait à mort un innocent qui ne lui avait rien fait. Les éclairs de ses yeux trahissaient la fureur d'un autre monde.

Quand le visage de la victime fut maculé de sang et devint méconnaissable, Morgan gloussa suavement, les genoux à terre, tenant dans sa main droite le col de sa proie. Ce qui était un rictus d'abord discret se transforma en une démangeaison que la furie, gouvernant son corps entier, fit exploser. Il se projeta en arrière, le visage tourné vers l'inclémence du ciel, pour éclater d'un rire diabolique qui se figea brusquement dans la mémoire de tous ceux qui l'entendirent.

Il lâcha enfin l'homme tabassé et se leva comme s'il sortait de table, repu et satisfait. Il demanda un mouchoir au garde le plus proche, s'essuya méthodiquement les mains et le visage éclaboussés de sang. Il semblait avoir déjà oublié ce qui venait de se passer.

Presqu'hilare, il entra dans le saloon où se trouvait Jack, suivi de ses compagnons. Ils y restèrent plusieurs minutes pour trinquer puis sortirent dans la rue déserte. Morgan siffla son cheval, monta dessus et quitta Vert-en-plaine par l'ouest, suivi de ses hommes, sans un regard en arrière.

Quelques minutes plus tard, Jack occupait toujours pensivement la même chaise du saloon. Ce à quoi il venait d'assister le répugnait au plus haut point. Naturellement, le tabassage gratuit l'avait révolté, mais il reprochait également aux autres habitants leur absence totale de solidarité. Aucun n'était intervenu, aucun n'avait bougé ne serait-ce que le petit doigt pour lui en venir en aide, trop heureux d'avoir la chance de rester terré dans son refuge.

Plusieurs minutes après le départ de Morgan, les Viriplainiens osèrent enfin s'aventurer au dehors. Le martyre fut transporté chez le médecin du village. Les autres allèrent boire de coup au saloon pour tenter d'apaiser leurs nerfs qui palpitaient. Aucun ne sembla remarquer la présence d'un étranger assis seul à l'une des tables. Ils commentèrent amèrement le combat, ou plutôt, l'imitation ridicule d'une lutte inéquitable. Chacun y allait de son reproche, de sa remarque, de son analyse, bref, faisait preuve d'hypocrisie, de lâcheté ou de petitesse en rendant par des mots vains ce qu'avait infligé Morgan avec ses poings.

Jack avala l'avant dernière gorgée d'un énième verre de whisky. Puis il en but un autre qu'il cracha au sol, de manière explicite, juste avant de sortir du saloon, afin de montrer à ces hommes qui jacassaient sans agir quel sentiment ils faisaient naitre chez lui. Aucun ne broncha.

11. Les Morganistes

Jack suivait, de loin, la trace de Morgan et ses compagnons, vers l'ouest. Le groupe se dirigeait vers son domaine, un large territoire qu'il s'était octroyé en employant la force durant de longs mois de lutte.

Ce que l'on entend ici par *force* équivaut en vérité à des combats inégaux qui opposaient les nombreuses troupes du Capitaine, entrainées et motivées, contre des paysans surpris dont la seule et maigre défense résidait dans leur faculté à manier la fourche. Ces oppositions victorieuses permettaient à Morgan d'agrandir son domaine, parcelle après parcelle. Aucun des habitants de cette région au nord de Casanova ne déguerpissait avant l'arrivée du Capitaine, aucun n'abandonnait son terrain dans le but de sauvegarder sa vie, car ils n'étaient tout simplement pas au courant du danger qui s'approchait. Morgan procédait intelligemment de manière à ne pas être suspecté et à éviter une panique générale dans le nord.

Plusieurs mois après avoir passé son temps à raser ou incendier leur ferme, à transformer ces quidams esseulés en esclaves ou cendres, Morgan fut enfin satisfait de la taille conséquente de son territoire. Malgré les évidences éparpillées dans un paysage ravagé, les autorités ne purent jamais prouver la culpabilité du Capitaine dans la disparition des fermes alentours. Le peu de fois où ils émirent des doutes, Morgan présenta l'un ou l'autre enfant d'une des exploitations détruites et, à cause de leur endoctrinement, ces enfants récitaient un discours appris par cœur qui vantait le courage dont avait fait preuve Morgan de les avoir sauvés des sauvages les ayant attaqué et de son abnégation à les accueillir, sans rien attendre en retour, dans son foyer. Ce *foyer* comme ils l'appelaient, s'étendait depuis les neiges éternelles de la frontière nord jusqu'aux premières plaines sauvages qui bordent les villes principales de la région.

D'ouest en est le territoire faisait plusieurs dizaines de kilomètres. Une clôture de barbelés délimitait l'ensemble. Chaque individu non invité se voyait refouler violemment par l'une des patrouilles qui longeait quotidiennement les bordures.

En plus de cette surveillance mouvante, le Capitaine avait fait bâtir des avants postes aux quatre coins de son domaine, composés chacun d'un baraquement pour les hommes, d'un autre pour les chevaux, et d'une haute tour d'une dizaine de mètres qui permettait aux vigiles en faction de repérer sur de longues distances les visiteurs qui oseraient s'aventurer sur ces terres privées.

Bien qu'il fût impossible de distinguer un avant-poste depuis un autre, Morgan demeurait convaincu de l'efficacité de ces mesures de protection et de dissuasion. Ajoutez-y le caractère prudent du citoyen moyen et l'ensemble suffisait pour maintenir éloigner la population moyenne et même les autorités.

De vastes champs cultivés, pommes de terre, carottes, choux, mais, blé et de larges étendues de plantations d'arbres fruitiers lui permettait de subvenir à ses propres besoins à et ceux de ses hommes. Ces sources s'avéraient indispensables à la bonne marche de son organisation car nombreuses étaient les bouches sous ses ordres. Afin de faciliter le fonctionnement général, ces hommes et femmes étaient séparés en quatre catégories.

La première, la plus puissante quoique la plus réduite, réunissait les éléments les plus proches et fidèles du Capitaine, autrement dit ses lieutenants déjà mentionnés, au nombre de sept. Après son duel et Marcelo, il restait encore Phil Smith, Auguste Blanchard, James Keenan, Archibald Gallagher et le septième dont, malgré ses années d'enquête, Jack ignorait l'identité.

Une aura de mystère entourait ce personnage dont on ne connaissait ni le passé ni le visage. L'unique information tangible à son sujet concernait le rôle qu'il jouait auprès de Morgan. Lorsqu'une mission prenait les allures d'un acte suicidaire, lorsqu'un adversaire devait recevoir des menaces musclées, lorsqu'un assassinat discret nécessitait l'infiltration d'un homme seul, lorsqu'un ennemi devait subir les assauts dévastateurs d'une furie embrasée et rageuse, alors ce septième lieutenant passait à l'action. On le surnommait *chien fou* car il ne semblait posséder aucune pitié, aucune peur, aucun sentiment humain. Seule une rouge folie déchaînée l'animait. Et encore, ces détails ne provenaient que de racontars lointains émis à voix basse ici et là par des témoins traumatisés ayant miraculeusement survécus au drame auquel ils avaient assistés, impuissants et terrorisés.

Après ces fidèles lieutenants suivait la deuxième catégorie composée d'une ribambelle d'hommes ayant choisi de servir Morgan plutôt que d'errer sans but dans une Casanova trop grande pour leurs ambitions étriquées. Ce melting-pot de volontaires, qui réunissaient d'anciens détenus récidivistes, des orphelins abîmés ayant besoin d'un guide, des brigands ambitieux et d'autres insuccès de l'humanité, était tout autant dévoué au Capitaine que l'étaient les mousquetaires.

La troisième catégorie était constituée par les Casanoviens que nous qualifierons de collaborateurs, ou de connaissances profitables. Ces personnes n'étaient pas à la solde directe de Morgan, mais ils travaillaient et coopéraient avec lui quotidiennement, ou, tout du moins, régulièrement. Le spectre de leurs métiers était large. Hommes politiques, marchands, artisans, simples chasseurs et pêcheurs ou encore pères et mères qui aimaient leurs enfants, ce qui, étonnamment, n'était pas rare, et qui étaient prêts à s'acoquiner avec le premier salopard venu afin de garantir un avenir serein à leur descendance.

Enfin, la quatrième et dernière catégorie, se distinguait par le caractère involontaire et contraint de la coopération. En effet, on y trouvait des esclaves, blancs, noirs, gris, jaunes, peu importe, que Morgan récupérait, selon ses termes, au gré de ses aventures. Une séance de torture suivait la capture, afin de les rendre serviles et annihiler toute idée potentielle de révolte, pour enfin les exploiter sans vergogne dans les champs et les mines que possédait le Capitaine, mais aussi dans les guérillas en tant que chair à canon et, enfin, comme exutoire à ses accès fulgurants de violence gratuite.

Suite à ses nombreuses années d'expérience en qualité de chef, Morgan connaissait l'importance d'avoir une main d'œuvre qualifiée. Il prodiguait à ses hommes, quelle que soit la catégorie, des formations afin de les transformer en parfaits menuisiers, agriculteurs, forgerons, viticulteurs, et bien sûr, voleurs et tueurs. Derrière ces formations se cachaient nombre de ses amis ayant une haute position dans le cercle envié du pouvoir à Casanova. En effet, lorsqu'un curieux ou un homme de loi leur demandait pourquoi ces hauts fonctionnaires, ces hommes droits et moraux, restaient muets et inactifs face aux actions illicites du Capitaine, ces hommes dignes adoraient se vautrer derrière des arguments tels que « s'il était si malfaisant que ça, pour quelle raison proposerait-il tant de formations à tant de personnes dans le besoin ? ». On toucherait presque au sophisme.

Personne n'était dupe, mais personne ne pouvait bouger le petit doigt sans se le faire couper.

Ces formations prodiguées avec intelligence par le Capitaine soulignaient l'inégalité qui régnait entre les catégories. Ainsi, un esclave n'apprenait jamais à devenir un tueur. Les collaborateurs externes n'avaient jamais le même niveau de formation que les orphelins de la deuxième catégorie.

Cet apprentissage disparate provoqua bien entendu des incidents : des tensions étaient palpables entre les différents groupes, mais le tout était organisé et coordonné habilement par James Keenan, en charge du recrutement et de l'entrainement, si bien que la situation ne dégénéra jamais et Morgan recevait chaque mois de nouvelles recrues prêtes à effectuer les cents besognes qu'il leur réservait.

— Tant que vos capacités dépasseront mes envies, je serai un homme comblé.

Voilà le type de phrase qu'assénait le Capitaine à ses troupes afin de les motiver à relever les manches et à travailler durement pour lui. A vrai dire, il pouvait obtenir ce dur labeur sans avoir recours à ce genre de phrase car, à ses recrues, à toutes sans exception, il inculquait la peur. Adepte de la torture, il n'hésitait jamais à montrer l'exemple devant une audience médusée lorsque l'un de ses hommes faisait un pas de travers. Devant des regards horrifiés, Morgan s'amusait, toujours avec un sourire, à torturer le malheureux, en sermonnant des « vous savez ce que vous ne devez pas faire si vous ne voulez pas finir à sa place ! ».

Lors d'une phase difficile de recrutement quelques années auparavant, il avait dû faire preuve de plus de cruauté que d'habitude. Tout un groupe avait été emmené devant sa grande demeure. Il en avait besoin mais aucun ne voulait travailler pour lui. Il s'agissait de durs à cuire, de fortes têtes provenant d'un hameau éloigné situé sur la banquise, tout au nord, là où le climat rudoyait l'homme.

Lorsqu'ils furent tous alignés devant lui, il dégaina et tua un homme de sang-froid d'un tir dans le crâne, sans préavis, puis en tortura un autre car il trouva la mort du premier trop brève, pas assez démonstrative.

Lorsqu'il eut fini il dit simplement « soit vous mourrez en esclave, soit vous vivez en esclave. A vous de choisir ». Et, afin de s'assurer de la complète obéissance de ses nouvelles recrues, il tortura à mort un troisième malheureux dont les cris de détresse hantent encore les nuits de ses compagnons. Il affirma qu'aucun d'entre eux n'aurait plus à connaitre ce spectacle tant qu'ils obéissaient sans discuter à ses ordres.

Aucun membre de ce groupe n'eut assez de caractère qui lui aurait permis de résister ou de se révolter. Ils offrirent leur volonté à Morgan. Ainsi les mois passèrent et ils laissèrent tous échapper leur esprit pour devenir des carcasses sans âme, vidées de toute autonomie mentale mais au physique puissant. Une main d'œuvre efficace et forte, à jamais préservées d'une envie de se venger après que leur volonté ait déserté. Certains d'entre sont devenus des adjoints éminents de certains mousquetaires, comme Martin S et Steven S pour Marcelo ou Sal' et Hector pour Phil Smith.

Tous ces hommes, depuis le bas des échelons jusqu'aux plus hauts postes de commandements, étaient appelés les Morganistes. En vérité, il s'agissait d'un surnom officieux qu'utilisaient les opposants entre eux pour désigner péjorativement un individu à la solde de Morgan. De l'autre côté, les Morganistes, endoctrinés par le Capitaine, subjugués par la puissance de son empire, qualifiaient ces mêmes opposants de « rebelles ».

Jack se remémora alors le cavalier de St Gilmour qui galopait urgemment vers le nord après son duel. Il l'avait considéré par réflexe comme un homme poussé par la cupidité et qui souhaitait s'attirer les faveurs de Morgan. Peut-être n'était-il en réalité qu'un énième Morganiste déjà au service du Capitaine.

12. Les corrompus

En sus de ces catégories de Morganistes, on comptait d'autres personnes qui gravitaient, plus ou moins loin, autour du Capitaine et de ses affaires. Certains de ces astres corrompus possédaient par ailleurs une puissance et une influence non négligeable, comme par exemple Edouard Montillard, le maire de St Gilmour. La collaboration des deux hommes allait de simple échanges de menus services, notamment vis-à-vis de leur fortune et confort personnels, jusqu'à l'exécution de tâches plus dangereuses et graves, juridiquement et moralement parlant.

Comme lorsque, quelques années auparavant, Morgan avait purement et simplement fait assassiné M. Porter, le prétendant le plus légitime au poste de maire et donc le concurrent le plus dangereux pour Edouard Montillard. On ne retrouva jamais le corps de Porter et personne n'a jamais pu prouver la culpabilité du Capitaine. Toutefois tous les habitants de St Gilmour ainsi que les instances des autres villes de Casanova soupçonnaient la contribution de chien fou à cette disparition bienheureuse pour Edouard.

En échange de cette aide, Montillard maintenait les rouages de la justice loin des affaires du Capitaine. Bien que ce dernier soudoyât déjà la plupart des juges, Edouard se chargeait de leur rappeler de temps à autre, au cours d'agapes somptueuses durant lesquelles il prononçait chaque fois un discours plein de menaces sous-entendues, où était fixée la limite de leur pouvoir. Peu de fonctionnaires osaient broncher. Morgan entretenait ce genre de relation un peu partout dans Casanova, à des degrés différents selon ses besoins et la force de caractère de celui qui devait être corrompu. En récompense de leur soutien, les plus fidèles de ses pourris se voyaient convertis en satrapes.

Samuel Alaix, l'inoxydable maire de la troisième ville de l'île, Richardson, restait dans la droiture tandis que l'orgueilleux Edouard Montillard se complaisait dans l'opulence que lui octroyait, en partie, Morgan. Par conséquent, plus encore que l'éternel clivage entre leur ville respective, M.Alaix et M.Montillard se détestaient à cause de leurs principes de vie divergents.

Jack avait appris toutes ces informations durant ses nombreuses années de voyage et d'enquête. Contrairement aux Viriplainiens, il savait parfaitement pourquoi personne n'agissait contre Morgan. Soit l'homme était soudoyé et n'avait donc aucune raison de s'attaquer au Capitaine, soit l'homme possédait certes une morale, mais cette dernière était dépourvue de la puissance nécessaire pour contrecarrer le Capitaine. Même le Colonel Smith, qui possédait l'armée la plus fournie de Casanova, ne pouvait se risquer à une attaque frontale car cela revenait à mettre à feu et à sang une bonne partie de la région. Hors, pensait le Colonel, en dehors même de ses habitants, la région possédait une beauté sauvage qui valait la peine d'être préservée.

Ce qui nous amène à présenter cette dernière plus en détail. Pour commencer, il semble opportun de prendre connaissance que l'auteur de ce récit se fourvoie en associant, depuis le début, le mot région à Casanova alors que celle-ci était en réalité une île, isolée du reste du monde et proposant de multiples climats et paysages.

Tout au nord s'étendaient des larges bandes inhabitées de banquises blanches écarlates d'où personne ne revenait jamais. A l'extrémité est se trouvait le désert d'Acamata, que les indiens surnommaient le désert de la mort.

Au sud-est on trouvait la mer d'Eve, aussi appelée mer du Sud, où accostaient les navires de quelques lointains pays. Ces arrivées par la mer représentaient les seuls échanges entre l'ile et le reste du monde. C'est d'ailleurs par ce moyen que le Colonel Smith recevait les directives de ses généraux, car Casanova appartenait à un pays éloigné et, mis à part ses officiers qui indiquaient à Smith la direction du vent militaire dans leur pays, les badauds désireux de quitter leur misère plus les marchands qui naviguaient jusqu'à Muddy Town pour y commercer des biens et vivres, personne ne se souciait vraiment de cette île.

Il arrivait régulièrement que de nouvelles têtes débarquassent dans l'espoir de trouver un monde meilleur que celui qu'ils venaient de quitter, mais ces utopistes ne le restaient jamais longtemps. Cette désillusion n'empêchait toutefois pas Casanova de se développer grâce à l'arrivée et la prolifération ininterrompue d'une population hétéroclite. Chaque immigrant rapportait avec lui ses us et coutumes, sa culture et sa langue. Cette diversité se retrouvait dans les noms des lieux et villes aux sonorités distinctives. Et si, à l'époque où se déroulaient les évènements contés dans ce livre, tous les Casanoviens parlaient la même langue, il restait de ci de là quelques idiomes partagés entre communautés restreintes, ne serait-ce que du côté des Indiens qui continuaient à utiliser leur langue entre eux. Quant à l'origine de ces derniers, personne ne pouvait dire s'ils étaient déjà en place avant l'arrivée des pionniers par la mer Eve, ou s'ils avaient eux aussi navigué plusieurs siècles auparavant et étaient parvenus à Casanova en même temps que les premiers colons.

Au sud-ouest de l'île se dressait une gigantesque forêt nommée Betty en l'honneur de la femme qui découvrit en première ces bois, Isabelle Monroe. Cette agglomération d'arbres de type tropical était surnommée la forêt de la mort par les indiens, car quiconque osait s'y aventurer en profondeur n'en revenait jamais. Des meutes de loups vivaient au nord-ouest de cette forêt tandis que des tigres demeuraient dans les bois. Par conséquent, il arrivait de temps à autre qu'un bûcheron de Woodenbrook disparut dans les cris et le sang, avalé par la violence bestiale du lieu.

En dehors de ces éléments connus de l'île, il existait peut-être d'autres peuples à l'est du désert d'Acamata et au sud de Betty, mais comme personne n'avait jamais réussi à franchir ces étendues, jamais il n'y eut d'échange avec les hypothétiques autochtones du coin. Même la taille exacte de Casanova restait un mystère pour ces savants les plus affûtés. Par définition, une île est cernée de toute part d'eau, mais Casanova avec ses éléments impénétrables aurait pu tout aussi bien être un continent que les savants eussent continué, dans leur ignorance, à appeler Casanova une région, comme l'auteur mal informé de ce récit.

Sur la côte ouest s'étendait une autre mer, ou un autre océan, dénommée de manière originale mer de l'ouest. Les bateaux de pêches n'allaient jamais très loin en mer et les nageurs non plus, coupés dans leur élan par les requins qui rodaient dans les parages. Les Indiens surnommaient cette étendue bleue et risquée la mer de la mort.

Enfin, au nord-ouest de Casanova s'élevaient les majestueuses montagnes d'Hota, des sommets sacrés pour les Indiens qui s'y rendaient afin d'y mourir, lorsqu'ils sentaient la force vitale les quitter. Ils prenaient ainsi la route dite du « dernier voyage », qui courrait en lacet entre les monts enneigés.

Voici les frontières connues de Casanova, ce large territoire que convoitait entièrement le Capitaine Morgan qui, malgré sa puissance et le nombre toujours en hausse de ses alliés, se voyait encore confronté à trop d'oppositions pour en prendre le contrôle total aussi rapidement qu'il le souhaitait.

13. Le deal de la pipe

La pluie commença à tomber discrètement. Jack la sentait à peine picoter ses épaules alors qu'il était assis sous un arbre, adossé au tronc, épiant le soleil qui déclinait tout autant que les ombres des cavaliers plus loin, en contrebas, qui avaient installé leur campement pour la nuit. Plus le crépuscule approchait, plus les gouttes devenaient grosses et Jack fut bientôt trempé jusqu'aux os, son corps entier dégoulinait de la pisse des dieux, selon le sobriquet qu'il donnait à la pluie, mais il ne bougeait pas, ne bronchait pas, impassible statue de prédateur.

Son départ de Vert-en-plaine avait eu lieu deux jours auparavant. Il n'avait pas été mécontent de quitter ce village dont les habitants bafouaient ses principes de vie : détermination, libre arbitre… même si une partie de lui ne pouvait s'empêcher de plaindre ces derniers. Moins à cause des supplices qu'ils subissaient régulièrement que pour leur incapacité d'en sortir par eux-mêmes. Il se remémora la discussion des Viriplainiens qui avait suivi le départ de Morgan, au Tommy's.

— Randler a bien fait d'ouvrir sa porte sans attendre, avait commencé l'un d'eux.

— T'as raison, parce que quand on fait attendre le Capitaine, les choses sont pires. J'me rappelle d'un jour où Warlock voulait protéger sa famille… Le con avait gardé la porte fermée à double tour… Quel idiot…Les hommes de Morgan la défoncèrent, tirèrent Warlock et sa femme par les cheveux dans la rue, les déshabillèrent et les ruèrent de coups, en obligeant la petite Catherine, leur fillette de six ans, à regarder ses parents se faire battre

— Je m'en rappelle ouais… A la fin, le capitaine avait même tiré dans la main gauche de Warlock en lui disant « comme ça à l'avenir tu te souviendras qu'il faut utiliser ta main droite pour ouvrir une porte ».

— Putain…Il fait quoi le maire pour empêcher ça ? Il fout quoi George ? Il est censé nous protéger non ?

George Stevenson, le maire de Vert-en-plaine, était corrompu par Morgan. Son objectif était de faire en sorte qu'il calme les possibles ardeurs de ses concitoyens. A vrai dire, le Capitaine aurait pu tout aussi bien assujettir l'ensemble du village, comme il l'avait déjà fait par d'innombrables fois, mais cela lui plaisait de voir un village entier travailler pour lui, ramper devant lui, tout en conservant la fausse conviction qu'ils n'étaient pas les otages d'une volonté supérieure.

— Depuis l'épisode Warlock, tout le monde prie pour que Morgan frappe chez quelqu'un d'autre, mais chacun se dépêche quand même de lui ouvrir lorsqu'il toque à sa porte, déclara un Viriplainiens terrorisé.

Au cours de sa filature, Jack s'était dit qu'il ne devait pas être aussi sévère avec les Viriplainiens car, après tout, lui non plus n'avait pas tenté de secourir Randler. Mais la comparaison s'arrêtait sur ce point.

Puisqu'il n'en avait pas eu l'occasion à Vert-en-plaine, du moins pas sans péril, il souhaitait profiter de cette sortie en pleine nature et d'un moment d'inattention, le soir, la nuit, le matin, peu importe, pour liquider Morgan. Mais une vive déception vint briser le verre fragile de cette ambition inopinée. Après seulement deux jours de filatures, il s'était rendu compte que le Capitaine ne laissait rien au hasard lorsqu'il voyageait dans les plaines de Casanova.

Lors de chaque halte, des sentinelles surveillaient les alentours. La nuit, les hommes de Morgan dormaient en cercle autour de lui, de manière à pouvoir repérer les intrus avant qu'ils ne parviennent au centre. Impossible donc de s'approcher du chef sans être vu ou entendu auparavant. Sans compter les vigiles qui se relayaient toutes les deux heures.

Jack n'eut pas l'occasion de tester l'efficacité de ces précautions parce que sa raison le ramena dans le droit chemin, c'est-à-dire sur les routes dessinées par son plan. Il aurait été inutile, durant cette nuit pluvieuse, de s'en prendre à Morgan car Jack ne souhaitait pas seulement l'envoyer au cimetière, il voulait détruire son empire tout entier.

— Je reviendrai plus tard Morgan, j'en ai encore cinq avant toi, se dit Jack lorsqu'il décida d'arrêter de le filer.

A l'aube, il bifurqua vers le sud. Il trottait maintenant en direction de St Gilmour et sa banlieue chic, Pakuchi, afin de passer une nuit chez Tante Lolo. Il prit bien soin de se tenir à distance de la distillerie Floyd et la maison des tortures, qui se trouvaient de part et d'autre de la route qui reliait la forêt verte et St Gilmour.

Morgan et ses hommes avaient quant à eux pris la direction du nord-ouest, pour rejoindre son domaine et sa villa. Jack ne s'expliquait toujours pas la présence du Capitaine à Vert-en-plaine. Un détour défouloir pour exorciser la rage due aux assassinats de ses mousquetaires ? Une visite de courtoisie en revenant de chez les Hurapawas ?

Quoi qu'il en soit, cette rencontre impromptue lui avait permis de constater que son ennemi ignorait ce à quoi il ressemblait. En effet, leur regard s'était croisé lorsque Morgan était venu s'accouder au bar du Tommy's mais le Capitaine n'avait pas bronché, en fait il n'avait pas semblé apporter la moindre importance à Jack. Peut-être était-ce parce qu'un de ses compagnons lui avait tendu un verre au même moment.

Mais Morgan avait bien caché son jeu car, feignant l'ignorance, il avait spéculé sur l'identité de cet individu qui, comme il ne semblait pas avoir peur, ne pouvait pas être un Viriplainien. Il avait même envisagé de lui offrir un verre, histoire d'essayer de lui faire oublier le tabassage de Randler. Chez Morgan, la séduction succédait souvent à la violence. Mais l'exubérance de son entourage l'avait délogé de sa réflexion et les verres s'était enchaînés sans difficulté.

Ce n'avait été qu'en quittant le saloon que le Capitaine donna l'impression de s'intéresser à nouveau à Jack. Il s'était approché de sa table, avait fait virevolter une pièce de monnaie en l'air à l'aide de son pouce et, au même moment où cette dernière avait rebondi sur le bois, Morgan avait souri et lancé un regard plein de sous-entendus.

— Tiens l'ami, pour tes déboires et tes prochains verres.

Il ne lui avait pas semblé avoir vu de mousquetaires autour de Morgan à Vert-en-plaine. Ses compagnons devaient être uniquement d'efficaces fantassins sans aucune aptitude à la gestion, de simples pions entrainés à tuer, probablement les meilleurs pistoleros parmi les Morganistes.

Tandis qu'un rayon de soleil fraichement né lui fit cligner de l'œil, Jack eut un sourire satisfait. Malgré l'imprévisibilité de la rencontre, il avait été capable de se contenir sa rage. Il parviendrait sans mal à exécuter son plan cadenassé.

Après plusieurs jours de marche, ou plutôt de trot car c'est bien Amon qui se chargeait d'avaler les kilomètres, Jack arriva chez Tante Lolo qui fut aussi surprise qu'heureuse de le voir encore en vie.

— Les sœurs Johnson ont cherché à te voir Jack ! Je leur ai dit que je n'avais absolument aucune idée de l'endroit où tu te trouvais mais qu'on entendrait sûrement parler de tes exploits. Puis elle chuchota comme s'il s'agissait d'une confidence : Tu n'as d'ailleurs même pas besoin de me dire que tu es responsable de la mort de Marcelo et ses hommes.

Jack lui lança un regard interrogateur.

— Oh je t'en prie ! Tu sais bien que le sexe est le plus rapide colporteur de nouvelles au monde. Au fait, tu ferais bien de passer inaperçu le temps que tu resteras ici car l'un des hommes de Morgan, Marc Péraud, qu'il se prénomme le bonhomme, est ici pour faire affaire avec moi. Enfin… pour essayer de traiter avec moi ! Marc Péraud ! A-t-on déjà entendu un nom aussi insignifiant ? Il ne m'a même pas envoyé

Auguste Blanchard, le responsable, ou même ce...comment s'appelle-t-il déjà le comptable à Muddy Town ? Silverson ? Oui c'est ça, au moins Silverson... Non, apparemment mon bordel ne vaut pas la peine de dépêcher des gens aussi prestigieux alors je dois me taper de la bleusaille ! Est-ce que tu arrives à y croire ? Je possède le lupanar le plus connu, attractif et fréquenté de Casanova et on me demande de traiter avec le sous-fifre de l'assistant !

Cette harangue fit rire Jack car, bien qu'elle s'excitât sur le peu de considération qu'on lui témoignait, il savait qu'elle n'en avait absolument rien à foutre et que pour rien au monde elle ne ferait affaire avec Morgan. Mais elle savait mettre les formes même là où elles s'avéraient inutiles.

— En guise de top-là je lui ai proposé de se faire tailler une pipe par Lyanna. Et tu sais quoi ? Il a refusé ! Depuis son arrivée, il pérore, il pérore et il pérore mais ne baise pas ! OK le deal était de toute façon bidon, mais nom d'une pipe au miel Jack ! Oserais-je traiter avec un homme qui refuse un tel plaisir ? Non mais quel onaniste !

Après qu'elle se fut calmée et servie un double whisky, Jack expliqua à Lolo qu'il comptait passer une seule nuit au bordel et que dès le lendemain il continuerait sa route jusqu'à Woodenbrook.

Elle tenta une nouvelle fois de le dissuader à poursuivre sa quête mais, encore plus que lors de sa visite précédente, Jack resta sourd à tout argument. Lorsqu'il l'embrassa le matin suivant pour lui dire au-revoir, elle mima une mine boudeuse auquel il répondit avec un sourire narquois. Puis, plus sérieusement, il lui intima d'être prudente vis-à-vis des Morganistes et qu'elle ferait donc mieux de bien traiter ce fameux Marc Péraud si elle ne voulait pas s'attirer d'ennuis.

— Comme si, entre toi et moi, j'étais celle qui devait s'inquiéter...Et puis qu'est-ce que je pourrais bien craindre d'un homme qui ne possède ni l'étoffe ni la vigueur nécessaire pour être considéré comme tel ?

Les jours suivants passés sur la route se déroulèrent paisiblement. Jack passa au nord de Vallois sans s'approcher du village de son enfance, puis il obliqua vers le sud pour ne pas devoir traverser l'aride désert d'Ihaldo. Bien que le paysage y fût grandiose et surprenant, la sécheresse du climat et la rareté de l'eau rendait le trajet pénible, voire risqué.

— Mourir, à la rigueur, OK. Mais de soif ou de faim, t'imagine Amon, une honte...

14. Le squelette fortuné

Parvenu à Woodenbrook, Jack retrouva rapidement ses repères. Il y avait vécu pendant presque deux ans, une dizaine d'années auparavant, un quotidien bien rempli entre le labeur d'un bûcheron et la détente relative de soirées arrosées.

A cette époque, la ville avait connu une expansion rapide et solide grâce, notamment, aux revenus rapportés par l'exploitation forestière d'Axel Marsch, un habile gaillard en affaire et un poing de fer en bagarre qui n'hésitait pas à réinvestir de grosses parts du chiffre d'affaire pour améliorer les infrastructures de Woodenbrook. Grâce à ses efforts de modernisation, ce qui n'était qu'une scierie artisanale devint le plus gros pourvoyeur de bois de Casanova et le village se transforma en cité à laquelle nombreux furent aimantés.

Les mélodies d'instruments à vent, corde et percussion se répandaient partout dans les rues grâce aux musiciens venus établir leur talent dans cette ville dynamique. Résolument tournée vers l'avenir, Woodenbrook attira d'autres divertissements dans de multiples domaines : cuisine, théâtre, peinture, cirque…

Cette effervescence artistique fit naitre de nombreuses maisons colorées. La multiplication de ces bigarrures valut à Woodenbrook le surnom de *ville palette*. L'entrée dans l'âge adulte de Jack avait fait une accolade chaleureuse à cette ébullition de bruits et de mouvements. Bien que de nature solitaire, le lieu lui plut instantanément car il impliquait une mobilité spirituelle qui comblait ses facultés intellectuelles. Ces nombreuses activités lui avaient permis d'appliquer sur les évènements passés une fine couche d'oubli qui estompait la grisaille latente de sa peine.

Revoir les maisons, les couleurs et les rues de cette période bienheureuse le fit penser mélancoliquement au passé, à la raison qui l'avait poussé à quitter les Johnson. De telles remontées sentimentales brisaient parfois, et partiellement, la glace qui emprisonnait son cœur. Alors il ne pouvait penser à ses proches sans ressentir la pointe acérée de l'affliction inciser pernicieusement son corps en mille endroits. Ces secondes amères ne duraient toutefois qu'un instant car il avait enseigné à son cœur à se rendre imperméable aux relents cendreux de son passé.

— Bah, laissons la mélancolie au poète. Focus Jack, focus, murmura-t-il à voix basse.

L'escale à la ville palette ne représentait que la première étape du plan qui devait le conduire jusqu'à l'assassinat du mousquetaire Phil Smith. Le rôle de ce dernier dans l'organisation du Capitaine présentait beaucoup de similarités avec celui de Marcelo. Marchandage, chantage, mise sous pression de personnes têtues, il incarnait divinement l'homme de main prompt à l'action et à l'obéissance canine.

Il ne fallait toutefois pas s'y tromper. Même si Marcelo et Phil Smith aimaient par-dessus tout utiliser leurs revolvers, ils n'en restaient pas moins des chefs aguerris, dotés du minimum syndical de réflexion nécessaire pour répondre aux exigences du Capitaine. Morgan ne les aurait jamais choisis comme lieutenants sur leur unique habilité au pistolet.

De plus, Smith ne possédait pas la même appétence pour l'alcool que Marcelo. Bien sûr, il adorait ripailler et trinquer avec ses compagnons de route, mais il savait également s'arrêter à temps afin de ne pas sombrer dans des délires éthyliques. Sa réputation le présentait comme un homme sanguinaire dont le corps ne s'avilissait jamais à devenir l'esclave d'une quelconque substance. Heureusement pour Jack, chaque homme possède des défauts qui sont autant de faiblesses lorsque l'on sait les exploiter. Ainsi, si l'alcool ne pouvait pas rendre stupide Phil Smith, c'est la provocation qui s'en chargeait. Même s'il restait physiquement apte et lucide, sa susceptibilité pouvait lui faire perdre l'esprit.

Jack comptait utiliser cette fierté mal placée afin que le lieutenant sorte de ses gonds et donc de ses habitudes, qu'il réponde aux provocations indirectes de Jack par un acte inconsidéré, une imprudence qui ferait l'opportunité.

D'une manière similaire à Marcelo qui s'affairait à l'est de Casanova, Phil Smith se chargeait des besognes du côté ouest, depuis Woodenbrook au sud jusqu'à Highbury au nord.

Le plan de Jack se composait de plusieurs parties. La première et la plus aisée consistait à atteindre et séjourner à Woodenbrook. La deuxième était de se faire passer pour un fou qui insultait Smith indirectement, c'est-à-dire en compagnie des habitants de Woodenbrook mais jamais en présence du lieutenant. Ce personnage devait servir à énerver Smith tout en lui faisant croire que Jack n'était pas une menace sérieuse. Le tempérament sanguin et l'ego du mousquetaire suffiraient pour qu'il se mette à la recherche du provocateur. La dernière étape pour Jack le voyait s'installer dans une cabane située dans la forêt, laisser la colère de son ennemi l'emporter jusqu'à lui et, enfin, l'assassiner.

C'est ainsi que Jack en vint à jouer le rôle d'un extravagant dont le souhait le plus profond était de traverser la forêt infranchissable, Betty, dans le but d'accéder au soi-disant paradis terrestre qui se trouvait juste derrière.

Pour se glisser de manière convaincante dans la peau d'un insensé, Jack s'inspira des aliénés qu'il avait côtoyés lors de ses divers boulots. Bandits, bûcherons, clients de La Belle, chaque étincelle de folie dont il avait été témoin permettait de nourrir le feu exubérant de son aliénation feinte. L'imitation, même approximative, de leurs gestes et paroles suffisait amplement à convaincre le public du grand écart opéré par son cerveau par rapport aux standards logiques de la pensée.

Quitte à se faire passer pour un fou, se dit Jack lors de son arrivée, autant rentrer sans tarder dans le vif du sujet. Jack s'installa dans la plus petite chambre du plus prosaïque des hôtels de Woodenbrook puis il se rendit au saloon principal de la ville, l'Alexander. Il aurait pu aller à La Saucisse Fringante, un saloon chaleureux qu'il avait apprécié à l'époque, mais son petit doigt lui disait que la foule y serait plus réduite ce qui n'allait pas de pair avec son intention de convaincre le maximum de monde. Il se rendit donc à l'Alexander.

Arrivé devant la porte en bois à double battant, il s'assit sur les planches en bois du porche et retira ostensiblement ses bottes. Malgré leur étonnement, le duo de bûcherons qui entra au même moment resta poli. Il faut dire que les habitants avaient l'habitude de voir déambuler sans arrêt dans les lieux publics des artistes aux mœurs excentriques. Avant d'entrer, Jack scruta le ciel et, au moment où un oiseau vola au-dessus de la rue, il fit un commentaire en direction de l'homme qui sortait de l'Alexander.

— Ça, c'est un pigeon pas comme les autres !

— En effet, c'est un faucon, répondit éberlué l'autre qui, après deux secondes de surprise silencieuse, s'arrêta de regarder Jack avec des yeux béants et s'en alla.

Jack entra enfin et, plutôt que d'aller s'accouder directement au comptoir, se tint debout derrière deux hommes qui discutaient accolés au bar. Une minute gênante passa puis l'un des deux tourna la tête vers Jack pour savoir pourquoi un énergumène restait planté là au lieu de passer commande à un autre endroit du bar.

En croisant son regard, Jack prit un air ingénu et déclara sérieusement qu'il était en train de faire la queue derrière ces deux beaux messieurs pour commander un whisky. Une seconde d'hésitation lui fit presque dire qu'il souhaitait commander un verre de lait, mais il aurait eu horreur que le barman lui en servît un effectivement. Jouer le fou passe encore, mais jouer le fou qui commandait autre chose qu'un bon whisky représentait la limite à ne pas dépasser.

D'humeur joyeuse grâce aux verres partagés avec son ami et face à la mine naïve de Jack, l'homme ne se fâcha pas et le pria poliment de se rendre autre part pour commander ce qu'il désirait.

Le barman ayant suivi la scène de loin se disait qu'il s'agissait soit d'un homme stupide, auquel cas il le servirait après lui avoir demandé de lui montrer son argent pour être sûr de ne pas se faire arnaquer d'un ou deux verres, soit d'un artiste atteint d'un degré marginal plus élevé que la moyenne auquel il demanderait de voir son argent avant de lui servir quoi que ce soit.

— Vous voulez boire quoi ? lui lança-t-il, car être poli avec les gens normaux je veux bien, mais faudrait pas pousser mémé dans les orties en faisant des courbettes devant le premier ahuri muni d'un pinceau.

— Un whisky pur je vous prie mon brave ami.

— Vous avez de quoi payer ?

— Voici mes économies.

Jack déversa plutôt qu'il ne présenta les multiples billets qui emplissaient sa poche une seconde avant. Les yeux brillants de satisfaction vénale, le barman s'empressa de lui servir un verre tout en guignant sur l'argent. Rusé comme un renard, il savait que ses meilleurs clients étaient ceux qui restaient le plus longtemps accoudés au bar, et quoi de mieux qu'une bonne discussion pour faire rester le soiffard ?

— Quel bon vent vous amène mon ami ? demanda-t-il allégrement. Je ne crois pas avoir le privilège de vous connaître.

Il est vrai que depuis ses vingt ans, Jack avait changé. Vieilli et ridé au niveau de ses yeux gris, affichant une barbe fournie, bien peu de personnes qu'il avait connues à l'époque auraient pu le reconnaître aujourd'hui. Surtout qu'en prévision de sa halte à Woodenbrook, il s'était laissé pousser une longue et épaisse tignasse afin de pouvoir paraitre décoiffé en toute occasion. On ne le dira jamais assez, mais les cheveux, lorsqu'ils partent en guerre dans toutes les directions, jouent un rôle prépondérant dans l'accentuation physique de la folie.

Jack avala son verre d'un trait et en commanda un deuxième sans attendre. Puis il répondit au barman, en haussant exprès le ton.

— Mon nom est John, mon brave cher Monsieur, commença-t-il solennellement. Si je suis ici c'est pour ne point y rester. En effet, je compte bien transpercer les secrets de la forêt infranchissable et quitter Woodenbrook rapidement afin d'atteindre le paradis perdu qui se trouve juste derrière Betty.

Remarquant le visage intéressé du barman, qui n'était en fait qu'une preuve de l'avidité de ses pensées actuelles « oh joie, un fou riche à déplumer ! » Jack continua son récit.

— En effet mon brave, votre regard perçant a déjà sûrement repéré la lueur qui coiffe les arbres de la forêt lorsque la nuit apaise les lieux. Il ne s'agit pas d'une lueur anodine, oh non, mais bel et bien du nouvel Eden promis à tous les humains qui le méritent !

Son discours prit une tournure religieuse dont lui-même fut surpris mais au moins le barman semblait désormais persuadé d'avoir affaire à un illuminé et son regard vorace ne cessait de briller.

— Je puis donc vous dire sans honte, mon brave, que mon but est d'accéder à ce paradis. Woodenbrook étant le dernier vestige de l'homme avant le tronc des arbres, je m'y repose quelques semaines avant d'entamer le chemin miséricordieux qui me fera parvenir de l'autre côté de la forêt.

Diantre ! Riche et prêt à mourir, il faut absolument qu'il reste ici, pensa tout fort le barman qui profita d'une pause de Jack pour se présenter.

— Ricky, pour vous servir. C'est un très beau projet que le vôtre mais j'aurais quand même une question. Pourquoi voulez-vous quitter une aussi belle région que Casanova ?

— Mon brave mon brave, savez-vous qu'il y a dans le poisson aérien autant de libellules que dans le jardin de Satan ? Ne soyez pas aveuglé par les promesses, enlevez le voile qu'on vous impose de devant vos yeux et regardez la vérité en face. Casanova est déjà une vieille fille surexploitée. Je ne puis rester dans un endroit aussi délétère plus longtemps.

Ricky demeura circonspect quelques instants puis éclata de rire. Il n'avait rien compris mais la façon dont Jack s'exprimait l'amusait. Les relations barman-buveur sont généralement bonnes. Mais celle de Jack et Ricky les dépassa toutes car l'un et l'autre furent plus que satisfaits de la tournure des évènements. Jack venait de se mettre un allié dans la poche, qui plus est le barman, ce qui est doublement avantageux car il pourrait d'un côté colporter l'information qu'un fou est arrivé en ville récemment, et de l'autre lui servir de bonnes doses de whisky. Ricky pour sa part fut comblé par les cataractes sans fin du gosier de Jack, qui lui permit de gonfler drastiquement le chiffre d'affaires du jour. Pour ne rien gâcher, Jack lui avait également donné un pourboire dodu et s'était commandé un bon gros steak saignant. Après tout, la folie ne s'adopte pas, elle se mange.

— Vous revenez quand vous voulez ! lança Ricky tandis que Jack franchissait, en titubant, les portes de l'Alexander.

Il passa les jours qui suivirent à établir une solide réputation d'éberlué inoffensif en parcourant inlassablement les rues, une bouteille d'alcool à la main, et en déclamant des discours inintelligibles aux personnes qui partageaient un tête-à-tête avec lui.

— Qui sommes-nous pour juger de la pensée de l'animal ? Nous ne savons rien. Est-ce que les mouches vous jugent, vous autres, lorsque vous mâchez du tabac pour ensuite le recracher ? demandait-il à ses

117

interlocuteurs qui chiquaient. Je ne pense pas, je les crois bienheureuses de pouvoir manger de la merde et de la garder pour elle.

Ou bien encore, lorsqu'il s'adressa à une bande de chasseurs qui revenaient de la forêt et qui maudissaient les tigres qui y vivaient et s'y montraient dangereux.

— Est-ce que les mouches, après qu'elles aient été prisonnières dans un bocal d'un convoi, se rendent compte qu'elles ont débarqué ailleurs, loin de toutes leurs habitudes ? Se disent-elles que ce fumier possède un goût particulier, étranger qu'elles ne connaissaient pas encore !?

Et comme il ajoutait à ses paroles une invitation à boire au goulot, peu était le nombre de réticents à le considérer d'un mauvais œil. Les jours passèrent dans cette ambiance sans cesse renouvelée d'ébahissement. Jack devait toutefois prendre garde à ne pas trop s'attirer la sympathie des gens qui commençaient déjà à s'habituer à l'homme « aux paroles plus chargées encore que son portefeuille ».

Leur participation au plan était primordiale. Il fallait en effet qu'ils le dénonçassent à Phil Smith. Hors plusieurs fois au cours de discussions avec les individus qu'il croisait, ces derniers le priaient de cesser ses insultes bruyantes envers le mousquetaire. Jack avait commencé à l'injurier depuis quelques jours et ils sentaient que les habitants de Woodenbrook auraient préféré qu'il se taise, ils n'avaient aucune intention de le dénoncer mais ils ne pouvaient rien faire si les injures parvenaient directement aux oreilles de Smith ou d'un de ses hommes.

Jack pensa alors qu'il s'en trouverait bien un dans le tas qui ne serait pas insensible à la promesse d'une belle prime en échange de la délation d'un opposant. Car qui insultait un mousquetaire, crachait à le figure du Capitaine. Ce dernier n'avait pas chômé lors de sa conquête du pouvoir et avait promis à tous les Casanoviens qu'ils seraient justement récompensés s'il lui venait en aide, d'une manière ou d'une autre. Autrement dit, il était probable que Jack se fasse dénoncer et que Smith vienne bientôt toquer à la porte de la cabane qu'il était en train de construire dans la forêt.

Jack avait commencé sa construction dès son arrivée. Il expliquait aux personnes qui voulaient bien l'écouter qu'il comptait y vivre quelques jours avant son départ, de manière à ce que la forêt et ses animaux s'habituassent petit à petit à sa présence, facilitant de la sorte la traversée qu'il entreprendrait quelques jours plus tard.

Comme elle provenait d'un fou, la grandiloquence de l'explication ne choqua personne. La plupart des habitants de Woodenbrook s'attristaient même de voir un homme courir avec tant d'enthousiasme vers sa propre perte. Certains essayaient de lui faire prendre conscience du danger de son entreprise, d'accorder la tonalité de sa cloche au diapason de la raison, mais Jack jouait si bien à l'insensé borné qu'ils abandonnèrent finalement leurs tentatives de le faire renoncer à sa lubie périlleuse.

Le véritable but de la construction de cette cabane était double. Premièrement, l'isolement de la cabane par rapport au village l'autorisait à agir ici comme il le souhaitait, notamment lorsque viendrait Smith. Les deux pourraient alors s'entretuer sans que personne n'en sache rien, dans une nature qui aura connu d'autres sauvageries et qui n'aura donc cure de celle-ci. Et même si le mousquetaire venait accompagné, épaulé par des hommes de sa troupe, Jack possédait l'avantage du terrain et du discernement, Smith croyant avoir à faire avec un fou.

En deuxième lieu, la cabane était érigée à un endroit clef qui lui permettait de se rapprocher de l'emplacement où il avait caché un trésor il y a des années et dont il aurait besoin pour mener à bien son plan auprès d'Auguste Blanchard, le cinquième lieutenant de Morgan, en charge des finances de l'organisation.

Ce magot secret l'attendait enterré depuis plus de cinq ans, depuis qu'il avait pris part à l'expédition d'un homme extrêmement riche qui souhaitait traverser la forêt Betty dans le but de s'installer de l'autre côté. Il ne restait plus aucun membre de sa famille en vie et, plutôt que d'assister à sa dégénérescence dans la région qui avait déjà pris ses proches, il souhaitait terminer son existence par un gros coup en allant vivre ailleurs, loin d'une région habitée par trop de souvenirs accablants.

La connaissance de Jack de la région ainsi que sa réputation d'habile pistolero lui avait valu d'être approché par le domestique de ce riche commerçant en vue de lui proposer un poste bâtard, entre guide, garde du corps, trappeur et chasseur. Le nabab mourut quelques jours plus tard dans la forêt, déchiqueté par un tigre. Même si l'évènement était prévisible, il n'en restait pas moins un spectacle déplaisant.

Rares étaient ceux qui ne se moquaient pas des indiens lorsqu'ils surnommaient Betty « la forêt de la mort », car, comme nous l'avons déjà rapporté précédemment, ils avaient pour habitude de surnommer ainsi chaque partie spécifiquement dangereuse de Casanova. Les déserts de la mort d'Acamata et d'Ihaldo, la mer de la mort de l'ouest, les marécages de la mort tout au sud et enfin la fameuse Betty de la mort qu'on ne pouvait traverser sans subir de dommages irréversibles.

Ces surnoms strictement identiques provoquaient de nombreuses moqueries. Toutefois il serait injuste d'imputer un manque d'originalité aux Indiens de ce qui n'était qu'une preuve de leur sagesse car, en tout état de cause, il s'agissait à chaque fois de lieux effectivement mortels et limitrophes. En effet, la chasse aux prédateurs des pionniers y avait joué un rôle déterminant. Cette traque consistait à repousser aux frontières de Casanova les animaux pourvus de dents et griffes acérées, en particuliers les ours, tigres et autres loups. Ces endroits étaient donc désormais reconnus comme étant densément habités par des espèces mortelles.

Le richissime commerçant considéra ces menaces limitrophes comme un simple fait historique qui ne portait pas à conséquence. Sa volonté de terminer ses jours en dehors de Casanova ne perdit donc aucunement en force malgré les maintes fois où son domestique tenta de le raisonner. Pour le vieil homme, sa motivation toute sentimentale occultait le reste. C'est pourquoi il n'engagea, en guise de défense contre les prédateurs qui rodaient dans la forêt, que quatre gardes du corps, dont faisait partie Jack. Le domestique ne se joignait pas à eux.

Un trépas rugueux sous les crocs d'un tigre fut la seule récompense de son aveuglement. L'attaque eut lieu deux jours seulement après le début de l'expédition, un soir pendant que le groupe campait sous une pleine lune. Deux des gardes fuirent dès qu'ils virent la bête sauter sur leur compagnon qui fut tué sur le coup. Le saut de la bête déséquilibra le commerçant avant que Jack n'ait eu le temps de l'aider. Il dégaina son fusil, visa le tigre alors qu'il achevait le vieil homme et tira dans le cou. Le tigre émit un feulement empli de douleur et de rage, la blessure était grave mais pas assez pour l'empêcher de se retourner vers Jack et de le menacer avec un regard où se lisait une haine sauvage, ses lèvres étaient retroussées et faisaient apparaitre de menaçantes rangées de dents acérées. Un ouragan de muscles et de colère s'apprêtait à bondir sur Jack afin de le laminer sans pitié. Jack eut à peine le temps de dégainer et de tirer à plusieurs reprises, touchant épaule, front et autres parties du tigre. La blessure qu'il avait infligée avec son fusil fut probablement la seule raison qui lui permit de survivre ce jour-là car l'animal avait imperceptiblement perdu en vitesse.

Le temps de vider un barillet et Jack se retrouva seul et diablement riche car le trésor était toujours accroché aux mules qui n'avaient pu s'enfuir à cause des entraves fixées pour la nuit.

Le tigre avait attaqué sans faire un bruit, bondissant d'un buisson qui se trouvait juste à côté de leur campement. Personne, pas même les mules, ne l'avait vu ou entendu s'approcher. La survie de Jack avait alors reposé uniquement sur le choix du félin de s'attaquer au commerçant et un autre garde avant lui.

La violence et l'illogisme d'une telle attaque signifiait qu'il s'agissait d'une femelle qui protégeait ses enfants. Aucune autre raison que l'instinct maternel ne l'aurait poussée à se frotter à cinq hommes, malgré la haine atavique envers cette race qu'elle avait héritée génétiquement de ses ancêtres. Même la famine ne justifiait pas un tel acte inconsidéré, elle aurait plutôt attaqué une mule durant la nuit, pas un frêle corps rose bien moins appétissant que le gras criard des équidés.

Alors que les rayures oranges et noires reposaient tièdement sur un feuillage qui s'empourprait, Jack s'en était approché, s'était accroupi et avait caressé la tête du félin en contemplant et maudissant le magnifique spécimen qu'il avait été contraint de tuer pour sauver sa propre peau.

C'est à peine si Jack avait jeté un regard du côté des cadavres humains. Leur sort avait été scellé en trois secondes et l'état déplorable de leur corps rendait inutile la nécessité de vérifier s'il leur restait encore un souffle de vie.

Toutefois, excepté la manière, être attaqué n'avait rien de surprenant lorsqu'on s'aventurait dans cette forêt. Jack savait donc qu'il devrait passer, à un moment ou un autre, à cette basse besogne lorsqu'il s'était enrôlé. Il avait été engagé dans ce but précis. Mais il ignorait quel contrecoup il ressentirait, quel sentiment de dégoût remonterait le long de sa gorge après avoir tué le félin.

Pourtant Jack avait déjà blessé plusieurs bandits lorsqu'il avait travaillé avec le shérif Johnson à Pakuchi. Il avait même déjà tué un homme, mais comme il s'agissait de légitime défense face à un être barbare et sans scrupule, cela n'avait rien de comparable avec le prédateur considérable et innocent qui poussait son dernier râle de misère.

Après avoir partagé le dernier souffle du tigre, Jack s'était levé et dirigé vers les mules pour les calmer. L'attaque, comme on pouvait s'en douter, les faisait paniquer. Elles piétinaient d'affolement et leurs braiments semblaient sans fin. La tigresse avait déjà rencontré des hommes, pensa Jack. C'est pour ça qu'elle les avait attaqués en premier lieu alors qu'ils représentaient pourtant de plus petites cibles.

Il avait ensuite réfléchi à la marche à suivre et avait considéré le spectacle morbide comme l'opportunité idoine de disparaitre. L'heure était venue pour lui de devenir un anonyme sur les routes de Casanova, de commencer son enquête sur les responsables de la mort de sa famille, d'enfin poser les fondations de son plan de vengeance qu'il avait gardé en tête jusqu'alors.

Suivi des mules, afin d'éviter des rencontres malencontreuses, Jack emprunta un chemin différent de celui qu'ils avaient utilisé pour venir. Lorsqu'il fut satisfait de sa position, c'est-à-dire lorsqu'il se trouva à une distance respectable de Woodenbrook mais pas trop loin non plus, histoire d'éviter de devoir trop s'enfoncer dans la forêt lorsqu'il reviendrait récupérer le trésor, Jack creusa un trou pour y enterrer le butin, le camoufla à l'aide de branches et de feuilles puis fouetta les mules pour qu'elles se perdent dans les méandres forestiers. Si elles avaient de la chance, elles retourneraient à la ville et les gens, ne voyant personne les accompagner, en tireraient la conclusion que la globalité de l'expédition avait échoué. Si les mules s'enfonçaient plus loin dans la forêt, elles mourraient dévorées par un ou plusieurs tigres.

S'ils mourraient lors de leur fuite vers Woodenbrook, les deux gardes ne changeraient rien à l'équation. S'ils vivaient, ils pourraient confirmer qu'un tigre les avait attaqués. Et comme ils ne retrouveraient jamais la trace laissée par les mules, ils en viendraient à penser, accompagné par les renforts du village, qu'hormis eux, tous avaient péri.

Jack ne prit donc pas soin d'essayer de les rattraper et continua son chemin vers l'est, afin de ne pas repasser par la ville palette.

La suite, Jack ne la connut pas. Avant d'avoir atteint la ville, l'attrait du gain ayant pris le pas sur leur détresse, les deux gardes survivants revinrent sur les lieux du carnage mais ne trouvèrent rien d'autres que trois cadavres, deux humains et un animal. Ils présumèrent que celui de Jack reposait ailleurs et que les mules avaient été déchiquetées autre part également après s'être libérées. Ils ne supputèrent même pas la survie de Jack malgré la présence du tigre mort.

A leur retour à Woodenbrook, ils racontèrent les évènements aux habitants et des recherches des malles contenant le trésor furent menées mais comme Jack les avait bien cachées, personne ne retrouva jamais rien.

Les mois s'enchaînèrent et virent passer, à pas enhardis sur ce chemin pourtant fatal, de nombreux individus dont les rêves crédules de richesse leur donnait la hardiesse de croire qu'ils pouvaient faire mainmise sur ce trésor perdu. Equipés ou vêtus simplement, ils s'engouffraient sous l'ombre épaisse des arbres dans l'espoir de revenir riches. Ils revenaient estropiés, mourants ou pas du tout. Ces insuccès réduisirent le nombre de candidats et l'histoire des malles fut finalement oubliée l'année suivante.

15. Herbe rouge

Phil Smith devenait hargneux quand on lui cherchait querelle et était grossier lorsqu'on le laissait tranquille. Son âme tumultueuse voguait inlassablement sur l'océan pourpre et mouvementé de l'irritabilité.

Lorsqu'il prenait son petit déjeuner, le pain s'accompagnait d'un verre de whisky et d'une moue dont le sommeil, qu'il jugeait négligemment comme une perte de temps, ne parvenait jamais à amoindrir la force des traits patibulaires.

Ajoutez au portrait deux sourcils aussi fournis que le balcon de tante Lolo, un rictus malfaisant à la commissure de ses lèvres, et une envie de meurtre exacerbé par la noirceur qui accompagne chaque nuit et vous comprendrez aisément pourquoi, à l'aube de chaque nouvelle journée, personne ne souhaitait prendre son petit-déjeuner avec ce lieutenant irascible à l'acrimonie constante.

Pour dire vrai, l'aurore ne représentait de loin pas le seul moment où il fallait éviter d'irriter le spadassin. Le zénith et le crépuscule partageait ce plaisir indélicat de servir de théâtre aux violents accès de colère du mousquetaire qui, lorsque le sang lui montait à la tête, gesticulait des bras sans s'arrêter en tenant sa tête en l'air de manière à pouvoir hurler ses injures au ciel. Un animal sauvage en cage n'aurait pu proposer plus de mouvements et de grognements.

Toutefois, au-delà de ce caractère trempé dans de l'acide fulminique, Smith était un membre estimé du clan de Morgan car il savait gérer, à sa manière virulente, les affaires du Capitaine sur toute la partie ouest de Casanova.

Son impétuosité le précédait et il arrivait fréquemment que son interlocuteur, afin d'éviter un esclandre ou un rude traitement physique, acquiesçait aux propositions que lui faisait Smith, qui n'avait donc même plus besoin de faire appel à sa hargne pour conclure un marché.

Lorsque le mousquetaire et sa troupe parvinrent à Woodenbrook, trois semaines après que Jack y soit arrivé et ait commencé son manège de fou, trois habitants demandèrent à voir Smith. Trois hommes dont l'ambition dépassait la sympathie qu'ils avaient pu éprouver pour John le Fou et dont le souhait immédiat était de plaire au mousquetaire et donc, par extension, à Morgan.

Smith les reçut tous les trois séparément le lendemain de son arrivée car la veille avait été dédiée à une soirée de poker et à une visite de courtoisie chez ces dames de joie, le tout arrosé de plusieurs bouteilles de bourbon.

Comme les trois discouraient de manière identique sur un certain *John le fou* qui l'injuriait, Smith comprit qu'il ne s'agissait pas de fariboles. Il demanda malgré tout si ce fou n'insultait pas un autre Phil Smith *car un nom pareil court les rues plus qu'une prostituée,* les trois autres lui confirmèrent qu'il était indubitablement la cible des insultes. Le mousquetaire demanda des exemples. Les hommes répétèrent alors mot pour mot certains jurons de Jack.

Le premier affirma que John avait traité Phil de potomane !

— Pardon !? réagit Smith passablement énervé.

Le second assura que John l'avait traité d'emmétrope !

— Quoi ! Il n'a pas osé !

Enfin, le troisième certifia que John l'avait traité de métazoaire !

— L'enfant de putain !

Bien qu'il ne comprit guère le sens de ces termes, Smith fit semblant de connaître leur signification afin de ne pas passer pour un ignare. De toute façon, à la manière dont lui furent colportées ces injures, il était évident que les trois délateurs pataugeaient également dans l'ignorance.

Même incomprises, ces offenses eurent le don d'ulcérer Smith par la brutalité qu'elles lui inspiraient. Ainsi, lorsque les trois traîtres furent repartis, avait-il frémis tout entier d'une fureur prête à exploser !

Certains habitants de Woodenbrook, dont Ricky le barman qui, comme d'autres, s'était pris de sympathie pour l'extravagant, tentèrent de défendre Jack en minorant la teneur et la portée de ses propos. Ils affirmèrent à Smith que John n'avait pas toute sa tête, qu'il ne fallait pas prendre ses injures au sérieux car il vivait dans un monde différent.

— Ce mec-là est tellement dans les nuages qu'il pisse plus, il pleut ! avait argumenté Ricky un jour où le mousquetaire était accoudé à son bar.

Mais aucune défense ne diminua la colère de Smith. Ce dernier pensa même qu'il valait mieux réduire au silence un homme capable de proférer de telles insultes car, même s'il s'agissait à la base d'un affront destiné à sa seule personne, s'il n'agissait pas malgré sa position dans l'organigramme du Capitaine alors les gens pourraient croire qu'on pouvait impunément injurier un lieutenant sans en subir les conséquences. La réputation d'implacabilité du groupe de Morgan en prendrait un sacré coup.

Il comptait se débarrasser de ce John et fut ravi d'apprendre que ce dernier se terrait, seul, dans la forêt. Ainsi les circonstances lui servaient sa punition sur un plateau. Il lui suffisait de se rendre à la cabane avec Sal' et Hector, de repérer puis de purement et simplement liquider le fou. La tâche s'avérait facile car, selon les dires des concitoyens de Woodenbrook, la douce folie de John lui ôtait toute méfiance.

Pour plusieurs raisons, Smith ne voulait pas emmener plus de deux de ses hommes avec lui. S'il s'avérait qu'un jour Morgan entende parler de ces péripéties, le lieutenant ne voulait pas qu'il le prenne pour un couard en apprenant qu'il avait eu besoin de toute sa bande pour éliminer un fou isolé. Phil n'était pas dupe, il savait que les habitants avaient deviné ce qu'il comptait faire de ce John, ils n'auraient juste aucune preuve à disposition pour l'inculper mais rien ne les empêchait d'en discuter entre eux et que cette histoire arrive par conséquent un jour aux oreilles du Capitaine.

Ensuite, il voulait, malgré le peu de crédibilité qu'il possédait, faire passer cette excursion en dehors de la ville pour un simple contrôle de routine tel qu'il en faisait régulièrement à Woodenbrook et à l'orée de la forêt. Seulement ces contrôles, qui ne sont autres que des visites chez des citoyens clefs pour vérifier qu'ils avaient bien payé leur dû à Morgan, sous différentes formes, se faisaient toujours à deux ou trois, jamais plus. Il aurait donc semblé encore plus suspect que la bande entière se rende en forêt.

Une semaine après avoir entendu parler de John le fou, Smith se mit en route, accompagné par Sal' et Hector, ses deux plus fidèles camarades de jeu, avec un sourire carnassier aux lèvres et une démangeaison à l'index de la main droite, qu'il tapotait frénétiquement sur sa cuisse. Il devait prendre sur lui pour ne pas cravacher sa monture pour la pousser au galop jusqu'à la cabane.

Jack avait fait en sorte, par l'intermédiaire de Ricky, d'être mis au courant dès que Smith arriverait en ville puis lorsqu'il irait à sa rencontre. La chose fut aisée car la veille, à l'Alexander, Phil Smith s'était vanté auprès de ses hommes qu'il irait dès le lendemain rendre visite à l'insupportable emmerdeur qui lui faisait offense. Pour qui avait les oreilles au bon endroit, au bon moment, qualité récurrente chez Ricky, l'information ne pouvait être loupée.

Le fidèle barman, par sympathie mais aussi toujours intéressé par les promesses pécuniaires de Jack, se hâta cette même nuit d'aller retrouver notre héros pour lui faire part de cette information. Son incapacité à se repérer dans les bois l'obligea à appeler Jack plusieurs fois. Dès qu'il l'entendit, ce dernier alla à sa rencontre et écouta attentivement ce que le barman était venu lui dire. Puis il le remercia chaleureusement en lui serrant les deux mains.

— Merde de cafard, Ricky, s'exclama-t-il joyeusement, si je jouais au poker, tu serais ma quinte royale !

Déçu par cette réaction qui prouvait que John le fou n'avait pas saisi la teneur de ses propos, le barman recommença en utilisant les mots les plus simples. Il intima Jack de quitter les lieux le plus rapidement possible. Il lui parla de Smith, de son caractère exécrable et ses violents antécédents, de son intention de venir le lendemain « pas juste pour te rendre visite contrairement à ce que prétend ce faquin », mais rien n'y fit. Son agacement grandissait au fur et à mesure qu'il comprenait qu'aucun moyen ne pourrait faire déguerpir son nouvel ami.

— De toute façon Ricky, déclara Jack après dix minutes de remontrances et de prières, je compte bien mourir deux fois. La première fois car toute nouvelle expérience est bonne à prendre. La seconde fois car je saurais comment m'y prendre pour le faire bien.

Ricky, la tête basse, soupira et quitta Jack en lui souhaitant bonne chance. Puis il marmonna pour lui-même « pauvre fou... quoiqu'il arrive, j'espère que tu ne souffriras pas ». Il lui avait laissé un panier de cuisses de poulet ruisselantes. Lorsque le barman fut partit, Jack, en confiance, s'accorda quelques heures de repos pour finir la nuit après avoir mangé la moitié des cuisses qui l'attendaient au chaud.

Au matin, maintenant qu'il savait l'heure fatidique approcher, il bricola un leurre en paille, de la taille et de la forme d'un homme, qu'il déposa dans le lit à l'intérieur de la cabane et qu'il couvrit d'une couverture. Ce piège ne tiendrait pas longtemps mais au moins pouvait-il profiter des quelques secondes d'inattention de ses adversaires lorsqu'ils tenteront de rentrer en contact avec l'amas de fétus. Si jamais ils parvenaient à entrer dans la cabane...

Au cours des jours précédents, il avait déjà confectionné plusieurs pièges rudimentaires avec de la corde et des bouts de bois taillés en pointe qu'il avait ensuite installé en cercle à différentes distances de sa cabane.

— Heureusement que ce bon Ricky ne peut pas se repérer la nuit, il aurait réussi à se prendre un de mes pièges s'il s'était approché un peu plus de ma cabane, se dit Jack tout haut.

Lorsque les préparatifs au sol furent prêts, il grimpa dans un arbre à proximité de la cabane en prenant avec lui Kelly, son deuxième revolver et une carabine. Il s'était muni d'une ceinture qui lui permettait un accès rapide aux différentes munitions nécessaires. Il s'installa à califourchon sur une branche épaisse d'où il pouvait voir sans être vu. Il vérifia, encore, que chaque arme était chargée puis se munit de la carabine et posa les deux colts sur une autre branche à proximité. Il ne comptait pas utiliser Kelly à distance mais si les circonstances l'exigeaient, il n'hésiterait pas.

Puis le silence vint faire sa loi. Le vent n'existait pas, les branches, les feuilles et l'herbe demeuraient immobiles, tout comme l'ombres des arbres. Un feulement menaçant se fit entendre au loin et vint briser cette hégémonie, suivi d'un brame lugubre plein de promesses funestes. Jack, impassible, tendait l'oreille pour deviner le moindre indice quant à l'approche de son ennemi. Le soleil pointait à son zénith, les branches tiédies commençaient à lui faire mal aux fesses et aux genoux, mais il restait en place, aiguisant ses sens comme un prédateur, se demandant quel allait être le nombre de ses adversaires.

Ses pensées furent interrompues par des exclamations inintelligibles. Lorsque les responsables se rapprochèrent, Jack comprit qu'il s'agissait de Smith et ses camarades qui discutaient et plaisantaient sans discrétion, comme s'ils étaient dans leur salon ! Jack fut d'abord surpris et ne put se retenir de jurer bas « quelle bande d'incompétents, comment diable un idiot pareil peut-il être lieutenant de Morgan ? ». Puis il se souvint que ces hommes le prenaient pour un fou. Sa technique fonctionnait, ils ne se méfiaient pas le moins du monde car ils croyaient avoir à faire avec un pauvre bougre inoffensif.

Lorsqu'ils s'avancèrent encore, Jack distingua trois silhouettes. Trois hommes en tout, pensa-t-il, cela reste abordable. Il suffit que l'un deux se coince dans un de mes pièges, j'en dégomme un autre en profitant de l'effet de surprise, et ils ne se retrouvent déjà plus qu'à un et demi. Sonnés comme ils le seront, ils ne pourront tenir longtemps.

Cette fois-ci Jack ne put réprimer un sourire, décidément tout allait dans son sens. Bien sûr, il avait établi ce plan pour qu'il se déroulât de la sorte, mais il ne put s'empêcher de se trouver chanceux, au moins le temps d'une seconde. De plus, d'après ce que lui avait raconté Ricky, soit Smith n'était pas au courant de la mort des autres lieutenants avant lui, soit il ne s'en préoccupait guère car apparemment à aucun moment il n'avait fait le lien entre John le fou et l'homme mystérieux qui décimait ses congénères. Dans les deux cas, Jack était gagnant.

— Stop, rien n'est encore fait, se dit-il afin de s'obliger à ne pas se voir trop beau.

Jack avait pensé que Smith viendrait plutôt de nuit, lorsque l'obscurité cache les mauvais desseins, mais il avait paré à tout et avait fait en sorte que ses pièges soient également invisibles en journée. Son choix du lieu aidait également car la densité de la végétation était telle ici qu'il était difficile de faire un pas devant l'autre sans heurter quelque chose au sol ou sans avoir à contourner un arbuste ou un buisson touffu. Les trois cowboys avaient également été contraints d'abandonner leur monture pour terminer la route à pied.

Même s'il avait une connaissance approfondie de son territoire, Smith avait sûrement dû engager un guide, ou en tout cas un homme connaissant le coin et ne pouvant refuser une compensation financière, afin de les mener jusqu'à un point assez proche de la cabane. Smith ne désirait pas de témoin sur la scène et avait dû demander à l'homme de rebrousser chemin. Ce dernier ne s'était probablement pas fait prié, heureux de pouvoir rester en dehors de l'acte sanglant qui se préparait. Difficile d'exiger une récompense quand on est mort...

— Eh toi ! John ! Sors de là, on voudrait te causer, héla Smith, moins courroucé que ne l'attendait Jack, lorsqu'ils arrivèrent à quelques mètres de la cabane. Le mousquetaire savait apparemment maitriser un minimum son humeur peccante lorsque les choses devenaient sérieuses.

Mais comme il n'obtint pas de réponse ni la première ni la deuxième ni la troisième fois, il ne put faire autrement que de s'approcher un peu plus de la cabane, du côté opposé de l'arbre où se trouvait Jack. Ils n'avaient pas fait trois pas que l'un d'eux hurla à la mort ! Il s'était fait prendre dans un piège, un pieu en bois s'était enfoncé profondément dans sa cuisse, il ne pourrait marcher qu'en boitant, et encore s'il se remettait de sa douleur.

Jack, comme il l'avait planifié, constata l'effarement sur le visage des deux autres et visa celui qui était le plus proche. Hector tomba d'un coup, comme une pierre dans un puis sans le plouf final. Smith s'était déjà dissimulé derrière la cabane lorsque Jack tenta de lui mettre du plomb dans le corps, aussi sauta-t-il de la branche sur laquelle il se tenait pour se retrouver au sol avec ses deux revolvers en main.

Sal' continuait de beugler des injures et des appels au secours auprès de Smith, mais ce dernier ne lui répondit pas, probablement en train d'analyser la situation pour comprendre ce qu'il se passait, bordel, mais surtout pour trouver une façon de s'en sortir. Il avait repéré l'angle d'attaque mais pas le tireur. Pour ce qu'il en savait, ils pouvaient même être plusieurs !

— Putain d'enculé ! C'est quoi cette embuscade ? John c'est toi ? Si c'est toi, on ne te veut pas de mal ! Alors arrête de tirer OK ? Si c'est quelqu'un d'autre, va te faire foutre ! On ne tire pas comme ça sur les gens ! Sors au moins de ta cachette qu'on sache à qui on a affaire!

Jack garda le silence. Il contournait par la gauche la cabane pour s'approcher de Sal' tout en restant à couvert. Ce dernier s'était allongé au sol et commençait à se calmer mais ses plaintes prouvait que la douleur restait lancinante. Jack ne savait pas s'il s'était débarrassé du pieu ou non, cela n'avait de toute manière pas beaucoup d'importance.

Des balles affleurèrent sur sa droite. Smith tirait au hasard pour au moins, pensait-il, tenter de garder ses ennemis à distance. Jack sut alors que Smith avait calculé d'où provenait les tirs et qu'il se tenait dans le coin de la cabane. Mais Jack avait sauté si prestement au sol et avançait si rapidement sur leur gauche qu'il ne se trouvait déjà plus depuis longtemps dans le champ de tir de Smith. A moins que ce dernier ne change d'avis et ne dirige ses canons vers la gauche, là où se trouvait également Sal', Jack se savait en relative sûreté.

Il continuait d'avancer, tête baissé, passant d'un buisson à un autre, d'un arbre à un autre pour ne pas se faire voir tout en s'approchant de l'homme pris au piège. Il souhaitait achever Sal' avant de se confronter seul à seul avec le lieutenant.

Plus que la vue, il utilisait son ouïe pour parvenir le plus près possible de l'homme blessé. Sa respiration saccadée ainsi que ses plaintes, qu'il tentait de retenir mais dont sa bouche faisait l'écho de la souffrance chaque fois qu'il bougeait, permettait de le situer facilement si l'on y prêtait attention.

Smith continuait à vociférer et à tirer au hasard sporadiquement. Hormis des branches et des troncs, il ne toucha rien.

Lorsqu'il sut qu'il ne lui restait plus que deux ou trois mètres à parcourir avant de tomber sur Sal', Jack se glissa silencieusement au sol puis rampa lentement dans sa direction. Il mesurait chaque levée de coude et chaque mouvement de ses jambes afin d'éviter de faire le moindre bruit. Une certaine satisfaction l'envahit tandis qu'il constatait que son silence angoissait ses deux ennemis qui n'avaient toujours aucune idée de qui les attaquait, ni pourquoi. Smith s'était calmé mais Sal', qui tentait toujours de parvenir jusqu'à la cabane en rampant, manquait de force pour retenir les exhortations de douleur et ses ahans remplissaient l'atmosphère des résonnances macabres de la mort.

A peine trente secondes après le début de l'affrontement, Jack parvint au monticule surplombant l'endroit où était allongé Sal'. Ce dernier devina, plus qu'il ne l'avait entendu, une présence au-dessus de lui et tourna la tête dans la direction de Jack. Le temps d'un échange de regards, l'un désemparé l'autre déterminé, et le dernier souffle de vie de Sal' disparut dans une détonation qui fit sursauter Smith. Il avait deviné le sort de son ami au silence qui s'ensuivit.

Jack ne perdit pas une seconde et descendit, toujours en rampant, au bas du monticule. Il souhaitait réitérer sa technique pour débusquer et tuer Smith. Bien que ce dernier se taisait, Jack savait où il se trouvait et n'aurait aucun mal à s'en approcher discrètement. S'il l'avait voulu, il aurait suffi qu'il se lève au-dessus du rideau horizontal formé par les fougères pour apercevoir Smith, mais il souhaitait continuer à rester invisible. Mais à sa surprise et en contradiction totale avec son caractère, Smith parlait maintenant d'une voix calme et posée.

— Mon gars, je ne sais pas qui tu es ni pourquoi tu fais ça, mais laisse-moi te dire deux-trois choses. De un, je sais que tu es seul, si tu veux continuer à jouer ce jeu-là avec moi, allons-y, mais je te promets une sale défaite. De deux, soit tu es réellement fou comme l'ont dit les habitants de

Woodenbrook, soit tu es complètement stupide. Sais-tu au moins qui je suis ? Phil Smith, l'un des sept lieutenants du Capitaine Morgan, l'un des mousquetaires ! Pour sûr que tu as déjà entendu parler de Morgan non ? Si tu t'attaques à moi, tu t'attaques à lui. Est-ce que tu as vraiment envie d'affronter la colère de l'homme le plus puissant de Casanova ? Aller, sors de ta cachette qu'on discute d'homme à homme. Tu as déjà tué deux hommes par lâcheté, est-ce que tu t'estimes assez misérable pour faire pareil avec un troisième ?

Jack avait écouté attentivement et s'était rendu compte que ce discours ne servait à Smith qu'à lui faire gagner du temps car il s'était, pendant sa tirade, déplacé légèrement pour contourner la cabane pour s'en servir comme bouclier. Jack se trouvait désormais à la position initiale des cow-boys lors de leur arrivée, tandis que Smith était accroupi du côté droit de la cabane.

Même si dans cette configuration Smith était hors d'atteinte, à moins de contourner encore une fois la cabane, Jack savait qu'il avait l'ascendant dans cette bataille. Rien que le fait que Smith n'ait pas tenté de courir vers son cheval pour fuir prouvait qu'il craignait l'habilité au tir de son adversaire. Toutefois Smith voyait les choses autrement. Il s'était refusé le rôle du lapin déguerpissant devant le chasseur, lui offrant son dos comme cible, sans riposte. Son dégoût pour lui-même avait augmenté lorsqu'il avait envisagé cet acte lorsque Sal' gémissait encore. Mais maintenant qu'il se retrouvait face à face avec la mort, l'excitation le prenait tout entier et une fureur interne faisait surface, qu'il canalisait dans sa haine profonde pour l'homme qui lui avait ôté deux amis.

Pour la première fois de sa vie, il ressentit une totale plénitude face au danger et était prêt à affronter son opposant, fusse-t-il un géant invincible. Il ne lui restait qu'à le repérer et lui offrir une salve de plomb. Smith rechargea habilement ses deux colts et mis son genou gauche à terre tout en appuyant son épaule gauche contre une planche rêche et mal sciée de la cabane. Il respira une large brassée d'air puis leva ses deux pistolets à la hauteur de son visage tout en guettant les environs.

La mort le heurta de plein fouet en un clin d'œil. Le temps de lever ses revolvers vers le bruit plein de fureur qui s'abattait dans sa direction et d'appuyer ses doigts sur les gâchettes, et Smith se sentit transpercé de part en part. Dans une semi-conscience, il baissât les yeux et vit du rouge vif se répandre abondamment sur sa chemise bleue ciel. Sa tête fit plusieurs petits sursauts saccadés vers l'arrière. Puis, la bouche et la poitrine ouvertes vers la cime des arbres, son âme s'envola dans un soupir vers le monde suivant.

16. Croisière fertile

Jack avait hésité, suite au discours de Smith, à se dévoiler aux yeux de ce dernier, à se mettre debout et à contempler de toute sa hauteur le corps recroquevillé de son ennemi, à le regarder hautainement dans les yeux pour lui signifier toute la haine qu'il lui inspirait, à garder le silence mais à lui faire comprendre son désir de le voir mort et enterré, tout ça afin de mieux apprécier le moment où il le tuerait.

Smith pensait venir supprimer John le fou et Jack avait voulu lui faire prendre conscience de la réalité, lui faire comprendre que son agresseur n'était pas un extravagant quelconque mais un homme sain d'esprit qui avait planifié cet affrontement dans un but précis, une main vengeresse et sans pitié. Ricky lui avait bien fait comprendre que Smith ne comptait pas discuter, qu'il ne tenterait même pas de comprendre pourquoi John l'insultait. Mais, l'espace d'un instant, Jack voulut que le lieutenant comprenne le *pourquoi* de sa situation précaire.

Cette envie soudaine de tout dévoiler fut aussitôt anéantie par une excitation à son acmé qui le propulsa dans un monde où seul le mouvement important, dans lequel disparaissaient la raison et les règles de prudence. Dans cette zone extrasensorielle, seule comptait la mort de Smith. Le mousquetaire n'aurait eu aucune compassion pour John le fou, alors Jack n'en aurait aucune pour lui.

C'est pourquoi, après avoir liquidé Sal', il avait fait un rapide demi-tour, s'était éloigné de la cabane pour ensuite la contourner en courant. Il était repassé à vive allure sous l'arbre du guet et avait chargé Smith à revers.

L'adrénaline lui conférait un sentiment d'invincibilité. Il avait couru à découvert à travers le hallier et, au moment où Smith avait entendu les branches craquer, les feuilles crisser et les fougères voler, il avait tourné la tête en direction du danger mais il était déjà trop tard. Il avait eu beau brandir son revolver et tirer dans la direction de Jack, son effarement plus que sa précipitation lui fit louper sa cible.

En pleine frénésie, lorsqu'il était parvenu à deux mètres de Smith, Jack avait dégainé Kelly et avait tiré une seule fois en pleine poitrine. Il n'avait même pas perçu la balle qui l'avait frôlé. Haletant, il avait contemplé la tête de Smith se lever vers le ciel puis le corps entier s'affaisser sur le sol feuillu de la forêt, à nouveau paisible.

Une minute passa puis Jack ouvrit le barillet de Kelly avant de le lever à la hauteur de ses yeux. Il compta les balles. Il en restait, comme attendu, cinq. Les secondes d'accalmie qui suivirent le dernier souffle de Smith lui permirent d'apprécier à sa juste valeur ce décompte, oh combien important dans sa quête. Lentement mais sûrement, il voyait la fin s'approcher.

Après avoir récupéré Amon, qui était attaché à un arbre non loin de là, et après avoir déterré le trésor qu'il avait eu pris soin de cacher dans une malle, Jack partit vers l'est, en direction de Dourdan. Il souhaitait s'éloigner le plus rapidement possible de Woodenbrook sans y remettre les pieds avant longtemps.

Le reste de la troupe du mousquetaire retrouvera Phil et ses deux acolytes morts et peut-être dévorés par des tigres plus curieux que la moyenne, sans savoir ce qu'il était advenu de Jack. Certains des habitants tableraient sur une mise à mort par un animal, les autres espéreraient probablement que John le fou avait quitté les lieux avant que n'arrive Phil et qu'il était parvenu, selon son plan initial, de l'autre côté de la forêt.

Les hommes de Phil Smith qui étaient restés à Woodenbrook entamèrent des recherches dans la ville mais ne le retrouvèrent pas. Certains, désignés, sont allés chercher plus profondément dans la forêt. Mais lorsque l'un d'eux fut grièvement blessé, ils décidèrent d'en rester là.

Ils devaient juste maintenant trouver une excuse à donner à Morgan pour éviter qu'il ne les châtie ou les fouette.

Sur la route vers Dourdan, rien d'extraordinaire n'arriva à Jack. Ce dernier ne s'arrêtait jamais plus de quelques heures dans les petits villages qui bordaient le marécage de la grenouille bleue, à l'extrémité sud de Casanova.

Le seul fait digne d'être reporté ici concerne le jour où il tomba sur un homme, John Colter, qui vivait seul et reclus dans une vieille maison construite en rondins de bois. Lorsque Jack s'approcha, pied à terre, Colter sortit de son baraquement, un fusil chargé en main.

— T'viens chercher les emmerdes, gamin ?

Jack avait l'habitude de croiser ce genre d'ermites grincheux et méfiants à l'animosité expansive. Il savait trouver les mots pour les amadouer.

— Je ne fais que passer. Ma monture aurait besoin de repos. J'aime le whisky.

— D'chez Floyd ou McCarthy ?

— Les deux.

— Entre gamin.

Il ne fallut pas beaucoup de verres pour que les deux hommes en viennent à s'entendre. Hilare, ce qui contrastait avec son tempérament habituel, Colter expliqua qu'il possédait trois étangs. Le premier et aussi le plus petit lui servait à prendre des bains, le deuxième pour pécher, le troisième pour noyer les gens qui venaient lui chercher noise.

— T'crois qu'c'est l'quel que j'utilise le plus souvent, gamin ? et Colter, la figure rougie par l'alcool et sa blague, pouffait en se tapant les mains sur les genoux.

Pour toute réponse, Jack lui tendit son verre et ils trinquèrent aux nombreux salopards qui essaiment dans Casanova. Pour son franc-parler et son amour du whisky, le vieux plaisait à Jack. Après des échanges joyeux sur tout et n'importe quoi, ils en vinrent à discuter des raisons de son passage si près du marais aux larmes, si éloigné de la civilisation.

Est-ce son coup dans le nez ou son instinct qui lui signifiait qu'il pouvait avoir confiance en ce vieux ronchon éméché ? Toujours est-il que Jack lui parla du meurtre de Phil Smith. Pourquoi uniquement celui-là ? Peut-être parce qu'il s'agissait du plus frais et qu'il pesait encore, involontairement, sur sa conscience.

Puis il lui expliqua la raison pour laquelle il empruntait cette route isolée, qu'il souhaitait trouver Auguste Blanchard à St Gilmour. Même s'il laissa en suspens sa phrase, Colter comprit immédiatement son dessein. Le vieil homme possédait une finesse intuitive supérieure à sa capacité d'expression. Il était donc capable de porter les réflexions les plus justes dans le langage le plus châtié. Et l'alcool n'entravait en rien sa clairvoyance, il n'agissait que sur sa faculté d'articulation.

— T'vas z'gouiller un autre d'ces clampins qui z'appellent l'tenant c'ça ?

Jack acquiesça silencieusement, curieux de voir la réaction de son interlocuteur vis-à-vis de cet aveu clivant. Les traits de Colter se figèrent dans une expression de sérieux. Avec calme et sur un ton monocorde quoique sincère, Colter souhaita bon courage à Jack.

Il précisa que si ses vieux os le permettaient, il se serait fait un plaisir d'aider Jack, sans toutefois lui préciser pour quelle raison il agirait de la sorte. Jack, déçu de ne pas en savoir plus, fut toutefois satisfait de constater qu'il y avait encore des gens capables de ne pas avoir peur en mentionnant de manière malveillante le nom de Morgan. Il repartit à l'aube le lendemain, les bouteilles avaient été vidées, Colter le salua d'un signe de la main en l'air, immobile.

Lorsqu'il arriva à Dourdan, Jack tenta de savoir si la nouvelle du meurtre de Phil Smith avait atteint le village, par estafette ou par les diligences de la compagnie Redmond qui faisaient la navette entre la plupart des villes de Casanova. Mais soit les habitants qu'il interrogea étaient des ignares, soit la nouvelle n'était pas encore parvenue jusque là. Le seul sujet de discussion des habitants concernait les nombreux idiots qui ne revenaient pas de la quête de la grenouille bleue.

La quête de la grenouille bleue était l'un des contes les plus anciens de la région de Casanova.

Il est dit qu'au cœur des marécages de la région sud de Casanova se terre une espèce particulière de grenouille, caractérisée par leur couleur bleue inhabituellement fluorescente.

D'après la légende indienne, cette teinte bleutée singulière proviendrait du berceau natal de ces amphibiens qui n'était autre que le ciel.

Ces grenouilles bleues vivaient soi-disant désormais dans ces marais nauséabonds et dangereux qui s'étendaient sur plusieurs kilomètres depuis la forêt infranchissable jusqu'à la mer du sud. Ce lieu de perdition, terne et lugubre, s'appelait le *marais aux larmes*.

Tandis que leurs congénères batraciens naissaient têtards pour ensuite se métamorphoser et mourir en tant que grenouilles bondissantes, les grenouilles bleues, également appelées Okopipis, seraient tombées du ciel sous forme de goutte il y a trente-six milles lunes, en provenance d'un seul et triste nuage gris depuis disparu.

La Terre, tout d'abord sceptique et ne sachant différencier cette nouvelle espèce de celle qui peuplait déjà ses mares et étangs, à cause notamment de leur forme si proche du têtard standard, ne put qu'accepter l'inéluctable et laisser vivre les gouttes des cieux parmi la faune locale. Sa seule requête toutefois fut que les Okopipis restassent sur le territoire limité que recouvrirent les pleurs du nuage gris, autrement dit le marais aux larmes.

La légende racontait également qu'en vertu de leur provenance céleste, ces Okopipis possédaient des dons surnaturels prompts à guérir l'entièreté des maux de l'être humain, à condition d'avoir la volonté et surtout le courage de manger crue l'une d'entre elle. Une cuisson, aussi brève fut-elle, supprimait dans une odeur de rôti toutes les bienfaisances contenues dans leur chair.

Attirées par cette panacée divine, depuis des centenaires les familles de tout horizon, quelle que soit leur religion mais dont la croyance en la légende ne balbutiait jamais, envoyaient périodiquement un de leur membre à la conquête des Okopipis, espérant rapporter cette chaire vertueuse afin d'avoir une longue vie et de faire fortune grâce à sa vente. Un village entier avait même été construit aux abords du marécage pour en faciliter l'accès. On surnommait ses habitants les Philokopipiens. Chaque année était organisé un tournoi dans lequel étaient désignés trois garçons et trois filles. Ces concurrents étaient chargés d'aller chercher et de rapporter les Okopipis. D'où la quête de la grenouille bleue, à laquelle d'ailleurs ne prenaient pas seulement part des Philokopipiens.

Aucun volontaire désigné n'était jamais revenu vivant de cette quête, ou même à moitié vivant, ou même encore vivant d'un quart. Certains savants induisaient cette fatalité aux propriétés d'empoisonnement des grenouilles qui, une fois débusquées, se protégeaient en produisant et propageant leur toxine. Malheureusement, malgré leurs régulières campagnes de sensibilisation quant à la dangerosité de cette chasse, nombreux étaient les jeunes gens d'abord avides de gloire qui se retrouvaient ensuite raidis par la grenouille.

Toutefois, plus encore que la toxicité potentielle de cette boustifaille bondissante, le fait que vivaient araignées, serpents, crocodiles et scorpions dans les marécages ne participaient probablement pas à la survie.

On aurait pu croire que toutes ces tentatives ratées décourageraient les Philokopipiens, mais quand des preuves indubitables quant à l'existence de l'espèce furent trouvées, leur motivation remonta en flèche. Les scientifiques découvrirent, grâce à moult fossiles et indices historiques enfouis dans le sol au sud de Casanova, qu'une toxine était utilisée jadis par une tribu indienne, conférant à leur flèche la faculté de tuer un homme même si la pointe ne s'était pas enfoncée dans la chaire mais avait seulement égratigné la peau. Ce poison fut naturellement relié aux Okopipis.

Grâce à cette ruse, la tribu gagna de nombreuses batailles et devint rapidement la plus féroce et redoutée de tout Casanova. Quand et comment cette tribu disparut, personne ne le sut. Mais leur évolution dans la chaîne du pouvoir, qui au départ s'expliquait simplement par l'usage de cette toxine mortelle, devint rapidement une légende et le caractère très réel de la grenouille se transforma en mythe. En mythe solide et mortel.

Après deux jours sur place dédiés au repos et à la dégustation de crocodile grillé, tout en restant en veille vis-à-vis des informations en provenance de Woodenbrook, Jack décida qu'il était temps de quitter Dourdan. Toutefois la route jusqu'à Muddy Town était encore longue car Amon et lui avaient parcouru à peine moins de la moitié de la distance.

Afin de préserver son cheval qui l'avait déjà emmené partout dans Casanova, en long large et travers, Jack choisit de faire le trajet Dourdan-Muddy Town sur l'un des bateaux de la Henry Clemens Cie.

Le Hollandais Volant, un fier bâtiment à vapeur, l'attendait sagement sur le quai. L'Emma, la rivière, le faisait tanguer docilement. Face à la majesté qui s'en dégageait, Jack se félicita d'avoir pris la décision de voguer plutôt que de galoper.

Toutefois, entre les esclaves responsables de charger le bateau avec les vivres et les bagages des passagers, les familles ou amis qui accompagnaient ces derniers, les pêcheurs du dimanche, les âmes en peine qui vagabondaient çà et là, l'effervescence atteignit la foule entière qui devenait de plus en plus bruyante. Face à ce tumulte, Jack se dépêcha d'embarquer. Amon avait déjà été emmené dans l'écurie du bateau parmi d'autres chevaux auxquels on avait promis du bon foin.

La croisière jusqu'à l'embouchure, c'est-à-dire jusqu'à la mer du sud, devait durer une semaine, soit trois à quatre jours de moins qu'il n'en aurait mis avec Amon pour parvenir au même endroit.

En plus de cet avantage temporel, Jack pouvait profiter de la tranquillité du voyage pour peaufiner les détails de l'étape suivante de son plan. Sans se départir de sa gravité, il affectionna l'entrainement qu'il s'imposa, devant le miroir, pour rentrer dans la peau du prochain personnage qu'il interprèterait en compagnie d'Auguste Blanchard, devant tout Muddy Town en fait.

Bien qu'il représentât l'épicentre de la prochaine étape, le trésor fut relégué au second plan le temps de cette croisière, enfin tout du moins jusqu'au jour où Jack surprit une discussion entre deux grands gaillards qui évoquaient, sans vraiment se dissimuler du reste des passagers, la grosse valise bien remplie d'un type un peu louche.

— Et pas d'entourloupe cte fois, hein Billy ?

— Non Joe, pas d'entourloupe.

— On veut pas se faire engluer comme avec ct'enflure de Robert le vendeur, hein Billy ?

— Non Joe, on veut pas.

— Donc ce type louche là, on doit savoir c'qu'y a dans sa valise avant qu'on le bastonne, hein Billy ?

— Oui Joe, on scrute puis on bastonne.

Jack comprit qu'il incarnait ce type louche et que ces messieurs, aussi grands que stupides, comptaient lui voler sa malle. Soupçonnaient-ils quelque chose quant à son contenu ou souhaitaient-ils simplement voler le voyageur le plus lourdement chargé ? Jack ne put y répondre. Mais constatant que les deux gredins étaient des *fertilisés*, il sut qu'il n'aurait qu'à employer un peu de ruse pour venir à bout, pacifiquement, de ces voleurs de pacotille.

Les signes ne trompaient pas. Ils étaient grands, bien plus grands que la moyenne, les épaules larges, et leur visage revêtait tous les apparats que l'imbécillité est capable de produire. Leur air benêt et la largesse inhabituelle de leurs narines, plus leurs manières hasardeuses ainsi que leurs discussions à haute voix sans tenir compte de leur entourage, confirmèrent la pensée de Jack, ces hommes étaient nés lors d'une période de fertilité, d'où leur surnom de fertilisé.

Cette période de fertilité représente un intervalle durant l'année où les hirondelles volent bas et se cognent contre les églises, les lapins ne se reproduisent pas, laissant ce luxe au reste de la population de Casanova, animale et humaine, et enfin, le vent colporte des effluves de rose et de jasmin.

Les dates ainsi que la durée de ces périodes sont aléatoires, toutefois ceux qui couchent ensemble plusieurs fois sont sûrs d'avoir un ou plusieurs enfants neuf mois plus tard.

Certains groupes de personnes sont obnubilés par ce phénomène, que les scientifiques n'avaient toujours pas su confirmer ou infirmer, et passent leur temps à tenter de repérer l'arrivée de la période afin d'en profiter pour procréer. On appelait ces groupes les engendreurs. Leur signe distinctif était la taille de leurs narines qu'ils s'agrandissaient artificiellement afin de mieux détecter les effluves de rose et de jasmin. Cette caractéristique physique se retrouvait souvent chez leur progéniture.

Leur envie de procréer durant cette période venait du fait qu'ils avaient la certitude d'engendrer un ou plusieurs fils grands et costauds, bien plus forts que la moyenne, qui les aideraient plus tard dans le travail des champs. Et tant pis si tous ces enfants fertiles s'avéraient être de parfaits ahuris, des bras supplémentaires valaient souvent mieux qu'un cerveau en trop pour le peuple de Casanova.

Pour éviter de se confronter à eux directement, Jack eut l'idée de se faire passer pour un professeur qui allait enseigner à Muddy Town. Chaque fois que les deux benêts se tenaient à une distance d'écoute, il pavoisait sur son érudition tout en clamant haut et fort à quel point il était fier de tous les livres qu'il transportait dans sa valise, pas besoin d'habits ou d'autres instruments de commodités lorsque l'on transportait le savoir avec soit. Après tout, les croyants, lorsqu'ils évoquent leur pèlerinage ascétique, ont bien le dicton « qui va sans valise, va avec l'église », alors pourquoi lui, chargé d'une tonne de bouquins, lettré jusqu'à la moelle, ne pourrait-il pas inventer son propre dicton, par exemple « où va la science, l'homme avance » ?

Il entra si bien dans la peau du personnage, il saoula si nettement les autres passagers quant au contenu de sa valise, que les deux gredins abandonnèrent rapidement leur projet de la lui voler. Les livres leur donnaient de l'urticaire, à quoi bon s'en procurer toute une cargaison ?

Bien que ce fut formellement interdit par le garçon d'écurie, Jack alla donner une double ration de foin à Amon le soir où il entendit les fertiles deviser sur leur nouveau projet d'aller trouver de l'or dans l'Emilia.

— Mais pas au nord, là où tous les idiots s'agglutinent hein Billy ? On va rester au sud dl'Emilia, là où y a personne et où l'or nous attend, hein Billy ?

— Ouais Joe, on va au sud Joe.

Un peu plus et Jack en serait venu à plaindre ces pauvres andouilles. Mais au moins sa ruse avait fonctionné, il pouvait dormir tranquille.

— Mon ami, si le monde entier était stupide, la violence me serait inutile.

Bien qu'il pensa sincèrement ce qu'il venait de dire à son cheval, il ne put réprimer un frémissement de satisfaction lorsque, le même soir dans sa chambre, il constata l'avancée de son plan et se remémora la tête ballante de Phil Smith, à son dernier regard éberlué, son corps désarticulé, le tout déposé âprement par la mort sur un matelas d'herbe empourprée.

17. Le faux riche

Lorsqu'il atteignit Muddy Town, la première chose que fit Jack, avant même de passer à la banque, fut de s'acheter le costume le plus cher du magasin le plus en vue de la ville et ce, en utilisant qu'une infime part du magot.

Devant l'air consterné du gérant du magasin, Christian Drio, car ce n'était pas tous les jours qu'un cow-boy si mal accoutré demandait à essayer le costume le plus onéreux de la boutique, Jack prit un air dédaigneux et parla sur un ton didactique

— Sachez mon brave que je ne suis pas n'importe quel cow-boy. L'habit dans lequel vous me voyez n'est rien d'autre qu'un déguisement qui m'a permis de traverser l'océan sans avoir à rendre de compte à personne et sans craindre d'éventuels voleurs.

En effet, contrairement à ce que laisse accroire le délabrement de mon apparat, je viens de la part de l'homme le plus riche d'un pays lointain. Mon maître souhaiterait venir s'installer à Casanova. C'est une décision à laquelle je ne comprends rien car il était haut placé, voyez-vous, dans notre pays, et c'est peu dire qu'il était dans les bonnes grâces de notre président, ainsi qu'ami avec de nombreux gouverneurs et autres célébrités distinguées.

Mais ce n'est pas mon rôle de discuter de ce genre de chose avec mon maître. Ses décisions sont toujours irrévocables. Peut-être cherche-t-il un nouveau challenge dans une région riche en opportunités.

Et si mes vêtements sont usés, c'est à cause de cet éprouvant voyage en bateau qui semble durer une éternité !

Il termina cette dernière phrase en époussetant son gilet et, lorsqu'il fit mine de vouloir retourner ses poches pour vider la poussière qu'elles contenaient, il laissa volontairement tomber sur le sol une liasse de billets qui eut déridé le plus blasé des banquiers.

— Oh ciel, que suis-je maladroit, voilà que je laisse tomber ma provision d'aujourd'hui.

Le changement ne se fit pas attendre. L'amas de fortune transforma la consternation du gérant en une obséquiosité toute commerciale.

Jack sortit de la boutique avec la satisfaction d'une première manche remportée haut la main. Plus que son costume, la manière dont l'avait traité le gérant lui permettait de savoir que ce dernier ne tarderait pas à parler à ses amis du nouvel arrivant, riche à volonté.

Et dans le mensonge que s'apprêtait à tenter Jack face à Auguste Blanchard, toutes les rumeurs de richesse à son égard étaient bonnes à prendre. Plus le mensonge est gros, plus il est nécessaire que tout le monde en parle.

Avec son sac de provisions sur le dos, Jack se dirigea vers l'hôtel le plus cher de Muddy Town, l'Hamilton Luxury. Dès son entrée dans le hall, les regards se tournèrent vers cet homme dont la manière ostensible de marcher ne pouvait signifier qu'une chose : l'argent, et en bonne quantité, fait partie de sa vie aussi naturellement que l'eau fait partie de la vie des poissons, il baignait dedans depuis toujours. C'est à peine si son air hirsute, car il avait encore les cheveux en bataille et une longue barbe, fut remarqué.

Maître Canagasse reconnut immédiatement la provenance du costume et s'empressa d'accueillir Jack selon le modèle le plus avancé de la politesse moderne. Lorsque ce dernier lui demanda si la suite présidentielle était libre, Canagasse ne put retenir l'extase qui l'envahit et agrémenta la chaleur de son accueil d'un sourire plus grand que son visage.

— Cet homme est d'une race indéniablement supérieure à la moyenne de la bassesse qui sévit à l'extérieur de ces murs, pensa-t-il au mot près.

Jack lui demanda alors où il pourrait trouver un barbier pour raser cette horrible barbe, et un coiffeur pour couper cette immonde tignasse, qu'il avait laissée pousser uniquement dans le but de s'en servir comme camouflage afin de pouvoir se mêler à la masse répugnante des voyageurs insignifiants qui avaient partagé le même bateau que lui sans qu'on le suspecta de ses réels moyens.

Le cœur de Canagasse fit un bond prodigieux car, dans le tableau presque parfait qu'offrait cet homme riche et bien habillé, seule la barbe délaissée et la coiffure ternissaient le coup de pinceau de maître. Mais ce n'était donc que des leurres !

Après s'être installé dans ses nouveaux quartiers, non sans faire preuve de dédain ostentatoire vis-à-vis de tout ce qui pouvait être indigne de se trouver en présence d'une personne aussi nantie, Jack se rendit chez le barbier que lui avait conseillé Canagasse.

— Un ami à moi et, surtout, un magicien du rasoir, lui avait-il dit avec l'emphase et l'entrain caractéristique du majordome zélé.

Jack ne bouda pas son plaisir à fumer le cigare qu'on lui avait proposé, assis confortablement sur un siège en cuir brun rembourré, face à un miroir qui lui semblât être démesurément grand. Il savait les malles en sécurité dans sa chambre, à l'hôtel. Aucun risque qu'un des employés tentât de les ouvrir car la réputation de l'établissement se basait sur la discrétion et la qualité d'un service honnête et infaillible.

Grâce à son intervention sur le bas du visage mais aussi sur sa coiffure, le barbier fit de véritables miracles et conféra au visage sauvagement cruel de Jack l'air respectable d'un homme d'affaire intraitable et entre deux âges. Comme Jack lui tendit une somme ridiculement exagérée en comparaison du prix demandé, le barbier s'empressa de lui procurer une boite de cigares comme gage d'estime.

Jack sentait qu'il avait parfaitement réussi son entrée dans la ville. Même s'il s'effaçait dorénavant de la vie citadine en restant dans sa chambre de l'hôtel, il savait qu'à eux trois, Drio, Canagasse et le barbier, ils parviendraient à éveiller la curiosité des pontes de la ville grâce à la profusion d'éloges qu'ils n'allaient pas se gêner de leur faire vis-à-vis du nouveau nabab.

Emballé par son allure d'homme riche et l'accueil qu'il reçut de trois hommes habitués à traiter avec les gens de la haute société, Jack voulut faire une partie de poker dans le saloon de Muddy Town le plus en vue alors, le Cabri Blanc, en l'honneur de la chèvre qui sauva la vie des trois premiers colons qui accostèrent Casanova il y a plus de deux cents ans, en leur procurant du lait nourricier alors qu'ils trimaient à se trouver de la nourriture comestible.

Avant de s'y rendre, il passa chez le maréchal ferrant et commanda de nouveaux fers pour Amon. Puis il passa près d'une ferme et demanda à ce que plusieurs ballots de leur meilleure paille soient livrés au Hamilton Luxury. Le fermier avait d'abord été réticent face à un inconnu et une telle demande, mais les nombreux billets qui sortirent des poches de Jack suffirent à le convaincre que cette livraison était somme toute une bonne idée.

Cela amusait Jack de se prêter au jeu de l'individu fortuné. Et, après tout, ne l'était-il pas véritablement ? Il souhaitait que la ville entière le sache et ne parle que de ça. C'est pour cette raison qu'il attendait qu'une rumeur coure sur lui et ses moyens avant d'asséner le coup de grâce qui assoirait définitivement sa notoriété auprès de la population. Cet uppercut consistait à aller mettre en banque la plus grande partie de son trésor. Nul doute que l'or scintillant des lingots soulèvera de nombreux commentaires admiratifs et que la nouvelle fera rapidement le tour de Muddy Town.

Arrivé au saloon, qui était en fait un mélange de bar-restaurant chic couplé à une salle de spectacle, Jack s'avança sans hésiter vers le bar et héla le barman pour qu'il lui serve un double de son meilleur whisky.

A son allure, le barman ricana car, généralement, son meilleur whisky fait cracher leurs poumons aux hommes en costume qui souhaitent tenter de prouver leur virilité. Il fut donc étonné de constater que malgré ses airs de dandy, l'homme avala le breuvage sans broncher, il sembla même l'apprécier.

Jack lui demanda où il pourrait trouver des partenaires dignes de ce nom pour jouer au poker, mais attention, une vraie partie avec des enjeux, pas des joutes entre hommes bourrés et susceptibles de perdre leur sang-froid s'ils venaient à perdre quelques dizaines de dollars. A la rigueur pour plusieurs centaines je serais prêt à leur pardonner, mais sinon je veux des adversaires ayant les moyens de leur ambition.

Le barman, enchanté par la miscibilité inattendue de cruauté distinguée et de classe sauvage de Jack, s'empressa de lui dire que ce genre de partie se tenait tous les jeudis soir, ici même dans ce saloon et que lui-même s'appelait Hank Goovy, pour le servir.

— Parfait, répondit Jack sèchement, je vous verrai donc dans deux jours Hank. Faites en sorte que les autres joueurs soient mis au courant de ma participation.

— Ce sera fait Monsieur.. Monsieur ?

— Harrold, John Harrold. Merci Hank, le whisky est délicieux.

S'ensuivirent plusieurs jours de pamoison pour Jack, qui fut invité à participer aux agapes de riches commerçants, aux balades des conjointes d'éminents politiciens ou gouverneurs, aux joutes de poker les plus acharnées, aux baptêmes d'enfants prodigues, le tout sans avoir lever le petit doigt. Comme il s'y était attendu, ses trois compères du premier jour et leur élan irrépressible avaient suffi à l'inclure dans les hautes sphères de la ville.

Il faut souligner que, contrairement à la plupart des autres villes de Casanova, Muddy Town est habituée de l'arrivée régulière de nouvelles têtes. La conquête de la région avait d'ailleurs commencé par cet estuaire boueux lorsque les premiers compagnons des premiers bateaux y avaient installé leur camp, avec leur chèvre, avant de monter vers le nord ou de partir vers l'ouest pour continuer la découverte de cette région qui deviendrait plus tard Casanova.

Si bien que la nouveauté, contrairement à la plupart des autres personnes de ce monde, n'effrayait point les habitants de Muddy Town. Sans parler de naïveté car ils possédaient les infrastructures nécessaires pour contrôler le passé et les agissements de tout nouvel arrivant, la bienvenue était toujours chaleureuse et simple.

Jack fut également invité à une entrevue avec le maire afin de recevoir l'accueil politique dû à toute personne de son rang. C'est à la mairie de Muddy Town que Jack évoqua pour la seconde fois, après Drio, la raison de sa migration à Casanova. Il rentra toutefois plus dans le détail avec le maire qu'avec le costumier.

Jusqu'alors, les personnes qu'il avait rencontrées s'étaient contentées d'accueillir sa richesse les bras grands ouverts, sans chercher à savoir qui était l'homme derrière une telle santé pécuniaire. Le fait de pouvoir faire savoir à leur entourage qu'ils avaient invité chez eux le richissime étranger suffisait à leur bonheur.

Mais l'avisé maire de Muddy Town, Gérald Morganfield préférait toujours la prudence à la fougue. Afin d'éviter d'émettre des jugements hâtifs il demandait systématiquement, lorsqu'un nouvel arrivant provoquait du remue-ménage, à le rencontrer afin de passer un tête-à-tête instructif avec ce dernier.

Même si la rencontre revêtait parfois l'uniforme de l'interrogatoire, Gérald Morganfield possédait l'intelligence nécessaire pour donner un aspect officieux à la discussion, il nourrissait généreusement l'entretien de fourmillantes anecdotes afin que la personne en face de lui ne se sente pas interrogée.

Il était aidé en cela par sa bonhommie physique. Bon vivant, appréciant la bonne chair, Gérald ne rechignait jamais devant la perspective d'un moment de plaisir : repas, jeu, conversation, il aimait les choses simples qui prodiguaient un bien-être immédiat. Il admirait d'ailleurs les progrès faits par la cuisine locale, chaque repas devait être pour lui une fête pour ses papilles. Il aimait d'ailleurs répéter qu'avoir transformé un besoin biologique en un plaisir était la plus belle réussite humaine.

Il ne considérait pas ses entretiens comme autant d'interrogatoires, mais plutôt comme un moment de partage avec un étranger, comme une chance de s'instruire sur le monde extérieur à Casanova. A la fin de chaque conversation, le fait de donner tacitement son approbation lui procurait l'agréable sensation de participer directement au développement de Casanova car, en relâchant dans la région une personne validée selon ses critères, il savait qu'elle récupérait une nouvelle force, un nouveau cerveau, une nouvelle motivation. C'était un peu comme s'il s'agissait de ses propres enfants qu'il lâchait dans la société afin d'améliorer cette dernière.

Oui Gérald Morganfield débordait de positivité et c'est donc avec un enthousiasme non feint qu'il accueillit Jack dans son bureau.

— Un cigare mon ami ? Proposa-t-il tout en ouvrant une boite rectangulaire décorée. On m'a fait part de votre goût pour ce genre de plaisir.

Jack accepta volontiers et de manière exagérée le cigare que lui tendait le maire par-dessus son bureau en chêne massif. La pièce toute entière reflétait le mode de vie d'un homme résolument tourné vers l'avenir en s'aidant du passé.

Une fresque monumentale couvrait entièrement l'un des quatre murs. Elle représentait l'histoire de Casanova, depuis le débarquement des premiers immigrés jusqu'à la construction, en cours, d'une ligne de chemin de fer entre Muddy Town et St Gilmour, en passant par le nettoyage sauvage de la région à coup de fusil pour faire migrer les prédateurs aux limites de Casanova.

Les autorités d'alors avaient nommé cette période la *pacification* de Casanova. Pour la plupart des gens du peuple, il ne s'agissait de rien d'autre que l'extermination pure et simple des animaux qui y vivaient. Ceux qui tentèrent de lutter contre cet acte barbare furent réduits au silence. Lorsqu'il fut admis officiellement que la chasse était terminée, on demanda au responsable en charge de commenter l'efficacité de l'épuration. Ce dernier répondit effrontément, sans même ciller ou éprouver le moindre remord.

— Iriez-vous demander aux tigres s'ils sont satisfaits de leur situation ? demanda-t-il crânement. Pour ma part, je peux affirmer que chaque Casanovien a la chance désormais de se sentir en sécurité. Et, à en croire la forte expansion des colonies humaines sur l'île, il s'agissait indubitablement de notre destinée manifeste de procéder à cette pacification.

Cette chasse avait certes permis de repousser les plus redoutables carnivores, tigres, ours, loups... aux frontières de Casanova. Mais ces animaux, bien que vivant désormais en périphérie, n'avaient pas complètement quitté la région et l'on rapportait souvent des incidents impliquant le bras ou la jambe d'un homme soumis aux crocs ou aux griffes d'une bête qui n'avait pas compris le message l'intimant à rester en dehors des affaires des humains.

Sous la fresque reposaient plusieurs livres d'Histoire sur une solide commode en frêne. Des signets multicolores ornaient les différents ouvrages afin de permettre à Gérald de retrouver rapidement certains évènements clefs lui tenant à cœur.

Si ce mur représentait donc le passé, le reste de la pièce respirait l'air de l'avenir. Sur une grande table en bois au milieu s'étendait une carte de la région sur laquelle on pouvait apercevoir des flèches partant dans tous les sens accompagnées chaque fois par des annotations manuscrites.

Sur son bureau étaient posés des cadres en bois contenant des photographies de proches de Gérald. A cette époque, ces images de lumière étaient rares, surtout à Casanova où le procédé n'en était encore qu'à ses balbutiements. Mais Morganfield gardait toujours contact avec le monde extérieur et s'était fait procurer un daguerréotype.

A côté de ces cadres se trouvait un prospectus sur « la machine de demain », ou encore « le futur dès aujourd'hui », autrement dit une automobile. Aucune ne circulait alors dans Casanova, et Gérald se faisait un point d'honneur de commander le premier véhicule motorisé de Casanova.

Remarquant le regard intrigué de Jack quant à cette machine moderne, Gérald lui signifia son souhait d'en acquérir une et, après en avoir vanté les mérites, demanda à Jack s'il avait déjà vu une telle merveille. N'oubliant pas son rôle de serviteur d'un homme riche, Jack répondit par l'affirmative.

— Tout à faire mon cher, il se trouve que mon patron en possède une, acquiesça-t-il posément.

Il n'était pas nécessaire d'en rajouter. Il fallait absolument éviter d'être mirobolant car cela revenait à avouer le caractère incroyable que représentait l'achat d'un tel bien dispendieux. Lorsque l'on est vraiment riche, posséder l'impossible est une affaire normale.

L'effet fut immédiat, Gérald était aux anges de pouvoir discuter avec quelqu'un au fait de la modernité. Il lui demanda plus de détails encore sur l'automobile, lui qui en avait déjà vu une de ses propres yeux. Mais Jack coupa court à ce début de conversation risquée en affirmant que son patron lui parlerait mieux de cette machine.

— Dites-moi John, où donc se trouve votre patron aujourd'hui ?

Alors Jack débita le discours qu'il avait appris par cœur et qui représentait le cœur de son plan pour s'approcher de Blanchard et le tuer.

Il avait été envoyé par son patron, M.Van Hoorten, un richissime commerçant d'une région lointaine, afin de préparer le terrain à sa venue. Cette *préparation* consistait à explorer Casanova et discuter avec les autorités compétentes afin de juger de l'intérêt d'un investissement conséquent dans la région. Extraction minière, exploitation forestière, expansion d'une ville, armement, peu importe le domaine, pourvu qu'il soit bénéficiaire à M.Van Hoorten.

Ce dernier lui avait confié une partie de son capital afin de convaincre les potentiels collaborateurs du sérieux de son projet, mais aussi du niveau d'investissement qu'il était prêt à consentir dans l'entreprise qui lui semblerait le mieux correspondre à ses attentes.

Jack, ou plutôt John Harrold, avait les pleins pouvoirs pour évaluer les propositions et seul son avis positif pourrait faire venir sur place M.Van Hoorten. Une fois par semaine Jack était censé lui envoyer un courrier l'informant de l'avancée du projet et contenant la description des offres reçues. A ce propos, si monsieur le maire avait de quelconques conseils à lui adresser, Jack se ferait un plaisir de les considérer comme il se doit.

Ne trouvant rien à redire au discours de Jack car il avait déjà rencontré plusieurs fois des investisseurs du même genre souhaitant faire fortune à Casanova, une région qui regorge de possibilités selon leurs propres dires, Gérald tira de manière satisfaite sur son cigare.

— Je ne saurai juger à votre place quelle entreprise répondrait le mieux à vos attentes et à celles de M.Van Hoorten, ainsi donc je m'autoriserais uniquement à en citer quelques-unes dont le capital est établi et qui, de mon humble avis, possèdent de solides et sérieuses références.

Il y a, à Casanova, deux grandes exploitations forestières. La première en taille est située à l'extrémité sud-ouest, à Woodenbrook et est dirigée par un homme ambitieux prénommé Axel. Soit-dit en passant, il n'a pas dû faire fonctionner sa cervelle bien longtemps pour dénommer sa société car il lui a donné le nom d'Axel&Co.

La deuxième exploitation, dirigée par un homme à la fois brut et avisé, M.Paul Irding, s'appelle l'Union pour la Déforestation Responsable, que nous nommons plus communément l'UDR. Vous pourrez la trouver à Highbury, au nord-ouest de la région, au pied même de la montagne d'Hota. Faites-moi penser à vous procurer une carte de la région, sinon je crains que vous ne vous y perdiez.

Cette remarque fit sourire Jack car s'il y avait bien un homme pour qui Casanova ne possédait plus de secret, c'était bien lui. Gérald considéra ce sourire comme un signe de remerciement et continua l'exposition des affaires potentiellement lucratives.

— Vous trouverez dans les collines à proximité de St Gilmour l'entreprise la plus en vue de ces dernières années, et pour cause, il s'agit d'une exploitation minière aurifère, la Hummebrettz.H.Cie, dirigée par un homme de poigne, M.Oliver Henderson.

Bien entendu, Jack connaissait déjà par cœur toutes les informations que lui prodiguait Gérald. Mais, jouant son rôle jusqu'au bout, il s'amusait à écouter attentivement ces descriptions rapides.

— Enfin, en vérité il existe d'innombrables entreprises et je n'ai fait que citer trois des plus grandes d'entre elles. Si M.Van Hoorten souhaite investir dans des sociétés, disons plus locales et de proximité, de nombreux saloons, restaurants, clubs privés l'accueilleraient les bras ouverts.

Si ce genre d'investissements vous intéresse, je ne peux que vous conseiller de rester dans l'une des trois grandes villes de Casanova, autrement dit Richardson, St Gilmour ou ici même, à Muddy Town. D'ailleurs, je souhaiterais si cela ne vous dérange pas, vous questionner un peu à propos des avancées faites sur les autres continents. Je suis comme qui dirait un féru des nouvelles technologies et je suis certain que vous pourriez m'en dire beaucoup à ce propos.

Jack sentit la discussion devenir piégeuse, malgré les bonnes intentions flagrantes de Gérald. Il redirigea dès lors l'entretien vers les entreprises de Casanova en promettant au maire que lui, ou son patron, reviendrait prochainement lui raconter tout ce qu'il désirait à propos du monde extérieur.

— Voyez-vous M.Morganfield, je ne saurais user des bons mots et des comparaisons adéquates pour décrire mon monde si je n'ai pas d'abord exploré le vôtre au moins un petit peu.

Cette remarque judicieuse sembla satisfaire le maire qui réfréna sa curiosité. Il continua dès lors la description de diverses sociétés à même de pouvoir intéresser un riche investisseur : armement, exploitation de métaux, de minerais, de bois, agriculture,… l'éventail complet de l'industrie y passa.

Il n'omit même pas de mentionner l'expédition qui se préparait tout au nord de Casanova, là où commençaient les banquises de glaces et leur blanc immaculé sans horizon, dont le but consistait à explorer cette partie inconnue afin d'y trouver de nouvelles richesses.

Il mentionna également le Capitaine Morgan et ses nombreux embranchements financiers au sein de divers établissements de la région.

Toutefois il ne put s'empêcher de prévenir Jack du personnage avec qui il risquait de traiter.

— M.Harrold, vous me semblez être quelqu'un d'honnête et ce n'est donc qu'à titre indicatif, car vous auriez de toute façon entendu parler de lui à un moment ou un autre, que je vous mentionne Morgan. Il possède un cabinet financier ici à Muddy Town dirigé par Tom Silverson. Mais si j'étais vous, j'éviterais de fricoter avec ce genre de personnage car, bien que nous n'ayons jamais pu apporter une preuve quant à la culpabilité de Morgan par rapport à certains évènements néfastes, je crains que ce dernier n'ait été relié, de près ou de loin, à plusieurs meurtres et exactions afin d'asseoir son pouvoir, qui grandit de jour en jour. Il faudrait d'ailleurs que j'en parle au Colonel Smith, la situation commence à me préoccuper. Mhmm oui, j'irai bientôt à la caserne…

Alors qu'il prit son menton dans sa main gauche d'un air pensif, après s'être accoudé à son fauteuil, Morganfield sortit rapidement de sa torpeur lorsqu'il se rappela qu'il y avait un interlocuteur en face de lui.

— Je vous prie de m'excuser, je m'éloigne du propos. Enfin je ne peux…

Jack l'interrompit et, toujours dans son personnage, demanda naïvement qui était donc ce Morgan.

Gérald Morganfield ne put s'empêcher de se rembrunir. Il se ressaisit toutefois promptement et relâcha la fumée de son second cigare qu'il avait pris machinalement sans s'en rendre compte.

— Ce Morgan est toute une histoire, commença-t-il évasivement. Plutôt sombre, comme mes propos ont pu vous le faire comprendre. Mais vous n'avez aucune raison de vous en préoccuper.

Jack sourit intérieurement car il avait trouvé en Gérald Morganfield un allier de poids contre Morgan. Même s'il savait qu'il ne l'intégrerait pas dans son plan de vengeance, au moins était-il rassuré de voir que certains poids politiques n'étaient pas tout à fait aveugles face aux agissements funestes du Capitaine.

— Mon ami, si vous voulez bien, j'aurais une dernière entreprise à vous soumettre. Elle concerne la construction d'une ligne de chemin de fer entre Muddy Town et St Gilmour. Vous en entendrez également parler car il s'agit d'un évènement majeur pour notre région et c'est pourquoi la victoire est cruciale ! Je vous parle de victoire car il s'agit, bien plus que d'une simple installation de barre de fer d'une ville à une autre, d'une course entre ma ville et celle d'Edouard Montillard, le maire de St Gilmour. Il y a quelque jours, le coup d'envoi a été lancé. Nous commençons la construction au nord de la ville tandis que Simon et ses gens installent les premiers rails à la sortie sud de St Gilmour. Le premier qui parviendra à hauteur de Stockton, situé exactement au milieu de la ligne ferroviaire, gagnera la course ! La récompense n'est pas pécuniaire mais prestigieuse, ce qui implique un enjeu encore plus important ! Ainsi, et tant pis si je triche un peu en vous faisant cette demande car je sais que Simon, cette canaille, en fera de même de son côté lorsqu'il entendra parler de vous, je vous demande donc si vous pouviez envisager d'investir dans la société en charge de la construction depuis Muddy Town, afin qu'elle puisse proposer de meilleurs outils à ses hommes, voire un meilleur salaire, bref, n'importe quoi qui permettrait d'aller plus vite et de remporter la course !

Jack ne s'était jamais senti faussement investi d'autant de responsabilités de sa vie. Il avait pourtant déjà manœuvré avec des indiens, des patrons, des bûcherons, des mineurs, des touristes, des ours et des pumas, mais jamais il n'avait eu la tâche ardue de satisfaire l'ambition d'un maire.

Toutefois, éprouvant une sympathie non feinte pour Gérald, il ne put s'empêcher de répondre « j'y réfléchirai monsieur le maire » car, même si cela pouvait compromettre son plan initial, il savait qu'il considérerait sérieusement la requête de Morganfield, par sympathie mais aussi car cela contrarierait Edouard Montillard et, par répercussion, Morgan.

18. Transaction mortelle

Grâce aux contacts de Gérald Morganfield, Jack ne tarda pas à avoir un rendez-vous avec Tom Silverson, le responsable de l'antenne basée à St Gilmour.

Bien que cela lui coutât de l'aider à prendre contact *avec la vermine*, Morganfield voulait entrer dans les bonnes grâces de Jack, car il espérait toujours le voir investir dans la compagnie en charge de la construction du chemin de fer, du côté de Muddy Town bien entendu. C'est pourquoi il lui indiqua l'adresse à laquelle se rendre et lui transmit un mot signé par lui-même qu'il qualifia de passe-droit.

Ce bout de papier fut inutile car la cupidité pantagruélique de Tom Silverson fut suffisante pour que s'ouvrissent en grand les portes devant Jack et ses florissantes promesses.

Après avoir dîné plusieurs fois ensemble au cours d'une semaine qui vit la renommée de Jack augmenter frénétiquement en ville, Tom annonça à ce dernier qu'Auguste Blanchard, son supérieur, souhaitait le rencontrer afin qu'ils discutassent ensemble des opportunités d'investissements de Jack.

En effet, à peine était-il reparti du bureau après leur première rencontre que Tom entreprit des recherches sur sa personne. Comme Jack avait bien fait les choses, c'est-à-dire qu'il avait rendu son argent aussi ostentatoire qu'il était possible de le faire, ce ne fut qu'une question d'heures avant que Tom ne constate quelle poule aux œufs d'or s'était offerte à lui.

Il n'hésita pas à écrire en toute hâte à Auguste afin de lui faire part de cette rencontre. Ce dernier, qui se trouvait alors au domaine de Morgan, lui fit part de son attention de venir le plus rapidement possible à Muddy Town afin de traiter lui-même directement avec Jack.

Le rendez-vous fut pris pour la semaine suivante. Afin de respecter sa soi-disant mission, Jack entreprit des démarches auprès d'autres entreprises prêtes à recevoir les bras ouverts son argent. Il rencontra dès lors plusieurs directeurs qui géraient des restaurants, des bars ou des exploitations de fer et de cuivre, qui étaient les ressources minérales les plus répandues aux alentours de la ville.

Les marques de déférence à son égard de la part de tous amusaient Jack qui n'en demandait pas tant pour faire languir ces quémandeurs en demeurant toujours optimiste et flou à la fois. On eut dit que la plus belle femme de la contrée se faisait courtiser par l'ensemble des jeunes hommes de la région et qu'à tous, ingénument ou par calcul, elle souriait et faisait tomber son mouchoir, heureuse de les voir se précipiter pour le lui rendre fébrilement, puis elle quittait chaque prétendant avec un simple sourire en guise d'adieu et de promesse.

Jack passa une semaine complètement folle. Toujours demandé de toute part par les puissants de la ville, invité à côtoyer les groupes les plus sélects, si sa volonté avait été moins forte il aurait pu succomber à ces sirènes gâtées, il aurait pu continuer à vivre indéfiniment dans l'opulence d'un pacha, oubliant au passage son plan de vengeance. Mais c'eut été contraire à ce qui le constituait, à sa nature profonde. A vrai dire, l'idée même d'abandonner sa quête et de revêtir les apparats d'un homme riche ne lui traversa pas l'esprit. A aucun moment il n'eut la pensée qu'une telle vie serait bien meilleure, moins dangereuse, et plus longue que celle qu'il avait choisie. La haine qu'il éprouvait pour Morgan tuait dans l'œuf tous projets susceptibles de le mener sur un chemin moins éprouvant.

Jack profitait des cérémonies, des invitations aux festins, aux parties de poker, de la même manière qu'un étranger répondrait poliment à l'accueil chaleureux d'une nouvelle patrie, mais aucun moment, aussi plaisant fut-il, n'éteignit le feu de vengeance qui animait son âme.

En tournant à ce régime durant plusieurs semaines, il était devenu une sommité de Muddy Town dont la présence à sa table, malgré des réminiscences de quelques habitudes rustres, qu'on attribuait aux mœurs datant de son ancienne vie, était devenue nécessaire à chaque ponte afin qu'elle puisse montrer à ses adversaires, et à ses amis, la qualité et l'étendue de son cercle social.

Lorsqu'Auguste arriva à Muddy Town, le cirque de politesse dont jouissait Jack allait bon train et contraignit le lieutenant à se multiplier en obséquiosité. D'autant que lors de leur première rencontre au bureau de Tom, Jack n'hésita pas à s'appesantir longuement sur le nombre d'offres qu'on lui avait faites et sur l'accroissement de son indécision qui en découlait.

Auguste Blanchard décida qu'il était inutile de parler projet avec un homme qui aimait se faire courtiser et sortit donc le grand jeu de la séduction en couvrant Jack de cadeaux : vieille bouteille de whisky, entrées gratuites dans les établissements appartenant à l'organisation de Morgan, masseuse personnelle tout le temps de son séjour, guide tout aussi personnel pour aider Jack à mieux connaitre Muddy Town, son histoire et ses environs, spectacles dansants, musicaux…

Alors qu'il allait perdre son sang-froid après une énième réponse évasive de Jack, Auguste eut l'idée de l'emmener se promener un peu plus loin qu'à l'accoutumé, jusqu'au lac Bacayal, un petit bout de paradis situé au nord-ouest de Casanova, à une journée environ de marche.

Jack, sentant le fil de la patience d'Auguste prêt à casser tant il était tendu, accepta avec entrain et comme il voulait profiter de l'opportunité pour passer un maximum de temps avec Auguste, demanda à ce dernier d'emmener divers documents relatifs aux activités de Morgan.

— Nous pourrons ainsi enfin discuter tranquillement affaire plutôt que de roucouler, annonça-t-il au lieutenant afin de le faire mordre à l'hameçon.

Comme Auguste n'avait de cesse d'évoquer la beauté du lieu dans lequel ils allaient se rendre, Jack lui demanda candidement s'il était possible d'y passer plusieurs jours car, toujours dans son rôle, il fit croire qu'il adorait les longues promenades en pleine nature. Sa véritable pensée tendait surtout vers le moment où il profiterait de leur isolement, au sein d'un paysage certes beau mais aussi peu fréquenté, pour tordre le cou de Blanchard.

Ravi de la tournure que prenaient, enfin, les évènements, ce dernier ne se fit pas prier et invita Jack à passer plusieurs jours dans la résidence que Morgan possédait tout au bord du lac. Blanchard lui-même assumerait le rôle de guide, si cela convenait à Jack, car il connaissait le coin comme sa poche et pouvait ainsi lui faire découvrir ses merveilles cachées.

La beauté brute du lac et des collines environnantes furent à la hauteur des souvenirs de Jack. Bien que le lac des amoureux était considéré, officieusement car il n'existait pas de compétition entre paysage, comme le lieu le plus admirable de Casanova, Jack lui préférait largement la mélancolie du Bacayal dont la couleur émeraude reflétait, les jours de grand soleil, les sommets mordorés des reliefs qui le ceinturaient, formant de la sorte une zone close en forme de bol, dont les parois naturelles seraient toutefois moins lisses que celles d'une poterie.

Le lieu offrait des panoramas remarquables aux innombrables nuances de couleurs, grâce, notamment, aux multiples profils des arbres qui entouraient le lac et qui s'élevaient quasiment aux sommets de toutes les collines. Ces mêmes arbres abritaient diverses races d'animaux, lapins, belettes, biches et cerfs, leurs ramures surplombaient de longs chemins sinueux dont les courbes et destinations valaient le détour pour les belvédères qu'elles proposaient. L'ensemble était empaqueté dans un calme au climat perpétuellement clément. Le lieu, qui n'attirait guère que les âmes les plus sensibles aux charmes simple de la nature, demeurait vierge de toute incursion industrielle et le commerce, le marchandage ou encore la promotion étaient des concepts ignorés par le lac émeraude et son écrin.

Les seuls signes de civilisation étaient les quelques chalets de bois construits çà et là autour du lac par de riches Casanoviens qui souhaitaient venir se ressourcer de temps à autre ici, dans leur résidence secondaire. Même la construction de la ligne de chemin de fer, qui passait pourtant à quelques kilomètres à peine des collines les plus orientales, demeurait inaudible.

Par chance, ou plutôt par ruse car Jack avait insisté sur son désir de pouvoir discuter tranquillement, voire intimement, de leur future collaboration, Auguste Blanchard ne s'était pas déplacé avec son escorte habituelle et n'était accompagné que par deux assistants, dont l'un n'était présent que pour apprendre les ficelles du métier. Ce novice, Jimmy, sera donc facile à berner, pensa Jack, tandis que l'autre, Martin, possédait l'atout de l'âge et donc de l'expérience pour juger de la véracité des dires de Jack, vis-à-vis de ses soi-disant souhaits d'investissements mais également par rapport à l'histoire qu'il leur débiterait lorsqu'il aurait supprimé Auguste.

Cela faisait maintenant quatre jours que Jack, Auguste et les autres se trouvaient au Bacayal. Chaque fois que le lieutenant croyait enfin conclure l'affaire, trompé par l'air enthousiaste, mais feint, de Jack, ce dernier le décevait en repoussant sa prise de décision, invoquant sa servitude envers son maître, et donc son incapacité à choisir à sa place, pour justifier ses atermoiements.

Heureusement les promenades qui les emmenaient plus loin chaque jour semblaient ragaillardir Auguste qui, s'il partait fâché, revenait systématiquement apaisé et enclin à recommencer les palabres incertains. Jack se disait que son propre comportement devait également jouer un rôle dans ce revirement d'humeur car, chaque fois qu'ils atteignaient un endroit digne de s'arrêter pour contempler le paysage, il opinait du chef et adressait de belles promesses à Auguste. Ce dernier toutefois était moins sensible à ces encouragements qu'à la beauté environnante. Les heures qu'il passait derrière son bureau à compter, multiplier, analyser… était du ressort de son devoir vis-à-vis de Morgan. En tant que responsable des finances et (officieusement bien sûr) de la corruption des individus à même d'agrandir le pouvoir du Capitaine, il ne pouvait s'y soustraire. Mais son bonheur ne tenait pas au remplissage de poches des gens malhonnêtes. Pour lui, le papier des billets et des livres de comptabilité comptait moins que les arbres qui les produisaient.

Des sept lieutenants de Morgan, il était de loin le plus avisé et le plus fin intellectuellement. Même si Archibald Gallagher, en charge de la stratégie globale, du commerce et du développement, se défendait, Auguste savait utiliser sa culture à bon escient.

Jack s'étonnait de la mine enfantine affichée par l'escobar lorsqu'il admirait le spectacle. Parce qu'au premier abord, sous ces airs d'homme sournois, avec ses cils fins, ses lèvres qu'on remarquait à peine tant elles manquaient de chair, son nez étroit et long, sa silhouette longiligne et mince qui accentuait la grandeur de ses mains, qui semblaient être alors des râteaux prêts à ratiboiser fiévreusement tout l'argent qu'ils trouveraient au sol, oui, au premier abord, cet homme semblait aussi antipathique que peu enclin à savoir profiter des belles et bonnes choses qui l'entouraient.

Sa morphologie toute entière semblait respirer la méfiance, le doute face à la parole de l'autre. Ce n'est pas pour rien, finalement, qu'il fut excellent en finance tant il aimait vérifier les dires de ses interlocuteurs. Et même s'il préférait la nature, chaque fois qu'il terminait un bilan particulièrement fastidieux, une moue satisfaite s'affichait sur son visage émacié.

Lors du cinquième jour qui coïncidait à leur cinquième promenade, à chaque fois sur des sentiers différents, ils se retrouvèrent seuls pour la seconde fois de leur séjour.

La première fois avait eu lieu le deuxième jour, Jimmy et Martin ne souhaitant pas participer à la balade quotidienne. Même si la tentation avait été grande, même si plusieurs opportunités s'étaient offertes, Jack avait retenu la main qui allait pousser Auguste dans le vide car, lui semblait-il, il était encore trop tôt pour passer à l'action, son alibi n'était pas encore assez solide. Il lui avait fallu attendre trois jours de plus et quelques bons moments partagés avec les trois autres hommes pour qu'un climat de confiance s'installât enfin. Gueuletons, balades, chasse et, surtout, débats enivrés jusqu'aux premières lueurs du jour suivant, avaient permis à Jack de se faire passer pour un serviteur zélé, un peu naïf sur certains points, craintifs sur d'autres, mais plein de bonnes intentions. Bref il était parvenu à ce qu'on le considère comme un parfait innocent.

Ce masque d'ingénuité l'incita à passer à l'action lors de cette cinquième promenade. Comme Auguste ne portait pas d'arme, Jack s'était refusé d'en prendre une également. Tant pis, se dit-il, je n'utiliserai pas Kelly cette fois-ci. Il aurait donc une balle supplémentaire pour la suite des évènements.

Après deux heures de marche à travers bois, les deux hommes parvinrent à un promontoire qui donnait vue sur l'ensemble de la vallée. Le lac réfléchissait les sommets situés en face d'eux, tandis qu'une falaise d'une vingtaine de mètres descendait à pic en-dessous d'eux.

Ils s'arrêtèrent au bord du ravin pour profiter de la vue et du bon rhum qu'Auguste avait apporté. Jack lui en fut reconnaissant car il sentait venir, même si ce n'était qu'en picotements légers, les signes d'une nervosité naissante. Il avala une bonne rasade, s'essuya la bouche avec sa manche, passa la bouteille à Auguste qui profita alors de sa dernière gorgée d'alcool avant d'être précipité en contrebas. La surprise et sa bouche remplie l'empêchèrent de pousser le moindre cri. Il se fracassa donc en silence contre les rochers qui se trouvaient au bas de la falaise.

Jack se pencha en avant pour vérifier que le lieutenant était bien mort sur le coup, c'était le cas. Il s'attendait à vomir ou à défaillir mais resta simplement stoïque une minute. Il ne ressentait aucun remord, aucun dégoût, rien d'autre que la satisfaction du devoir accompli.

La partie la plus ardue du séjour restait néanmoins à réaliser car il devait se montrer assez convaincant auprès de Jimmy et Martin pour que ceux-ci croient en son histoire sans le soupçonner.

Après que Jack fut retourné au chalet et ait donné sa version de l'accident tragique, les deux compères s'en voulurent de ne pas les avoir accompagnés car, comme le souligna Martin, Morgan avait donné des consignes à l'ensemble de ses lieutenants de ne jamais se retrouver seul avec un inconnu. La perte de trois mousquetaires était déjà de trop, il était temps de stopper l'hémorragie et que chacun agisse par conséquent avec prudence et circonspection.

Avant que les soupçons ne s'éveillent, Jack voulut consoler Martin en lui disant qu'à moins d'être capable de lutter contre la nature, il aurait été incapable de protéger Auguste qui avait glissé sur un caillou et n'avait pu se rattraper avant de tomber dans le ravin.

Martin continuait toutefois à bougonner. Il s'en voulait bien sûr, mais il savait que Jack avait raison, si toutefois il disait la vérité. Auguste Blanchard était le quatrième mousquetaire à mourir en moins de six mois, ce ne pouvait être une simple coïncidence. Mais rien ne prouvait la culpabilité de Jack qui, d'ailleurs, était revenu affolé de leur promenade et n'avait pas hésité à les aider à rapatrier le corps. Il semblait encore tout secoué par cette mort. A moins qu'il s'agît d'un acteur extrêmement doué, personne ne pouvait feindre la stupéfaction et le choc de manière aussi convaincante.

Jack sentait malgré tout qu'il devait continuer à forcer le trait auprès de Martin. Il lui fit donc remarquer qu'il était prêt à conseiller son maître de faire affaire avec lui et Tom Silverson. Il souhaitait juste au préalable aller visiter les mines aurifères, situées à proximité de St Gilmour, en passant par le territoire des Indiens du Sud dont on lui avait tant parlé, afin de pouvoir envoyer un compte rendu à son maître un peu plus complet que s'il était resté uniquement à Muddy Town.

Martin fut convaincu de la bonne foi de Jack. Les trois hommes rentrèrent le même jour à Muddy Town et Jack eut à peine le temps de tenir le même discours à Tom Silverson que ce dernier pestait déjà contre la malchance. Sa réaction soulignait également la peur qu'il ressentait face à la punition que leur réserverait probablement Morgan de ne pas avoir su protéger son lieutenant. Même si Tom n'avait pas été sur place, nul doute qu'il ferait partie, avec Jimmy et Martin, du lot châtié.

Afin de rester dans le rôle de l'homme choqué mais toujours fidèle à ses principes, Jack informa Morganfield de sa soi-disant visite aux mines d'or de St Gilmour. Puis, face au visage désabusé du maire, il ajouta qu'il y avait de grandes chances qu'il investisse dans la construction de la voie ferrée, du côté de Muddy Town cela allait de soi. Le maire en fut apaisé mais, voyant Jack se rapprocher de Silverson, ne semblait pas totalement satisfait de la tournure que prenaient les évènements.

Jack fit ensuite comprendre à tout Muddy Town, lors des quelques repas qu'il partagea avec ses prétendants, qu'il reviendrait, qu'il laisserait la grande part de son argent, qui n'était qu'une infime partie de la richesse de son maître, à la banque en qui il avait totalement confiance. Cette remarque était destinée à décourager les voleurs (les nouvelles vont vite) qui auraient pu croire qu'il leur suffirait d'attaquer Jack en chemin pour se faire un beau pactole. Jack espérait également que cela inciterait, d'une certaine manière, les plus ambitieux de ces voleurs à attendre la soi-disant venue de son maître, infiniment plus riche, avant de passer à l'action.

Enfin, après avoir fait ses adieux à ses diverses et nouvelles connaissances, après avoir promis à Tom sa collaboration, pour calmer sa colère teintée d'angoisse et ainsi éviter de s'en attirer les foudres, Jack emprunta la route qui serpentait jusqu'à Amahoro.

19. La promesse des cendres

Pas mécontent de retrouver la tranquillité du cow-boy solitaire, Jack savourait les journées qu'il passait sur le dos d'Amon en direction du village où vivait Eliakim.

Le chemin se prêtait d'ailleurs plutôt bien à la flânerie car, hormis quelques coyotes de loin en loin ou encore le bruissement des buissons lorsque le vent soufflait un peu plus fort qu'à l'accoutumée, rien ne venait perturber la quiétude du lieu. La nature ici ne connaissait aucun excès, tout était à sa place et participait à l'harmonie environnante.

Juste avant son départ de St Gilmour, Tom Silverson avait insisté auprès de Jack pour que Jimmy l'accompagne dans ses pérégrinations, à la fois pour lui offrir une compagnie amicale et un guide, et aussi pour lui offrir des présents car Tom avait donné carte blanche à Jimmy pour que celui-ci gâta Jack. Cette requête permettait également, si elle aboutissait, à surveiller comme si de rien n'était les allers et venues de Jack. Même si personne n'avait bronché et accusé Jack du meurtre d'Auguste, un picotement désagréable continuait à sévir dans le bas du dos de Silverson, qui ne parvenait pas à avaler cette histoire de chute accidentelle sans au moins soulever un doute.

Après tout, Jack était sorti de nulle part et qui sait s'il reviendrait réellement à Muddy Town après être allé voir les indiens et St Gilmour ? Tom regretta amèrement que Jack ait refusé la compagnie de Jimmy mais, comme il ne pouvait en aucun cas imposer son assistant, il avait dû accepter ce choix de la manière la plus cordiale qui fût.

Arrivé à Amahoro, Jack fut accueilli comme un ami de longue date par les habitants. Après avoir partagé un diner copieux avec la plupart d'entre eux, Eliakim et lui allèrent s'asseoir sous un arbre alors que les derniers rayons de soleil disparaissaient et laissaient place à une pleine lune étincelante.

Malgré la fièvre et la fatigue qui l'avait assiégé lors des premiers jours de sa première visite à Amahoro, Jack se souvenait qu'Eliakim avait tenté d'en savoir plus sur son passé et la provenance de sa blessure. En vain car suite aux affres de son passé Jack s'était réfugié dans un épais silence que les années emmuraient d'une froideur inexpugnable. En fait, plus on cherchait à creuser dans son passé, plus le gouffre devenait profond.

Mais pas cette nuit. Cette nuit, Jack raconta à Eliakim les raisons qui le poussaient à agir comme il le faisait depuis des années maintenant, l'origine de la haine qu'il ressentait envers Morgan. Pourquoi Jack se confia-t-il à Eliakim de la sorte ? Lui-même l'ignorait. Il serait d'ailleurs plus juste d'utiliser le terme épanchement que confidence tant Jack fut généreux en paroles et en détails, comme si tous les sentiments cloîtrés jusqu'alors avaient ouvert violemment la porte de la liberté en une seule pulsion et, dans leur révolte, imposaient leur présence par une effusion orale irrépressible. Un résumé ne suffisait pas, l'histoire devait être contée dans son entièreté.

Eliakim, dont la générosité lui conférait une capacité d'écoute supérieure à la moyenne, garda le silence tout du long, sans l'interrompre, ne serait-ce que pour lui exprimer sa surprise et lui demander pourquoi, ce jour-là précisément, Jack avait choisi de partager tout ça avec lui, sans qu'il ne lui en ait fait préalablement la demande.

Lorsqu'il était un jeune garçon, commença à expliquer Jack, il vivait avec sa mère Judith et son père Henry dans une maison, à proximité de Vallois. Grâce à la gestion savante de son père vis-à-vis de leurs troupeaux d'ovins et de bovins, ils ne manquaient de rien, certainement pas du bonheur simple de vivre bien entouré, sous un toit et avec le privilège de trouver quotidiennement de la nourriture dans l'assiette. Bien entendu, cette vie d'élevage était rude et le labeur soutenu, mais Jack n'en grandit pas moins dans un environnement serein.

Sur ces bases déjà ensoleillées, leur vie prit les tons encore plus écarlates de l'allégresse suite à la naissance de sa petite sœur, Léonore, qui était née avec une telle tignasse qu'on la surnomma rapidement la *chevelue*. Jack grandit ainsi dans une famille aimante.

Son père lui apprenait l'art de monter à cheval, de guider des troupeaux de vaches ou de moutons là où on le souhaitait. Il lui montra même les rudiments du maniement des armes à feu. Sa mère lui apprenait l'histoire, la géographie ainsi qu'à cuisiner des plats élaborés, lorsque son père avait fait une bonne vente et qu'ils fêtaient l'occasion par l'abondance de mets à table, et aussi des plats rudimentaires confectionnés à l'aide d'ingrédients de fortune, mais dont l'avarice de composants ne diminuait en rien la richesse des saveurs.

Grâce à cette éducation pluridisciplinaire, à l'âge de douze ans Jack savait se débrouiller dans divers domaines et utiliser de façon également efficace et son cerveau, et ses mains. Tout allait pour le mieux jusqu'au fameux jour fatidique.

Ainsi qu'ils procédaient régulièrement, Jack était parti emmener les vaches paître dans les collines environnantes tandis que son père s'occupait d'autres tâches plus physiques à la ferme. Bien que le sol fut aride, comme il l'est au sud de St Gilmour jusqu'à Dourdan, de nombreux herbacés poussaient dans les environs. Le désert de sable, situé plus à l'ouest et quasiment vierge de toute vie végétale, n'étendait pas assez loin sa hardiesse pour empêcher les bovins de se nourrir là où les avait mené Jack.

Le soleil rouge du crépuscule transformait les champs de blé en de mystérieux océans orangés dont les vagues entouraient Jack et les bêtes sur le chemin du retour. Un vent léger faisait danser ce tableau maritime devant les yeux du garçon tandis que son esprit rêvassait vers des horizons encore plus lointains. Puis, soudain, il vit la fumée qui s'élevait de l'autre côté de la colline. Une large bande grise teintée de pourpre barrait le ciel. Jack était étonné que son père ait fait un si grand feu, surtout qu'il ne l'avait pas informé qu'il en ferait un. En proie à un léger sentiment d'angoisse, il hâta le pas et héla les vaches afin qu'elles marchassent plus vite.

Plus il avançait, plus la taille impressionnante de la colonne grise le dérangeait, triturait ses sens. Sans savoir pourquoi, il sentait ses tripes lui intimer de se dépêcher. Il cravacha sa monture pour la mettre au galop. Haletant, il parvint au sommet de la dernière colline et put enfin voir d'où provenait la fumée. La stupéfaction lui asséna alors un coup violent sur le crâne, son cœur fit un bond prodigieux dans sa poitrine tandis que ses mains se resserrèrent sur les rênes. Sa maison brûlait ! Des flammes de plusieurs mètres de hauteur s'élevaient au-dessus ! La grange était également en feu et, dans les ombres et le rougeoiement de ce spectacle infernal, il ne parvenait pas à apercevoir ni ses parents ni sa sœur.

Il précipita son cheval en avant duquel il sauta sitôt qu'il fut arrivé dans la cour. Il criait le nom de sa mère « Judith ! », de son père « Henry ! », de sa sœur « Eléonore ! » mais aucun des trois ne lui répondit. Pris de panique, il courait un coup vers la grange, toujours en criant, puis retournait à la maison, la contournait, mais ne recevait toujours aucune réponse à ses appels qui ressemblaient maintenant plus à des hurlements.

C'est alors qu'il sentit l'odeur outrageuse de viande grillée. Il comprit immédiatement et vomit tout le contenu de son estomac après s'être affalé à genoux sur le sol caillouteux. Il resta ainsi prostré de longues minutes à regarder bruler, presque inconsciemment, sa maison et ses trois occupants. Hébété et mis K.O par le poids de l'abominable spectacle, avant que n'ait disparu la dernière flamme, il sombra dans un abysse qui tenait autant du sommeil que de la transe.

Lorsqu'il émergea quelques heures plus tard, recroquevillé au milieu de la cour et l'esprit hagard, il ne restait de son foyer que des ruines noires, un conglomérat sans forme de cendres et de pierres noires.

Il se sentit soulevé du sol par des bras puissants qui lui semblaient provenir d'un autre monde. Ces bras, dont il ne sentait que le muscle et n'entendait qu'un lointain écho de leur voix, le déposèrent à l'avant d'une charrette, sur une couverture en laine de mouton. Des hommes qui avaient repéré le feu au milieu de la nuit étaient venus sur place, dont Richard Stevenson, leur voisin le plus proche. Ils étaient arrivés sur les lieux avant que Jack ne se soit réveillé et avaient pu évacuer les trois squelettes calcinés avant que le garçon n'ait ouvert les yeux.

Mais lorsque Jack se réveilla pour de bon, il insista pour les voir. Une force intérieure venue des tréfonds de son âme lui intimait de voir une dernière fois sa famille, les trois êtres qui lui étaient les plus chers. Stevenson tenta de l'en dissuader mais face à la résolution de Jack, à son obstination indestructible, face au regard autoritaire de ce gamin scotché au drap qui recouvrait les corps de sa sœur, sa mère et son père, il dut se rendre à l'évidence que Jack ne bougerait pas, n'abdiquerait pas tant qu'il ne les verrait pas. Le shérif de Vallois, Roger Beltrame, retira alors le voile qui recouvrait les trois corps allongés à l'arrière de la charrette. Il prit garde toutefois à n'en soulever qu'une partie afin de ne dévoiler que le haut des corps. Il ne voulait pas « traumatiser le chtio ». Sage décision même si on peut aisément imaginer la futilité de cette délicatesse.

A l'instant où il vit les trois crânes noirs de différentes tailles, Jack se réfugia dans le silence. Aucune larme ne coula ce jour-là, ni les suivants. Stevenson le prit sous son aile les années qui suivirent. Au départ taciturne et replié sur lui-même, l'humeur de Jack progressa au fil des mois. Lors de sa dernière année en compagnie de son voisin, sa femme et leurs enfants, il lui arriva même de rire sincèrement, c'est-à-dire sans les fausses intonations dues à la tromperie de la tristesse qui gangrène secrètement le cœur. Jack devint un jeune homme zélé et doué dans tout ce qu'il entreprenait. L'éducation de ses parents plus la formation plus poussée que lui prodigua Richard Stevenson lui permirent, par l'intermédiaire de l'action qui ne laissait aucune place à l'accablement, de ne pas céder aux sirènes du désespoir.

Dans la carriole qui l'avait conduit chez les Stevenson, il avait entendu, par hasard, le shérif préciser aux hommes présents ce jour-là qu'il ne pouvait s'agir d'un accident et que quelqu'un avait délibérément tué la famille du gamin. Même si Jack n'avait pas percuté sur le coup, cette information fera son bonhomme de chemin jusqu'au jour où il en saisira enfin tous les retentissements, à Pakuchi, qu'il rejoignit, sans avoir de point de chute précis mais avec la conviction qu'il était temps pour lui de changer d'air, après avoir chaleureusement remercié les Stevenson pour leur aide.

Après une nuit qu'il passa à errer et végéter dans une ruelle crasseuse, Tante Lolo le découvrit dégoulinant d'ordure et de pluie à l'arrière de La Belle et eut pitié de lui. Elle l'engagea en tant que garçon d'aide, c'est ainsi qu'elle dénomma sa future fonction, dans son lupanar.

Lors d'une soirée quelconque, alors qu'un grand feu crépitait dans la cheminée et réchauffait les pieds de Jack et que, faute de clients, le bâtiment était silencieux, ce qui était resté si longtemps diffus et le rongeait intérieurement, surgit soudainement à la surface. Il saisit enfin le sens des paroles du shérif, dans la charrette. Sa famille avait été tuée par quelqu'un ! Cette révélation engendra une haine féroce envers le responsable que Jack se promit d'exterminer, coûte que coûte, qui que ce soit.

Cette épiphanie tardive eut le mérite d'éveiller toutes les facettes de sa personne. Comme si une barrière avait été détruite, Jack put enfin exploiter totalement son potentiel et, grâce aussi aux charmes et à la sensualité des femmes qu'il côtoyait, son épanouissement fut enfin complet. Il devint hardi et mouvementé, sa soif d'action ne s'éteignait jamais, il débordait d'une énergie dévorante et adorait aider les filles du bordel qui le lui rendaient bien. Chaque fois qu'un homme se montrait trop virulent envers l'une des protégées de Lolo, Jack s'animait et envoyait le micheton valdinguer dans la boue de la rue. Durant plus d'un an, son quotidien mélangeait sexe et violence qu'il déversait sans compter sur les individus qui manquaient de respect aux filles.

Toutefois cette parenthèse exaltante et les boulots qui suivirent aux quatre coins de Casanova ne suffirent pas à lui faire oublier la promesse qu'il s'était faite de venger sa famille. C'est pourquoi, lorsqu'il eut atteint l'âge, la force et les habilités nécessaires pour mener à bien son serment, il décida que l'heure était venue de commencer son enquête.

Ainsi passèrent les six années qui précédaient le duel avec le premier mousquetaire. Jack écuma Casanova de fond en comble à la recherche d'indices et de pistes, jusqu'au jour où il découvrit que le Capitaine Morgan était personnellement responsable du crime. Morgan ! Jack le connaissait de réputation bien entendu, tout le monde à Casanova en avait entendu parler, toutefois jamais il n'aurait imaginé qu'un tel personnage puisse avoir quoi que ce soit à voir avec sa famille…

Il ne comprenait pas le *pourquoi* de l'acte, mais cela lui importait alors peu, tout ce qui l'intéressait était le *qui*, et maintenant qu'il détenait la réponse, il pouvait enfin amorcer son châtiment.

Le fait que Morgan fut la personne la plus influente et redoutée de Casanova ne l'effrayait pas. Sa satisfaction augmentait même à la perspective de pouvoir s'attaquer à un homme d'une telle trempe. Lui, l'orphelin de Vallois, le berger des vaches et moutons, allait détruire le puissant Capitaine et tout ce qui se rattachait à lui !

Lorsque Jack finit son histoire, malgré sa surprise, Eliakim demeura calme. Il tenta de résoudre son ami à oublier sa quête, aussi dangereuse que vaine. Jack rétorqua qu'il avait plutôt bien commencé et que jusqu'alors, son plan fonctionnait à merveille.

S'ensuivit une longue et mouvementée discussion. Eliakim essayait de lui ouvrir les yeux sur la bêtise de son vœu et des dangers qu'il impliquait. Pourquoi se gâcher une vie entière, au risque d'ailleurs de la perdre, alors qu'il pouvait vivre heureux et paisiblement entouré de gens bienveillants ? Jack répondit que son choix avait été fait le jour où il vit sa famille transformée en cendres. En fait, plus qu'un choix, c'était un devoir.

Eliakim répondit qu'en aucun cas sa mère ou sa sœur ou son père n'auraient souhaité qu'il vive aussi âprement, à traquer inlassablement tout en étant lui-même constamment traqué. Jack soutint qu'il accomplissait cette tâche en son nom mais également au nom de tous les opprimés de Casanova qui n'osaient ou ne pouvaient agir. Ainsi se prolongea la discussion, chacun avançant des arguments subjectivement justes et objectivement incomplets.

— L'avantage quand on a pour seule ambition de devenir plus vieux, c'est que pour réussir il suffit d'attendre un jour de plus, lâcha Jack d'un ton sec, passablement énervé par le manque de décisions d'Eliakim et de ses amis qui restaient oisifs à Amahoro.

La remarque ironique acheva leur discussion et, bizarrement, cimenta définitivement leur amitié. Le lendemain, Eliakim vint voir Jack et admit que ce dernier n'avait pas totalement tort lorsqu'il le jugeait, lui et ses proches, de paresseux qui préféraient rester aveugles face à l'injustice qui s'insinuait partout dans Casanova. Jack lui confessa à son tour qu'il avait bien compris ses arguments, qu'il aurait été effectivement plus judicieux de choisir une vie stable et dépourvue de danger, qu'il aurait pu se tracer une route moins risquée, qu'il aurait été plus logique de renoncer à se venger, mais qu'il ne pouvait se résoudre, qu'il lui était en fait impossible d'oublier l'assassinat de sa famille.

— Tu sais Eli, déclara Jack d'un air sérieux mais avec une légèreté non feinte dans la voix, vivre c'est aussi désobéir à la logique.

Quelques jours après l'arrivée de Jack, un vieil indien demanda à parler à Paloma. Après leur entretien, la chef du village demanda aux habitants d'Amahoro de se réunir le soir sur la place du village car elle avait quelque chose à leur annoncer. Fidèle à elle-même, lorsque ses concitoyens furent assis et silencieux en face d'elle, elle n'y alla pas par quatre chemins et annonça, sur un ton clair et détaché :

— Le capitaine Morgan s'apprête à faire un discours à St Gilmour. On ne sait pas grand-chose du contenu mais il paraitrait que c'est en rapport avec la mort de certains de ses lieutenants. Le discours aura lieu dans une semaine. Apparemment tous les habitants de Casanova y sont conviés. J'irai moi-même afin de savoir de quoi il retourne. Je vous ferai un joli résumé lors de mon retour, dit-elle avec un sourire malicieux.

Aucun habitant ne fut troublé ou ne manifesta quelques signes d'intérêt ou de surprise. Jack, quant à lui, tenait absolument à s'y rendre. Il ne tarda donc pas à accoster Paloma et à lui proposer de l'accompagner. Elle accepta immédiatement sans poser de questions, ce n'était pas son genre.

Lorsqu'il eut connaissance des intentions de son ami, Eliakim se rendit chez sa chef et lui demanda s'il pouvait la remplacer. Il souhaitait à la fois accompagner Jack et éviter à Paloma d'entreprendre un voyage *vain*.

Paloma, pour qui le discours ne signifiait rien de primordial, car le sort du reste de Casanova en dehors d'Amahoro ne la touchait guère plus qu'une piqûre de moustique édenté, répondit favorablement à la demande d'Eliakim. C'est ainsi que Jack et Eliakim firent leurs préparatifs pour se rendre à St Gilmour. Le premier pour y retrouver sa Némésis, le second pour tenter d'aider au mieux le premier.

20. Résurrection

La foule s'agglutinait sur le parvis de la mairie de St Gilmour et ses alentours. Jack reconnut plusieurs des invités, qu'ils fussent des connaissances ou non. Tante Lolo, les sœurs Johnson, Gérald Morganfield qu'Edouard Montillard n'avait même pas daigné inviter sur l'estrade, le Colonel Smith, Axel Marsch en pleine discussion avec quelques dignités, ainsi que de nombreuses autres personnes, certaines sophistiquées et, cela se voyait à leur accoutrement, occupant des places élevées dans la cartographie politique et industrielle de Casanova, et d'autres bien moins proprettes, allant du badaud lambda jusqu'aux curieux qui auraient fait le déplacement dans l'espoir d'avoir quelque chose de croustillant à raconter à leur retour.

Rien qu'au nombre colossal de personnes présentes, sachant en plus que la plupart d'entre eux étaient des pontes de Casanova, on pouvait mesurer le pouvoir, ou la terreur, qu'y exerçait Morgan.

Jamais autant de monde ne s'était réuni pour écouter un « discours privé ». C'est sous cette appellation que le maire de St Gilmour avait distribué les invitations à ses concitoyens. Ce rassemblement ne serait pas politique. La démarche découlait du désir d'un citoyen uniquement, en l'occurrence Morgan, de pouvoir, et c'était son droit, exprimer publiquement « son mécontentement quant aux désagréables évènements survenus récemment au sein de son organisation ». L'euphémisme est un art politique.

Les Morganistes étaient venus par dévouement et conviction. Les opposants, que l'on nommera ainsi bien qu'aucun ne se soit ouvertement déclaré comme tels, y participaient par mesure de précaution afin de savoir quel allait être le contenu du discours et ses possibles retombées. Enfin les neutres, les ni pour ni contre, se joignaient à l'ensemble, poussés par l'habitude de diriger leurs pas là où il y avait du mouvement.

Le Colonel Smith avait été officiellement invité car, même s'il ne le savait pas encore, son concours allait être requis. L'invitation était toutefois vaine car, de nature protective, le Colonel serait venu de toute manière afin, au besoin, de maintenir l'ordre. Par expérience il savait qu'un tel attroupement présentait des risques de dégénérescence et qu'il valait mieux, aidé par une poignée de soldats, qu'il fut présent comme figure d'autorité pour dissuader les plus excités de se transformer en nuisances.

Le discours avait lieu sur la place principale de St Gilmour, autrement dit la cour pavée située au pied de la mairie et qui disposait de quelques bancs sur lesquels les personnes les plus âgés du public pouvaient s'asseoir. Le reste de la foule devait rester debout, en face de l'estrade en bois, installée spécialement pour l'occasion à quelques mètres de l'entrée du bâtiment municipal.

Sur cette estrade se trouvaient Edouard Montillard, bien entendu, ainsi que Morgan, Anna, la porte-parole de l'organisation qui a dû, se disait Jack, prendre du galon suite au décès d'Auguste Blanchard qui était son supérieur. Se tenaient également au côté du Capitaine James Keenan, le responsable du recrutement et de l'entraînement des sbires de Morgan que Jack reconnut à son air bourru qui faisait sa légende, ainsi qu'Archibald Gallagher, en charge, on le rappelle, du commerce et de la stratégie globale du groupe, autrement dit, le bras droit de Morgan.

Il y avait également trois autres personnes que Jack ne reconnaissait pas, dont l'une restait en retrait, le visage caché par un foulard et coiffé d'un chapeau qu'il était le seul à ne pas avoir retiré lorsqu'il montât sur l'estrade. Jack avait remarqué la tension du personnage qui broyait plus qu'il ne tenait la poignée de son revolver sans se départir d'une pose légèrement voûtée, comme un prédateur qui s'apprêterait à sauter sur sa proie, tout en restant parfaitement immobile. Seuls ses yeux scrutateurs et constamment en mouvement le différenciaient d'une statue.

— Un cowboy masqué, il ne manquait plus que ça, se dit Jack entre l'amusement et la défiance. Est-ce qu'il s'agit du fameux septième lieutenant dont tout le monde ignore l'identité ? Il y a de fortes chances…

Après s'être octroyé trente secondes de répit afin de calmer ses nerfs qui s'excitaient, par aversion, chaque fois que Morgan était présent, Jack se rapprocha des sœurs Johnson et les salua d'un signe de tête amical. Elles lui répondirent toutes les trois par de larges et beaux sourires. Décidément, pensa-t-il, la semence du shérif est solide ! Il aurait été fier…

Tante Lolo, qui avait observé la scène, s'approcha de lui et lui décocha également un beau sourire, malgré l'inquiétude latente qu'elle éprouvait pour celui qu'elle considérait comme un fils.

— Mon petit Jack, je suis bienheureuse de voir que les filles Johnson ne te tiennent pas rigueur de la mort de leur père.

En effet, après que Jack ait rapporté le corps inerte du shérif au village et qu'il eut quitté le service pour se rendre à Woodenbrook et y travailler comme bûcheron, des voix hostiles s'élevèrent à Pakuchi. Les habitants les plus agacés ou déçus arguaient qu'après avoir failli à protéger la vie du Shérif Johnson, Jack avait également abandonné les principes de son mentor, qu'il crachait sur les idéaux de Johnson en changeant lâchement de profession et de ville. Toutefois, on le sait, les sœurs Johnson n'en voulurent jamais à Jack. Au contraire, ce triste évènement et ce qui s'ensuivit les joignit plus profondément.

— Mais, ajouta Lolo, tu es vraiment une tête brulée. Quelle idée de venir te jeter ainsi dans la gueule du loup… Si Morgan te reconnaissait ?

— Il m'a déjà vu il y a quelques semaines et n'a pas bronché, répondit laconiquement Jack.

— Et alors ? Tu peux être certain qu'il a demandé à Tom Silverson de lui faire ta description.

Jack lança un regard interrogateur à Lolo afin de savoir comment elle pouvait être au courant du séjour qu'il passa à cotoyer le comptable à Muddy Town. Elle répondit d'un regard sans équivoque qui signifiait qu'elle était au courant de plus de choses qu'il ne semblait le croire.

— Il te recherche désormais. Sois sur tes gardes Jack, je t'en prie.

— Le Capitaine recherche un homme seul n'est-ce pas ? Eh bien Lolo, vois-tu l'indien juste là ? C'est un ami à moi et quelque chose me dit que je ne suis pas prêt de me séparer de lui. Et puis depuis l'épisode Blanchard, je me laisse à nouveau pousser la barbe et les cheveux. Tom ne me reconnaitrait pas aussi facilement que tu ne sembles le craindre, continua-t-il peu convaincu lui-même de l'argument qu'il venait d'avancer. De toute manière aucune preuve ne relie ces morts à moi.

— Jack… Morgan n'est pas stupide.

Jack leva les yeux au ciel comme un gamin en train de se faire sermonner par sa mère le ferait. Mais il savait qu'au fond Lolo avait raison, le danger était concret et à une rare proximité. Malgré cela, pour rien au monde il n'aurait raté le discours qui allait bientôt commencer.

La foule fut encore bruyante une dizaine de minutes avant qu'Edouard Montillard ne réclama le silence. Alors que Jack s'attendait à voir Morgan prendre la parole, celui-ci laissa sa place à Anna, la porte-parole, non sans l'accompagner d'un large et ostensible geste du bras qui semblait dire « à vous, très chère ».

Anna s'avança d'un pas décidé vers l'avant de l'estrade. Jack se demanda où Morgan était allé se dégoter une jeune femme aussi avenante. Elle ne semblait pas apeurée mais réellement motivée par le discours qu'elle allait tenir. Pas de chantage, pas de menace, pas de récompense, elle était là par choix et cela se ressentait dans sa manière de se tenir, les épaules droites, le buste en avant, elle dégageait une aura de féminité forte et entreprenante.

— Y a pas à dire, pensa Jack, Morgan sait y faire. Elle pourra prononcer les paroles les plus abjectes envers le public qu'aucun homme n'en prendra ombrage. Des paroles dures provenant de la douceur d'une bouche sensuelle… Il sait y faire.

Sa féminité exacerbée ne passa pas inaperçu car un sifflement vulgaire électrisa l'air alors qu'elle venait de poser ses mains sur la rambarde. L'énergumène responsable fut rapidement identifié et, malgré ses protestations, emmené de force en dehors de la place par des hommes à Morgan. Il disparut aussi vite qu'il était apparu.

— Il sait y faire…

Le siffleur évacué, Anna pu commencer son discours qu'elle avait appris par cœur, comme en témoignait l'absence de notes. Elle pouvait de cette manière mieux haranguer la foule en la regardant bien en face plutôt qu'en lisant, tête baissée, les mots d'un autre.

Nous ne retranscrirons pas la totalité du discours ici. Tout d'abord car la première partie consistait en une litanie de remerciements adressés à l'ensemble des collaborateurs de Morgan, en particulier la diligence d'Edouard Montillard grâce à laquelle cet évènement avait pu être organisé si bien et si vite. Pas un thuriféraire ne fut oublié. Un léchage de botte hypocrite pour mieux tenir en laisse les Morganistes.

Ensuite Anna ne fit que décrire ce que le lecteur saura déjà concernant les meurtres de quatre des sept lieutenants de Morgan. Bien entendu, le malheur qui s'abattit alors sur le Capitaine et son organisation fut accablant, Anna ne fut pas avare en lamentations et compliments envers ceux qui étaient partis trop tôt. Le panégyrique fit rire jaune Jack, même s'il savait qu'il devrait encore en entendre de bien bonnes d'ici la fin du discours.

Vint le seul moment où il fut demandé à un membre de la foule de participer. Après avoir énuméré, une énième fois, le nom des lieutenants, elle interrogea nûment le Colonel Smith.

— Colonel Smith ! Casanova entière vous est redevable de vos prestigieux services. Vous êtes un homme, comme chacun le sait, droit et honnête, toujours prompt à aider son prochain. Mais dans les temps misérables qui sont les nôtres désormais, je vous le demande avec humilité et espoir, qu'attendez-vous pour nous aider ? Que faites-vous pour arrêter ce tueur ?

Des sifflets approbateurs jaillirent de la foule. Un ou deux hommes, dont c'était sûrement le rôle, s'exclamèrent en écho des paroles d'Anna.

— C'est vrai ! Que faites-vous pour nous protéger ? Un tueur comme ça en liberté !

Jack put juger à la mine contrite du Colonel, bien qu'il restât droit sur son cheval et gardât un air digne, que cette question inopinée l'avait pris de court. Il remarqua également, en tournant à nouveau le regard vers l'estrade, que Morgan avait les yeux rivés sur Smith et qu'il jubilait intérieurement.

La question ne méritait pas de réponse, toutefois le Colonel ne subit pas les avanies.

— Voilà bien, Madame, une question publique qui mérite une réponse privée, répondit-il d'une voix forte et pleine d'autorité. Il ne serait probablement pas approprié de vous communiquer l'avancement de mon enquête devant une foule si considérable, n'êtes-vous pas d'accord ?

Même si ce ne fut que légèrement, Anna se renfrogna instantanément. Toutefois Morgan continuait d'arborer un sourire de satisfaction. Jack savait qu'il ne souhaitait en aucun cas l'aide du Colonel. Cette question n'avait d'autre but que de le mettre mal à l'aise devant la foule, de ternir son image de sauveur et protecteur, bref, de faire descendre de son piédestal l'homme qu'il abhorrait.

Anna continua son discours en demandant aux Casanoviens d'être attentifs à tout ce qui pouvait leur sembler suspect, de surveiller leur voisinage afin d'y déceler des indices quant au passage de l'assassin que le Capitaine recherchait. Elle promit moult récompenses à ceux qui détiendraient des informations permettant de trouver ce tueur.

Elle listait les cadeaux promis mais Jack n'écoutait plus. Il pensait encore au Colonel et au dilemme qui se présentait à lui. Dans un sens, il ne pouvait complètement se soustraire à son rôle de justicier en laissant impunément le tueur se balader dans Casanova, il était de son devoir d'arrêter le meurtrier. D'un autre côté, il ne devait pas être mécontent que quelqu'un ait supprimé les lieutenants à Morgan.

Le Colonel et le Capitaine représentaient, se disait Jack, les deux plus grandes puissances armées de la région. Sur l'échiquier de Casanova, ils étaient les reines. D'ailleurs que serais-je moi ? Naturellement, le cavalier m'irait bien mais je pense que le fou me conviendrait mieux…

Tandis qu'il divaguait ainsi, un homme s'approcha et saisit brusquement le bras de Jack. L'homme complètement hystérique criait sans discontinuer.

— Il est là ! Il est là !

Les pensées de Jack l'avait rendu distrait. Il n'avait pas remarqué Tom Silverson s'avancer vers lui. Ce dernier avait été chargé par Morgan de parcourir discrètement la foule histoire de repérer, car il était sûr qu'il serait là, ce fameux John Harrold (le nom sous lequel Tom connaissant Jack).

Tom s'accrochait à Jack.

— Il est ici ! Harrold est ici ! hurlait-il à plein poumon !

Mais Jack se ressaisit rapidement et asséna à Tom un coup de poing à la tempe qui le fit lâcher prise et tomber durement sur le coccyx. Puis il prit les jambes à son cou et bouscula sans distinction hommes et femmes afin de s'extirper de la foule. Par-dessus les têtes ébahies, il entendait Morgan vociférer contre ses hommes.

— Attrapez-le ! Attrapez moi cet enfoiré !

Alors qu'il parvenait enfin à s'arracher de la densité humaine, Jack fut projeté à terre par un homme, ou plutôt un gorille, qui l'avait plaqué brutalement au sol ! Jack donna un coup de hanche pour se retourner et se retrouva face à son agresseur. Et là, le souffle lui manqua. Il fut pris d'un vertige faramineux. Il croyait être en plein délire mais la violence des poings qui s'abattait sur lui prouvait qu'il ne se trouvait pas dans un songe.

Au-dessus de lui se trouvait son père !

Le fameux cowboy masqué qui se tenait près de Morgan, le septième lieutenant inconnu, le chien fou n'était autre que son père ! Son chapeau était tombé et son foulard ne cachait plus son visage. Jack le reconnut aussitôt.

Tout en se défendant en déployant ses bras au-dessus de lui contre les attaques furieuses de son paternel, ses pensées allaient à la vitesse de la lumière.

— Vivant ! Vous êtes vivant ! Comment ? J'ai pourtant vu les trois cadavres ! Ou étiez-vous ? Pourquoi me frappez-vous ? Arrêtez ! Arrêtez ! Père, arrêtez, c'est moi, Jack !

Mais la furie de son père semblait sans fin. Alors qu'il tenait son poing droit haut au-dessus de son épaule et s'apprêtait à décocher une énième droite vigoureuse, Henry s'écroula sur Jack. Pour ce dernier tout était flou mais il sentit des mains pousser le corps de son père et le saisir sous les aisselles pour le relever.

Reprenant quelque peu ses esprits, il vit les sœurs Johnson et Eliakim qui étaient venu à son secours. Violette et Lila tiraient à vue sur les hommes de Morgan pour les maintenir à distance, créant de la sorte une panique générale de la foule qui se dispersa dans un tohu-bohu inénarrable en courant dans tous les sens.

21. Confrontation

Les rues étaient sans dessus-dessous, ce qui permit à Jack et ses amis de rejoindre, au pas de course, leurs chevaux sans autre confrontation puis de quitter précipitamment St Gilmour.

Les minutes qui suivirent furent un songe pour Jack. Ses yeux ne semblaient voir qu'une lueur lointaine orangée, tandis que les sons lui parvenaient étouffés, comme si on lui avait mis du coton dans les oreilles. Ils distinguaient fugacement des gens hurler et de la poussière se soulever au rythme du galop des chevaux, mais dans cette fuite en forme de rêve, les images d'un crâne chauve et noir se superposaient aux traits habités de furie que son père venait de lui dévoiler.

Il était perdu, hagard sur Amon, égaré sur les routes rocailleuses.

Lorsqu'après de longues minutes son esprit revint enfin sur Terre, il examina la situation d'un coup d'œil. A ses côtés galopaient Eliakim et les trois sœurs Johnson. Ils fuyaient en direction de Mercury. Loin derrière, on devinait un nuage de poussière produit par leurs poursuivants. La confusion générale à St Gilmour leur avait permis de prendre quelques minutes d'avance.

Ils galopèrent sans s'arrêter jusqu'à Mercury. La nuit, ils la passèrent à cheval, au trot. C'était dangereux mais ils ne pouvaient se permettre de laisser les poursuivants les rattraper.

Le lendemain il fut décidé, lorsqu'ils arrivèrent à la ville fantôme par l'entrée est, de stopper ici la course effrénée. Premièrement car les chevaux étaient exténués, il aurait donc été dangereux de continuer. Deuxièmement car ils ne pourraient de toute façon pas fuir éternellement. Troisièmement car ils avaient quelques minutes d'avance qui leur permettait de se mettre stratégiquement en place dans le village.

Les chevaux furent attachés à une barrière en bois située du côté ouest. Jack espérait que leurs poursuivants n'auraient pas la fâcheuse idée de contourner le village entier pour les prendre à rebours. Mais ceux-ci étaient trop fourbus et pressés pour réfléchir tactique et entrèrent par la même entrée que Jack et ses amis. Ils avaient réussi à les pister jusqu'à là, malgré la nuit. Ils ne devaient pas être sous-estimés. Eliakim compta neuf hommes.

— Neuf contre cinq, on peut le faire, déclara Marguerite.

Ils se séparèrent en deux groupes. D'un côté Jack et Marguerite, de l'autre Lila, Violette et Eliakim. Ils se postèrent de part et d'autre de la rue, dans des édifices pourvus de fenêtres à l'étage, de manière à se donner l'avantage de la hauteur et la protection des murs. Mais même si leur embuscade fut bien préparée, en comparaison avec le peu de temps qu'ils avaient eu, elle ne permit pas de venir à bout des neuf opposants dont la plupart réussirent à se planquer dans des ruelles adjacentes ou au rez-de-chaussée des bâtiments les plus proches.

Quatre cadavres gisaient à terre avec à chaque fois une ou plusieurs tâches rouges qui grossissaient à vue d'œil en divers lieux des corps. L'opposition devint ainsi équitable. Les minutes qui suivirent furent remplies de cris, d'alertes, de coups de feu, de bruits sourds, de craquements de planchers et d'indécision. Jack et Marguerite s'étaient séparés. Il en vint aux mains avec un ennemi, réussit à le poignarder à l'aine puis au niveau de la poitrine après que son opposant, dans un réflexe fatal, précipita sa main droite au niveau de sa première blessure.

Un colt cracha non loin au-dessus de son crâne, un deuxième lui répondit puis un bruissement accompagné d'un râle se firent entendre. Plus en arrière, on entendait deux femmes échanger entre elles des hurlements d'encouragement et de détresse. Un cri indien retentit, puis l'exhortation éperdue d'une femme. En réponse, une dernière rafale soutenue surgit. Puis plus rien. Les rues poussiéreuses et les bâtiments érodés furent sous l'emprise du sifflement sinueux du vent.

Jack questionna le vide à haute-voix « Eliakim ? Marguerite ? » Ils lui répondirent en se manifestant d'un simple « Je suis là ! » puis la voix de Lila se fit entendre. Elle sanglotait. Marguerite sentit immédiatement le drame qui se jouait et se précipita en direction des plaintes de sa jeune sœur. Jack lui emboita le pas. Violette était étendue dans les bras de Lila. Marguerite tomba à genoux et pris ses deux sœurs dans les bras. Le visage de Violette commençait déjà à perdre ses couleurs. Ses deux sœurs lui embrassaient le front et leurs larmes se mêlèrent à son sang.

Par pudeur, Jack et Eliakim sortirent de l'édifice. Jack s'en voulait, Violette n'aurait jamais dû mourir, surtout pas pour lui. La vision au même moment d'un cavalier qui s'approchait le coupa net dans ses pensées. Jack rechargea son colt et tendit le bras dans la direction de l'intrus. Parvenu à plusieurs dizaines de mètres, ce dernier l'apostropha.

— Jack, c'est moi, John !

John, John… je connais des dizaines de John, pensa Jack qui d'habitude parvenait à identifier tout individu à une bonne distance.

— C'moi ! Colter, l'homme aux trois étangs !

L'homme aux trois étangs ! Bien sûr ! Colter expliqua à Jack qu'après leur rencontre il y a quelques semaines, il s'était décidé à « s'bouger le derche », qu'il avait également assisté au discours à St Gilmour et qu'il avait été témoin de leur fuite. Il les avait alors suivi mais les hommes de Morgan le précédaient et il n'avait pu les rejoindre avant cette heure.

Il précisa également qu'un autre groupe, plus nombreux, allait bientôt arriver. Jack demanda alors à ses compagnons de le laisser seul, de quitter Mercury et de s'enfuir afin de ne pas devoir mourir avec lui. Encore chamboulé par l'apparition de son père, il ne souhaitait pas fuir, il voulait des réponses. Et son instinct lui disait que Morgan ne le tuerait pas immédiatement, qu'il chercherait d'abord à savoir qui il était.

Devant les protestations véhémentes de ses amis qui refusaient de le laisser seul face à son sort, il comprit que rien ne les ferait partir si ce n'est la perspective de pouvoir le sauver, aujourd'hui ou demain.

— Mes amis, votre attachement me va droit au cœur. Toutefois si vous restez ici avec moi aujourd'hui, nous mourrons tous car ceux qui viennent sont trop nombreux pour que nous puissions lutter. Toutefois, si vous tenez sincèrement à m'aider et me sauver, laissez-moi ici aujourd'hui et venez me sauver demain. Je pense savoir où ils m'emmèneront. Il y a une maison, non loin d'ici, au pied des collines plus à l'est, dans l'Ivremont.

— C'te maison de la vérité ? le coupa John Colter

— Peut-être, répondit Jack en soulevant un sourcil.

John lui en fit la description. Jack confirma qu'ils parlaient bien du même endroit mais que pour lui elle devait plutôt porter le nom de « maison des tortures ».

— Question d'point d'vue j'suppose, conclut Colter pour expliquer cette dichotomie.

Toutefois le vieil homme perçut, face aux mines défiantes qui l'observaient suspicieusement, qu'il était temps qu'il déterre son passé afin d'expliquer ses agissements présents. Il résuma donc son histoire afin de tenter de convaincre les autres de la bonté de ses intentions.

— C'tait y a très longtemps, vous étiez encore tout chtios. J'faisais partie d'un groupe de…comment v'diriez djà ? De bandits, ouais disons ça, de bandits. Celui de Léo Caspian, ptet qu'vous savez de qui j'cause. Ceux qui savent pas, Caspian était l'chef du gang le plus puissant de Casa', ah ça oui, le plus puissant… Jusqu'au jour où ct'enfoiré de Morgan lui tira dans le dos, son putain de protégé qui lui tire d'ssus…

Le ton de la voix laissait entrevoir le chagrin et les griefs que ce souvenir ramenait en surface.

— Pas comme les autres couilles molles du gang, j'ai jamais pu pardonner à Morgan. Pour sûr, au début, histoire qu'il me refroidisse pas non plus, j'faisais semblant d'être à mon aise, à la cool avec ct'histoire vous voyez ? Un des gars avait osé insulter Morgan après qu'Léo fut refroidit. Morgan l'a pendu. Z'imaginez un peu ? Si j'd'vais être pendu chaque fois que j'profère une insulte, y aurait pas assez d'arbres à Casanova... Bref, des mois plus tard, j'profitais d'une emmerde dans l'gang pour partir loin sans m'faire voir. J'crois pas que Morgan voulait m'retrouver. J'pense qu'il s'est dit « bon débarras, cte vieux schnock servait plus à rien de toute manière ». J'tais seul, j'me suis encore plus isolé, loin des gens. Me suis installé à côté d'ces trois étangs où Jack m'a trouvé. J'suis ptet vieux mais j'ai encore ma cervelle. Et j'sais que toi Jack, t'en veux aussi à Morgan. J'tais tranquille aux trois étangs...tranquille mais pas content. Moi aussi j'en veux toujours à ct'enfoiré, fallait pas que mon cul reste assis plus longtemps. Alors j'ai entendu parler d'ce discours à St Gilmour, j'm'suis dit mon vieux Colter, va aider ce gamin sinon t'as qu'à te noyer toi-même dans ct'étang. Et me voilà. Si les vieilles carcasses te font pas peur, j'suis prêt à m'battre avec toi Jack.

Lorsque Marguerite se reprit, sa suspicion dépassant un court instant son chagrin, elle asséna que tout ça c'était bien beau, mais sous quel motif ils devraient lui faire confiance.

— J'suis là devant vous mamzelle, répliqua Colter. Y a du mauvais foin qui arrive et j'reste avec vous. J'suis pas un ange, mais j'trahis pas les miens.

La plaidoirie de Colter était superflue pour Jack, depuis leur rencontre aux trois étangs il savait qu'il pouvait lui faire confiance, il avait su discerner l'aversion qu'éprouvait le vieil homme vis-à-vis du Capitaine. Le même désir de vengeance les animait. De plus, la réviviscence du vieil homme était synonyme d'une paire de bras supplémentaire, ce qui n'était pas négligeable.

— Nous n'avons plus beaucoup de temps. Faites comme je vous l'ai dit, laissez-moi être capturé et emmené à la maison des tortures, leur dit Jack autoritairement Il vaut peut-être mieux de toute manière que j'y aille…

— Tu parles de ton père c'est ça ? demanda Marguerite. Je t'ai entendu lorsque l'homme te frappait au sol.

— Oui, c'était mon père, répondit Jack d'un ton grave qui signifiait que la discussion était terminée et qu'il était temps que ses amis partent.

Le corps de Violette fut silencieusement placé sur son cheval. Après un dernier échange de regard avec chacun, accompagné d'un signe de tête qu'il voulait rassurant, Jack marcha lentement vers la rue principale. Il entendit les fers des chevaux de ses amis battre le sol, quelque part derrière lui puis il vit les silhouettes d'une quinzaine de cavaliers apparaitre à l'entrée de Mercury.

Les mains en l'air, il s'approcha des sbires. En apercevant les cadavres de leurs compatriotes, certains durent se retenir pour ne pas plomber Jack. Le chef de la bande donna l'ordre d'attacher Jack et de le balancer sur la croupe d'un cheval.

Mais avant cela, il se tint quelques secondes à quelques centimètres de Jack, qui avait encore les bras en l'air, et le frappa avec la crosse de son colt au visage. Jack tituba et sentit le sang couler sur sa tempe.

22. Incompréhension

Lorsqu'il se réveilla, Jack se trouvait dans le noir, dans la même obscurité qui l'avait accueilli lui et les employés de la distillerie Floyd quelques temps auparavant. Satisfait et rassuré d'avoir deviné où ses ennemis l'emmèneraient, il tenta de percevoir s'il était seul ou non dans la pièce.

La première fois qu'il s'était retrouvé dans la même position, exactement au même endroit, et bien qu'il avait été entouré de neuf autres compagnons d'infortune, il s'était senti moins rassuré qu'aujourd'hui.

Si ses années d'enquête lui avaient enseigné quoi que ce soit à propos de la personnalité de Morgan, c'était l'insatiable ardeur mélangée à une curiosité vorace dont il faisait preuve face à l'adversité, bientôt rejointe par son infatigable désir de pouvoir se mesurer à des rivaux qui en valaient la peine. Jack supposait, en tant que meurtrier de quatre de ses sept lieutenants, qu'il faisait partie de cette catégorie d'adversaire. La conséquence immédiate de ce fait lui garantissait une entrevue avec Morgan qui ne le descendrait pas sans avoir conversé un minimum avec lui. La preuve, s'ils en avaient eu l'ordre, les hommes du Capitaine auraient pu facilement le liquider dans les rues de Mercury. Ainsi, pour Jack, sa capture entérinait cette supputation.

Plusieurs minutes passèrent dans un silence glaçant. Même s'il se savait plus ou moins immunisé contre une mise à mort, au moins dans l'immédiat, Jack frissonnait à l'idée qu'il était à la merci de son pire ennemi qui pouvait à loisir disposer de lui. Quand on connait les goûts prononcés de Morgan pour la torture, l'attente est un supplice. Mais il avait choisi d'être là, il s'était laissé capturer, ce n'était pas le moment de craquer. Il se prépara à la confrontation.

Enfin quelqu'un ouvrit la porte et la lumière envahit la pièce sans fenêtre. Lorsque ses yeux furent habitués, Jack vit son père, debout contre le mur, en face de lui, le fixant d'un air absent.

Jack tenta de l'appeler discrètement à la rescousse. Il essaya à nouveau de lui faire comprendre qu'il était son fils, qu'il devait le libérer. Lorsqu'il comprit que son père ne bougerait pas d'un pouce, il changea de tactique et lui posa des questions quant à sa présence ici.

— Comment se fait-il que vous soyez toujours vivant ? Pourquoi travaillez-vous pour Morgan ? Et pourquoi ne me libérez-vous pas ? Est-ce qu'au moins vous me reconnaissez ?

Ses questions devenaient, face au silence imperturbable de son paternel, de plus en plus alarmées. Alors Morgan entra à son tour dans la pièce. Il observa religieusement Jack pendant une minute puis il sourit à pleines dents.

— J'ai toujours aimé les retrouvailles ! Dommage que votre père ne partage pas ma joie, n'est-ce pas ?

Jack ne savait quoi répondre. Il voulait l'insulter mais son instinct de protection lui intima de procéder autrement. Il resta muet.

— Pas très loquace ton garçon, lança Morgan à Henry. Ce dernier demeura coi. Jack, car si j'ai bien compris ton vrai nom est Jack et non John Harrold, tu es une vraie source d'emmerde. Vraiment. Quelques-uns de mes hommes croient même avoir affaire à un surhomme tant tu t'es surpassé à descendre les miens. Pour ma part, tu es juste un emmerdeur qui a su profiter du manque de sérieux et de prudence de mes hommes, tout ça pour une histoire de vengeance personnelle... Car il s'agit bien de cela n'est-ce pas ? Tu veux te venger de la mort de ta famille ? Toutefois, comme tu l'auras maintenant constaté, toute ta famille n'a pas péri dans cet abominable incendie.

Morgan saisit Jack par les cheveux et lui souleva lentement mais durement la tête.

— Alors si tu pouvais un peu calmer tes ardeurs, non, qu'est-ce que t'en dis ?

— Vous ne niez même pas avoir tué ma mère et ma sœur… cracha Jack sur un ton de profonde haine.

— A quoi bon le nier ? Tu ne me croirais pas. Et puis je n'ai pas tout mon temps, je compte d'abord t'apprendre la politesse même si les choses sérieuses ne commenceront qu'à mon domaine, le matériel y est meilleur qu'ici.

Deux hommes entrèrent dans la pièce noire lorsque le Capitaine finit sa phrase et emportèrent Jack dans le salon où la lumière plus forte l'aveugla partiellement. Morgan et Henry les suivaient sans prononcer un mot. Une atmosphère poisseuse qui n'augurait rien de bon emplissait l'air. Lorsqu'ils se retrouvèrent au milieu de ce qui devait être le salon, Jack fut contraint de s'arrêter à cause d'une main qui écrasa sa nuque. Apparemment ils étaient arrivés à destination, là, au milieu d'une maison lugubre, au-dessus d'un vieux tapis plein de poussière et dans un silence glacial qui ferait frissonner d'horreur même les plus intrépides.

Jack et ses deux geôliers restèrent quelques instants debout, immobiles, comme suspendus à un fil inerte et invisible qui les maintiendrait figés dans cette position d'attente grotesque. Puis, sans explication, l'un des deux détacha Jack pendant que l'autre le maintenait en place. Celui qui l'avait détaché lui tendit un pistolet. Devinant une ruse cachée, Jack refusa de prendre le colt. Les sourcils froncés, Morgan dégaina, s'approcha de Jack et lui toucha la tempe avec le canon de son arme.

— Prends ce revolver Jack. Il est chargé, ce n'est pas un piège. Je te promets de ne pas te tirer dessus si tu consens à prendre ce revolver.

Ne pouvant deviner où voulait en venir Morgan mais ne pouvant non plus se soustraire à l'emprise de ses geôliers, Jack fut obligé d'obtempérer et attrapa le colt. La pression qu'exerçaient les deux hommes fut alors encore plus forte pour le maintenir en place, ils le tenaient de manière à ce qu'il n'ait aucune manœuvre de mouvement. C'est à peine s'il pouvait tourner la tête.

Morgan demanda alors à Henry de se placer en face de Jack. Le père s'exécuta sans broncher et toujours sans dire un mot. Jack croisa à nouveau son regard mais ne put y décerner la moindre expression de surprise ou de peur. En fait le visage de son père n'imprimait aucun sentiment, on eut cru voir une coquille vide. Même son air de prédateur qu'il possédait lors du discours avait disparu. En cette heure, il semblait être une statue de chair au regard fixe.

— Et maintenant Jack, tue ton père s'il te plaît, lui susurra Morgan à l'oreille.

Jack crut mal entendre. Les sbires maintenaient son bras de manière à ce que le revolver soit dirigé droit sur la poitrine d'Henry. Jack eut un léger sursaut de surprise alors Morgan réitéra son ordre.

— J'aimerais que tu tires sur ton père, Jack. Ne me fais pas répéter.

Jack ne pouvait pas voir si Morgan blaguait ou pas, mais son ton démontrait son sérieux. Jack était perdu. Il sentait le souffle court du Capitaine s'accélérer dans son cou. La situation intenable et exubérante faisait haleter ce dernier d'excitation.

— Tue-le ! exhortait-il maintenant rageusement, les dents serrées. Allez ! Fais-le ! Tu vas voir, c'est revigorant, tu peux me croire !

Des postillons d'encouragements endiablés giclaient sur la joue droite de Jack. Les sbires maintenaient leur pression dont il était impossible de se défaire. Immobilisé au milieu de ses ennemis, confronté au dilemme de

Morgan et à toutes ses questions, Jack ne sentait plus, ne voyait plus, ne comprenait pas. Il voulait vomir.

Rien d'autre que la voix infernale du Capitaine n'existait à présent. Jack sentait la sueur lui parcourir l'échine, une goutte de détresse coula le long de sa tempe gauche. Son cerveau embué tentait de fonctionner mais seul un écho tapait dans son crâne.

— Fais-le, fais-le.

Jack ne put estimer le temps que dura cette situation. Reprenant quelque peu ses esprits, il crut entendre Morgan entamer un compte à rebours.

Il comprit. C'était donc lui ou son père.

Il sentit à nouveau le canon froid lui caresser sa tempe droite. Il demanda *pourquoi ?* d'une voix faible, venue d'outre-tombe. Le Capitaine le fit répéter.

— Pourquoi ? Pourquoi est-ce que tu veux que je tue mon père ?

Il s'attendait à recevoir un coup de crosse, ou même une balle car le compte à rebours était terminé, mais son crâne demeura intact. Il ressentit plus qu'il n'entendit Morgan s'éloigner d'un pas. Il ricanait. Ses hommes enlevèrent violemment le revolver de la main de Jack et le contraignirent à se mettre à genoux.

Jack ne savait plus à quoi s'en tenir. Il croyait connaître Morgan. Mais en réalité ses années d'enquête ne lui enseignèrent que le côté public du Capitaine. En coulisse, ce dernier se montrait plus imprévisible. D'abord calme dans la pièce sombre, il s'était ensuite montré atteint d'une cruelle folie destructrice lorsque Jack avait pointé l'arme contre son père.

Et maintenant il semblait avoir complètement oublié cette histoire de compte à rebours, l'ultimatum fatal n'existait plus, son ricanement annonçait désormais une période de divertissement.

— Si tu survis assez longtemps, peut-être que je t'expliquerai pourquoi je souhaite que tu tues ton père. Peut-être même te dévoilerai-je pourquoi Henry ne semble pas te reconnaître.

En attendant, j'ai ici ton fameux colt à huit-coups. Laisse-moi deviner, tu as prévu une balle pour chacun de mes lieutenants ainsi que pour moi-même ?

Tu en as déjà descendu quatre et pourtant il reste cinq balles au lieu de quatre. Je suppose qu'il était inutile de tirer sur Auguste après sa chute…

Je garde ce revolver en guise d'assurance. Je suis certain que tu as donné un nom à une telle arme

— Celui de ta mère, lâcha Jack laconiquement.

C'était bas et puéril mais ça soulageait. Jack reçut en plein visage le coup que lui asséna le capitaine. Mais qu'était-ce qu'un nez cassé et un peu de sang en comparaison du coup qu'il avait lui-même porté ?

— La prochaine fois, je tire. Alors dis-moi, quel est le nom de ton ancien colt ?

— Kelly, répondit Jack calmement.

— Kelly, Kelly… ça sonne comme une salope que je connaissais autrefois.

Morgan cracha au sol puis s'approcha de Jack et réitéra son geste en lui empoignant les cheveux et en lui tirant la tête en arrière.

— Les hommes que tu as tués, mes fidèles lieutenants, étaient mes amis. Je t'infligerai une souffrance en conséquence, une douleur que tu n'imagines même pas. Aie donc pitié de toi-même et fais une dernière prière sur la route jusqu'à mon domaine, car ce voyage sera ton dernier contact avec le ciel.

23. Révélations

Sur cette promesse haineuse, Jack fut reconduit dans la pièce noire pour y être à nouveau attaché.

Plusieurs minutes passèrent. Il entendait Morgan donner des ordres à ses troupes. Puis il entendit la voix d'une femme. Il crut reconnaitre Anna. Quelque secondes plus tard, le galop d'une dizaine de chevaux lui parvint aux oreilles avant que le silence ne retomba comme un couperet.

Les minutes s'égrenaient dans une maison qu'on eut crue accablée de torpeur. Enfin des bruits précipités se firent entendre de toute part. On renversait des meubles, des coups de feu éclatèrent, ils semblaient provenir de l'extérieur aussi bien que de l'intérieur. Des hommes et des femmes criaient mais le capharnaüm était tel que Jack ne pouvait discerner leurs propos.

Une bataille faisait rage juste derrière la porte. Son incapacité à agir l'énervait au plus haut point. Que se passait-il ? Même s'il en avait une idée, il souhaitait en avoir le cœur net et, surtout, s'il avait raison, il voulait aider ses amis !

Jack rageait contre ses liens lorsque la porte s'ouvrit en grand et qu'un homme se précipita sur lui. Il le saisit brusquement par derrière et le releva. Jack sentit alors la lame d'un couteau lui écraser la peau du cou.

— Reculez tous ! Ou je le but...

Sa menace inachevée, son crâne fut transpercé par une balle. Marguerite accourut à l'intérieur de la pièce pour vérifier que Jack allait bien et le libéra de ses liens à l'aide de la lame au sol. Elle l'aida à se lever alors qu'il s'était affalé avec l'homme au couteau après que celui-ci ait été touché.

— Vite ! Dépêche toi ! criait-elle.

Lorsque Jack passa dans le salon, il découvrit un théâtre de sang dont les deux comédiens principaux paradaient sous l'aspect de cadavres figés, couchés sur les planches en bois, dans leur dernière attitude de défense ratée.

Eliakim accueillit Jack à l'aide de grands gestes tandis qu'il lui intimait de sortir de la maison. Lila et John Colter les attendaient dehors avec les chevaux. Amon était toujours parmi eux. Colter détournait la tête de la maison. Ses amis, comme il l'avait prévu, était venu le délivrer. Ils y étaient même parvenus avec brio, à en croire la rapidité d'exécution et l'absence de victime dans leur camp.

Le groupe galopa jusqu'à Richardson, plus à l'ouest. La taille conséquente de la ville leur permettrait d'y entrer en passant inaperçu.

Marguerite expliqua à Jack que le corps de Violette avait été enterré rapidement, dans une véritable sépulture, aux abords de Mercury. L'enterrement avait été le seul moyen pour l'empêcher elle et Lila de partir immédiatement à la rescousse de Jack, ou, plus exactement, de poursuivre les sbires du Capitaine afin de leur faire connaître leur courroux.

Cet intervalle, aussi triste fut-il, avait été bénéfique pour le secours de Jack parce que sinon ses amis seraient arrivés alors que Morgan ainsi que plus de la moitié de ses hommes eut été encore présents, rendant doublement compliqué et risqué son sauvetage. Lorsque la maison leur était apparue à l'horizon, ils avaient également distingué la troupe du Capitaine quitter les lieux vers le nord.

Eliakim et les autres n'avaient alors pas hésité une seconde, l'adrénaline de l'affrontement à Mercury était toujours présente et le fait de voir une partie de leurs opposants quitter ainsi les lieux leur fit l'effet d'un signe qui signifiait « allons-y maintenant ».

Ceux qui restaient furent pris de court et n'opposèrent qu'une opposition désordonnée et sans espoir. En fait, la seule question qui restait était *pourquoi Morgan était-il parti sans Jack ?*

Lila n'hésita pas lorsqu'elle émit l'hypothèse que Morgan ne souhaitait pas arriver à son domaine en compagnie d'un prisonnier. Le Colonel Smith, après avoir calmé la population, allait sûrement se rendre chez le Capitaine, peut-être y était-il déjà, afin de lui poser quelques questions sur les évènements survenus lors du discours. Il serait mal venu que Morgan arrivât avec l'homme qui avait tout déclenché. Il aurait été contraint de le remettre au Colonel. Ce qui était absolument inconcevable pour lui.

Jack apporta du poids à cette explication en indiquant à ses amis qu'Anna était arrivée à la maison et qu'elle avait eu quelques mots avec Morgan. En tant que porte-parole du groupe, elle était aussi sa représentante. A ne pas douter elle était restée à St Gilmour le temps de désamorcer les tensions naissantes. Peut-être qu'alors le Colonel Smith lui avait signifié son intention d'aller voir Morgan chez lui…

Que cette explication fut la bonne ou non, au final peu leur importait car l'essentiel, le sauvetage de Jack et une vengeance, au moins partielle, des sœurs Johnson, étaient là.

Son ventre criait famine mais Jack ne l'écoutait pas. Sur la route vers Richardson, les questions qu'il se posait accaparaient toute son attention, comme ses sourcils froncés en témoignaient. Colter remarqua son air rembruni et s'approcha.

— Qu'c'est qui t'tracasse gamin ?

Jack grogna avant de répondre.

Il commença par évoquer le dégoût et la colère que lui inspirait la mort de Violette. Il savait qu'il en était responsable. Marguerite le coupa sèchement en indiquant que Violette avait fait son choix, toutes les trois l'avaient fait il y a des années déjà, elles connaissaient les risques. Ce serait lui faire injure d'estimer que ses derniers instants ne découlaient pas de sa volonté propre.

Jack, même s'il n'était pas entièrement convaincu par ces arguments, et qu'il savait pertinemment que Marguerite se montrait forte pour éviter que Lila endure plus de peine encore, acquiesça d'un signe de tête.

Puis il posa, un peu à tout le monde et beaucoup au soleil qui déclinait, la question qu'il se posait depuis qu'il l'avait vu.

— Comment se fait-il que mon père soit vivant ? Je l'ai vu mort, calciné…Et pourquoi ne me reconnaît-il pas ?

De longues secondes insidieuses s'écoulèrent avant que John ne s'éclaircit la gorge. Il avait la réponse à la première question et une hypothèse pour la seconde. Jack le toisa pour lui faire comprendre de ne pas attendre plus pour s'expliquer. Colter commença alors à décrire son rôle au sein du gang de Léo Caspian, qui était, on le rappelle, le mentor de Morgan et le chef de la bande. Comme il l'avait déjà raconté auparavant, il avait quitté ce gang après que Morgan en ait prit la tête.

Durant cet intervalle, il avait eu le temps de subir la différence flagrante de caractère entre les deux chefs, au désavantage de Morgan, et l'avilissement des actions de la troupe qui en découlaient. Si Léo Caspian n'était pas un saint, il savait faire preuve d'entendement et de mansuétude. Il ne prenait jamais à la légère ses décisions lorsqu'elles faisaient intervenir la violence.

Au contraire, Morgan semblait se délecter de laisser libre cours à ses élans barbares. L'une de ses habitudes, méconnues par les habitants de Casanova, mais bien ancrée dans les mœurs du gang, était de capturer des Casanoviens pour les exploiter par la suite en tant qu'esclaves.

Afin d'éviter qu'on enquête sur la disparition de ces malheureux, chaque fois qu'il kidnappait quelqu'un, Morgan le remplaçait par un cadavre qui provenait d'un ancien méfait. Puis il mettait le feu à la maison de manière à brûler le corps à l'intérieur. Pour assurer ses arrières, Morgan prenait soin d'agir de la sorte uniquement en dehors des villes et villages, chez des quidams isolés, de manière à éviter la présence de témoin. Lorsque le shérif du coin débarquait des heures plus tard, la calcination du cadavre rendait l'identification impossible.

— V'là c'qu'a dû se passer pour ton paternel gamin. Morgan d'vait avoir quelques anicroches avec lui qu'il a réglés par le feu.

— Donc le cadavre que j'ai vu … ?

— C'tait pas ton paternel.

— Alors peut-être n'étaient-ce pas non plus ma sœur et ma mère ?

— Oublies ct'espoir gamin. Pour pas qu'y ait de liens et donc d'emmerdes entre ses esclaves, Morgan capturait t'jours qu'un membre d'chaque famille qu'il incendiait.

La tête de Jack lui tournait. Une infime pensée lui avait redonné le goût de l'espérance. Mais John Colter connaissait bien les habitudes du Capitaine, il devait avoir raison. Et puis, curieusement, il devinait que si le Capitaine avait également kidnappé sa sœur et sa mère et les avait remplacées par des cadavres lambda, il ne se serait pas fait prié pour jeter l'information au visage de Jack lorsqu'ils se trouvaient dans le salon de la maison des tortures, histoire d'ajouter encore un peu de piment à la situation.

John laissa quelques secondes de répit à Jack puis reprit son explication. D'après lui, si son père ne l'avait pas reconnu, c'était à cause de la torture mentale et physique qu'exerçait Morgan sur certains hommes choisis expressément.

On estimait qu'il possédait plus d'une centaine d'esclaves, des indiens, des blancs, des noirs, des jeunes et des vieux. Il adorait les torturer régulièrement, mais ces immondices n'étaient jamais longues ni profondes car il en avait besoin pour ses affaires, que ce soit en tant que fermier, femme de ménage, cuisinier, plaisir sexuel ou toute autre tâche nécessaire au bon fonctionnement d'un domaine qui abritait plus de deux cents personnes.

Il réservait ses tortures dites « profondes » uniquement à ses ennemis ou pour tester la résistance d'hommes triés sur le volet, les « élus » comme les surnommait Morgan, dont il détruisait la longanimité afin de les asservir.

Après de longues séances de torture, ceux qui survivaient tant bien que mal aux blessures physiques et morales n'étaient plus les mêmes, leur nature même avait été modifiée. Morgan s'était appliqué à les conditionner de manière à pouvoir ensuite les exploiter à sa guise, sans qu'ils n'en viennent à réfléchir, contester, râler, refuser ses ordres. De parfaits soldats obéissants et sans âme soumis à sa volonté.

— Si ton paternel t'a pas r'connu gamin, c'est parce qu'il a plus toute sa tête. Plus de souvenirs, mémoire arrachée, c'est plus lui. Il a oublié son passé, t'a oublié aussi. Il pense plus, ressent plus. Il obéit au Cap'taine comme un chien dressé. J'suis désolé gamin, mais ton paternel, l'existe plus.

Comment était-il possible de détruire à ce point la mémoire et la personnalité de quelqu'un ? Comment se pouvait-il que son père n'ait pu reconnaître son fils ? Les premières minutes, Jack avait du mal à croire à cette théorie. Puis il réfléchit, il analysa ce qu'il avait vécu. D'après ce dont il avait été témoin dans le salon de cette saloperie de maison des tortures, c'est-à-dire le manque total de réaction de son père, que ce soit lorsqu'il aurait dû reconnaitre Jack ou lorsqu'il aurait dû se défendre ou au moins protester, se protéger afin de survivre au lieu de se planter là, putain, devant Jack sans donner le moindre signe de peur ni le moindre signe d'humanité alors qu'il était menacé par une arme, d'après tout ça, Jack dut se résoudre à l'évidence, Colter avait raison. Ainsi, même si l'enveloppe charnelle de son père existait encore, son esprit avait disparu, anéanti par la barbarie de Morgan.

24. Les vœux de départs

Jack et ses compagnons ne restèrent pas longtemps à Richardson. Ils y étaient parvenus quelques jours après avoir pris la route à un train soutenu et avoir passé une nuit pénible au nord de Mercury, où il leur semblait que retentissaient encore les échos des armes qui s'y étaient déchaînées, des armes qui avaient emporté Violette. Lila fut celle qui passa la nuit la plus difficile, en proie à des visions cauchemardesques. Ce qu'elle avait vécu jusque-là n'était en rien comparable à la perte d'une sœur.

C'était donc une troupe taciturne qui arriva à Richardson, dont le maire, Samuel Alaix, en sa qualité de principal opposant d'Edouard Montillard, aurait pu leur venir en aide, d'une manière ou d'une autre, ne serait-ce qu'en les dissimulant aux yeux des partisans de Morgan. Mais le groupe souhaitait conserver l'anonymat et demeurer discret en se tenant loin de la civilisation.

C'est pourquoi ils ne prirent contact qu'avec les personnes nécessaires, c'est-à-dire le gérant de leur hôtel, le serveur d'un saloon secondaire et le maréchal-ferrant. Le temps de reposer les corps et les montures, de reprendre des forces et, chacun à sa façon, de faire le deuil de ce qu'il avait perdu, et les cinq se remirent en route, dans le but de s'éloigner davantage du domaine de Morgan.

Ce dernier avait utilisé son influence pour placarder le portrait de Jack sur les murs de St Gilmour et ses sbires s'attelaient à faire de même dans les autres villes. L'affiche indiquait une récompense de 300 Novélès, la monnaie de la région, à celui qui rapporterait Jack vivant au Capitaine. La somme descendait à 100 s'il était ramené mort. Cela représentait toutefois toujours une belle somme pour la majorité des Casanoviens.

Alors qu'ils avaient jeté leur dévolu sur Monterry, située sur les rives de la mer des vagues, au nord-ouest de Casanova, Jack avait réussi à convaincre Eliakim de retourner chez lui, auprès de sa femme. Ce dernier avait tout d'abord refusé, arguant qu'il ne pouvait abandonner Jack de la sorte dans un tel moment de fuite incertaine.

Mais Jack souligna l'aide déjà apportée par l'Indien jusqu'alors, qu'il avait déjà été un renfort efficace et solide malgré le fait, Jack insista sur ce point, qu'il bafouait ses principes de vie en le suivant et l'épaulant de la sorte. En effet, la particularité principale d'Amahoro et de ses habitants dont faisait partie Eliakim était d'accepter et d'intégrer chaque être humain dans un environnement qui prône la paix et le bien-être, la liberté par le respect mutuel avec son voisin et la nature. Eliakim trahissait ce serment chaque fois qu'il tuait, ou même tirait, sur quelqu'un.

Eliakim, même s'il avait vécu son enfance dans les contrées sauvages où étaient installés les Cheyuukee, s'il lui était arrivé de combattre hommes et animaux pour défendre sa vie ou un proche, notamment contre les Hurapawas, malgré ces âpres expériences, Eliakim en était venu à embrasser pleinement la philosophie d'Amahoro. Il avait instantanément adoré le village pour ses mélanges de couleurs, sur les murs des habitations et sur les visages. Hors, suivre Jack c'était cracher sur ces années de paix et d'amour, c'était sacrifier la tolérance sur l'autel de la violence.

— Le blanc, j'ai saisi le sens de tes paroles, répliqua Eliakim qui espérait faire mouche avec ce qu'il allait dire ensuite. Mais ta parole ne doit pas occulter la vérité. Si je retourne à Amahoro, dans la grandeur de ses principes d'amour et de paix, je bafouerai le principal car je si je pars, je n'aiderai pas mon prochain.

La bienveillance incoercible d'Eliakim fit sourire Jack. Il lui rétorqua néanmoins qu'il aiderait son prochain sur plusieurs générations en rejoignant Sarah, en la chérissant, en ayant des enfants avec elle, en les élevant dans un cadre juste et généreux.

— Ce mode de vie vaut mieux pour toi que d'emboîter mes pas. En construisant un foyer, tu aideras ton prochain. Je ne veux pas que tu oublies tes principes pour moi, Eli.

On sentit l'Indien en proie à une indécision qui faisait se combattre en lui des valeurs contradictoires. Finalement, même si cette décision lui parut terrible et illogique, Eliakim accepta d'entendre Jack. Il considéra que le vœu de son ami prévalait sur sa propre décision. Il consentit donc à partir, à contre cœur. Jack et lui se serrèrent la main et se dirent adieu comme de vieux amis qui se reverraient une semaine plus tard. Son départ accabla Jack mais le soulagement qu'il ressentit à voir un être cher quitter les lieux de carnage, c'est-à-dire ses alentours directs, le revigora.

Les quatre compagnons restants quittèrent Richardson le lendemain de cette discussion. Chemin faisant, une drôle d'ambiance régnait entre eux. Les sœurs Johnson, endeuillées, prenaient sur elles pour ne rien montrer tout en se montrant assidûment précieuses lorsqu'il fallait chasser pour se nourrir. John Colter restait en retrait, retiré dans le ressassement d'un passé riche en évènements douloureux.

Quant à Jack, sa dernière interrogation rongeait infatigablement son esprit. « Pourquoi Morgan a-t-il voulu que je tue mon père ? » Cet ordre lui semblait irréel, absurde et insensé car cela revenait à supprimer l'un de ses propres lieutenants. Adieu chien fou ! Chien fou… Dire que depuis des années personne ne connaissait son identité. Henry était devenu chien fou, celui qui tuait sans discernement pour le compte du Capitaine. Le père modèle avait été transformé en machine de guerre, en soldat du sang et de la terreur. Henry le chien fou, non, Jack ne pouvait s'y faire. Cette vérité mettait son mental au supplice.

Dans ce misérable dédale qui perdait cœur et esprit, une pensée toutefois lui apportait une légère consolation. C'était son refus d'appuyer sur la gâchette alors que Morgan le menaçait avec son colt sur la tempe. Pour rien au monde Jack n'aurait voulu obéir à cet homme. Plutôt mourir par révolte que de vivre dans cette honte.

Ainsi passèrent plusieurs jours sur la route sans autre distractions que les repas partagés en silence autour d'un feu de bois minuscule. Jack trouva que le lapin du nord avait un moins bon goût que celui du sud. Lila reniflait souvent le soir lorsque les dernières flammèches se taisaient. La braise était à peine froide lorsqu'ils repartaient le matin, toujours sur un train soutenu, toujours pour s'éloigner davantage.

Les hautes montagnes d'Hota, visibles dans l'horizon de Richardson, se tenaient maintenant fièrement sur la droite du groupe. Un soleil voilé par les nuages du soir mourait lentement, étendant une ombre diffuse et orangée sur les pics enneigés, qui semblaient alors être les crocs acérés et plein de sang d'une bête gargantuesque.

Nonobstant ces formes que la maussaderie générale rendait injustement agressives, Monterry était la plus belle ville de la région, du moins pour la majorité des Casanoviens. Le compliment n'était pas usurpé tant le décor, les montagnes d'Hota au nord, la mer des vagues à l'ouest, les collines et vallées au sud, offrait une délicieuse variété de panoramas.

Au regard de sa position éloignée, c'est-à-dire à l'extrême opposé de Muddy Town, Monterry était la petite dernière de la portée citadine. Cette érection tardive, et donc relativement récente, permettait aux édifices d'éviter le délabrement provoqué par les ravages du temps. En ce lieu la dégradation demeurait un concept lointain et même les habitants semblaient mieux portants, animés par une santé pimpante.

De plus, sa situation privilégiée permettait à Monterry de croître vigoureusement grâce au commerce intérieur et maritime découlant des industries forestières et minières. Plusieurs mines avaient été creusées aux flans des doigts d'Hota. On en extrayait du fer, du charbon ou du cuivre. Grâce à ces ressources qu'il fallait chercher à la sueur du front, les Monterrois vivaient de manière prospère tout en évitant l'écueil de l'oisiveté.

En d'autres termes, Jack et ses amis débarquèrent dans une ville active où les magasins étaient plus grands, plus propres et mieux fournis qu'autre-part, le saloon mieux nanti en choix d'alcool, la mairie de Samuel Preston plus imposante qu'à Richardson ou Muddy Town. Même la boutique du croque-mort semblait plus lumineuse et chaleureuse que les bars des villages les plus reculés de Casanova.

En discutant avec le vendeur du magasin de nourriture, le lendemain matin de leur arrivée, Marguerite apprit qu'un promoteur, Etienne Burger, avait fait construire des chalets près de la mine de cuivre, un peu plus au nord de Monterry. Etienne ambitionnait de proposer à ses clients des visites de la mine ainsi que des montagnes. Même si ce genre de commerce était encore peu répandu dans la région, l'idée de s'adonner à des heures de bien-être en dehors du travail commençait à faire son bonhomme de chemin dans l'esprit des Casanoviens et on trouvait de plus en plus d'offices proposant ce type de loisir aux gens « désireux de s'évader ».

Marguerite et les autres sautèrent sur l'occasion. Le promoteur, avec qui ils prirent contact le jour même, était ravi de louer ses services… ou plutôt, d'accueillir quatre personnes motivées à l'idée de découvrir les trésors cachés de la région.

Toutefois, lorsqu'ils arrivèrent au chalet et qu'Etienne les informa qu'un guide passerait dans l'après-midi afin de les emmener visiter la mine, sa déception fut grande de ne voir que des visages fermés et des locataires hermétiques à sa proposition.

Sentant que leur refus pouvait devenir suspect, Lila accepta, pour tous, la randonnée de l'après-midi. Le promoteur laissa une exclamation de joie et de soulagement s'échapper, puis leur promit un séjour mémorable avant de s'en aller. Lila s'expliqua et tous acquiescèrent et lui furent reconnaissants pour sa perspicacité. Il est vrai qu'il aurait semblé bizarre de faire appel à un promoteur pour ensuite décliner ses offres.

En attendant l'arrivée du guide, Marguerite demanda à Jack de lui raconter comment il était parvenu à supprimer quatre des sept lieutenants. Jack ne fut pas surpris par la question, il leur devait bien ça. Il fut même étonné que le sujet ne soit pas arrivé plus tôt sur le tapis.

L'aînée des Johnson ne souhaitait pas savoir pourquoi il l'avait fait, mais quelle avait été sa méthode. Jack entreprit alors le récit de son périple depuis le duel avec le premier lieutenant jusqu'à ce jour. Lorsqu'il eut fini, les sœurs souriaient, Colter, bien que plutôt satisfait également de voir les hommes à Morgan tomber comme des mouches, haussa les épaules.

— Au moins Caspian, lui, y savait s'entourer d'hommes qu'en avaient, pas d'gueux incompétents incapables de se défendre…, marmonna-t-il sans qu'on sache s'il s'agissait de cynisme, de mélancolie ou d'un ronchonnement habituel. Ou tout à la fois.

Le guide apparut au début d'une après-midi ensoleillée. Le temps était frais mais supportable car l'astre lumineux réchauffait les épaules. L'air pur vivifiait les poumons et les muscles. Cette ambiance rafraichie aiguisait leur sens et les aidait à suivre le guide dont le pas leste soulignait ses qualités de marcheur.

Il s'appelait Fréderic Church et avait demandé dès les présentations à ce qu'on l'appelle Freddy. Il précisa qu'il ne fallait pas tenir compte de son nom religieux qui ne correspondait pas à ses aspirations personnelles bien plus terre à terre.

Ce jour-là, sa passion exacerbée pour la nature ne fut pas contagieuse, hormis peut-être pour Lila qui apprécia de pouvoir se changer les idées, de parler de chèvres des montagnes plutôt que de plan vengeur, de conifères plutôt que de revolver, de contempler les pics de neige immaculée au lieu de se remémorer un trou profond creusé à Mercury. Même si sa vie l'avait entraîné aux âpres exigences de la guerre, sa nature profonde n'en était pas moins restée prédisposée à pouvoir mieux ressentir et apprécier l'art de la nature et de l'amour.

Après plusieurs heures de randonnée, Lila remarqua un groupe de trois individus en train de marcher lentement bien plus loin en avant, sur un chemin étroit et escarpé. Elle demanda au guide s'il n'était pas dangereux de poursuivre ainsi sa route dans les profonds lacets escarpés qui déambulaient dans les racines labyrinthiques des montagnes.

Freddy répondit par l'affirmative. Il détailla sa réponse en expliquant qu'il s'agissait de vieux indiens venus ici expressément pour y mourir. A l'exclamation de consternation de Lila, il rétorqua que ce fait n'avait rien d'aberrant ou de malsain, au contraire, du point de vue des indiens, cette promenade ultime était un acte bienheureux et honorant car ils respectaient de cette manière l'une de leurs nombreuses coutumes, la dernière en fait. Colter et Jack la connaissaient. Mais ils n'avaient jamais eu l'occasion d'en constater la véracité. Pour eux, les indiens préféraient par-dessus tout mourir sur le champ de bataille. Mais bon, après tout, si cela permettait aux anciens inaptes au combat de s'en aller avec honneur également, pourquoi pas, pensa Jack.

Freddy continuait ses explications. Les montagnes qui les entouraient étaient considérées par les indiens comme les doigts d'Hota, l'ancien géant, refermés sur sa paume. S'ils parvenaient à se rendre jusqu'au cœur des montagnes, c'est-à-dire au milieu de la main du géant, ils pouvaient alors renoncer à leur corps harassés tandis qu'Hota transporterait leur âme libérée vers la vie d'après.

Il ajouta, un brin acariâtre, que beaucoup de Casanoviens se moquaient de ce rite car il était plus que probable que ces indiens mourraient de froid, de fatigue ou par les griffes d'un ours, avant d'avoir atteint la paume d'Hota et de s'y abandonner.

— Mais vraiment ! ajouta-t-il, ces hommes qui se moquent n'y connaissent rien. Certains seraient même capables d'aller chercher l'immortalité en se lançant dans la quête à la grenouille bleue. Ils récoltent alors exactement le contraire de ce qu'ils étaient venus quérir. Au moins les indiens, même s'ils ne meurent pas toujours dans la paume d'Hota, trouvent-ils ce qu'ils étaient venus chercher.

— Mmhm mourir par les griffes d'un ours, je m'en tamponne l'coquillard. Mais clamecer à cause d'une grenouille, très peu pour moi…, renchérit Colter.

Mourir alors qu'on cherche à vivre éternellement, ou trouver la mort intentionnellement. Dans les deux cas, cela reste absurde, mieux vaut en effet vivre, pensa Jack. Même s'il convenait que c'était un vrai luxe de pouvoir choisir sa façon de mourir.

La mort ne l'effrayait pas, l'infinie immobilité de son âme ne le tracassait pas. Mais le fait de ne pas savoir comment se déroulerait le basculement dans l'au-delà l'irritait. Y aurait-il des longues heures de souffrance ? Une honte abominable à supporter ? Serait-ce par surprise ou la délivrance serait-elle attendue ? Ce genre de questions le préoccupait plus que la mort. Cette réflexion le ramena une nouvelle fois quelques jours en arrière, lorsque Morgan lui demanda de tirer sur son père. Si le Capitaine était allé au bout de sa menace, s'il m'avait tué car j'avais laissé la vie à mon père, est-ce que cela aurait été absurde aussi ? Jack ne sut répondre à ses interrogations. Tout ce qu'il savait et qu'il tenait pour vrai était que mourir dignement, c'est vivre jusqu'au bout de ses idées.

Marguerite le coupa dans ses pensées en s'approchant de lui et en lui déclarant d'un ton badin empreint de mélancolie.

— Ce serait une bonne idée non si nous aussi on allait se perdre dans ces dédales ? Après tout, je crois que je m'entendrais mieux avec des squelettes indiens qu'avec les hommes qui nous traquent.

Le soir, au chalet, Freddy les quitta, ravi d'avoir passé l'après-midi avec une femme aussi charmante que Lila, et tant pis si les trois autres se montraient réfractaires à la beauté de la nature, lui au moins y était sensible, ainsi qu'à la beauté humaine. D'ailleurs, cette Lila n'était pas sans charme…

Après un souper copieux, la maisonnée fut peuplée de pensées éparses que renforçait leur baguenaude. Lila enjambait les montagnes, Marguerite pleurait intérieurement Violette, Colter ronchonnait contre le ciel et la terre, Jack regardait à travers la fenêtre, les ombres basses des conifères dansaient paresseusement sur le sol qui noircissait au fil des minutes. Etait-ce absurde d'avoir refusé de tirer ? Bien sûr que non, qui tuerait son père, même menacé ? Mais son esprit ne pouvait se détacher du canon de Morgan qu'il avait posé sur sa tempe. John, lorsqu'il remit du bois dans l'âtre pour maintenir le feu, vit ses trois compagnons pensifs. Il décida de se cogner Jack. Non pas qu'il avait peur des pensées féminines, « pour sûr que non », mais il préférait traiter avec ce qu'il connaissait.

— Eh le jeune, qu'c'est qui t'donne une sale mine de chien déterré comme ça ?

Jack lui jeta un regard noir et asséna avec une pointe d'ironie.

— A moins que tu saches pourquoi Morgan m'a demandé de tuer mon père, je crois bien que ce que tu appelles mes tracasseries continueront. Navré si ma tête alors ne te convient pas.

John eut un rictus à la lèvre supérieure. Le ton de Jack, il s'en fichait. Mais quelque chose dans ses paroles lui avait déplu.

— J'crois savoir d'quoi on cause, répondit-il avec un nuage sombre dans le regard.

Pour la troisième fois, John put répondre aux interrogations de Jack. Et pour mieux appuyer son propos, il proposa à ses trois compagnons de leur conter l'histoire de Morgan, du moins une partie de sa jeunesse.

Morgan était né d'un père artisan, Palmer, et d'une mère couturière, Isabel, dans un village près de Woodenbrook. Son père battait sa mère. Sans raison, sobre ou saoul, il frappait régulièrement sa femme qui n'osait fuir les poings ou s'évader de l'homme. La fugue la paralysait.

Jusqu'à ses douze ans, Morgan ignorait d'où provenaient les larmes et les traces bleues sur les bras et le visage de sa mère. Il ne comprenait pas pourquoi elle semblait toujours en proie à la peur alors qu'il lui semblait qu'ils vivaient à l'abri, dans leur maison en bois. Le comportement de sa mère demeura un mystère jusqu'au jour où il vit son père en action.

Furieux, Morgan lui attrapa le bras pour tenter de l'arrêter. Dans le désordre des cris qui fusaient, il intimait sa mère de se lever et de courir. Mais son père, bien plus fort, le repoussa violemment. Morgan se cogna la tête contre le mur. Palmer s'approcha de lui et, le doigt menaçant, sa gueule retroussée à deux centimètres à peine du visage de son fils, les yeux fous, il le menaça, sans lever la voix, que s'il s'en mêlait encore, il y aurait droit lui aussi. Isabel sanglotait derrière et implorait Palmer de laisser Morgan tranquille. Comme elle voyait que Palmer ne se calmait pas et ne l'écoutait même pas, elle pria Morgan de rester en dehors de la lutte, de sortir et d'oublier ce qui venait de se passer.

Mais c'était sans compter sur la nature belliqueuse de Morgan qui passa les deux années suivantes à se renforcer, acceptant tous les boulots physiques qu'on lui proposait. Il grandit rapidement et ses muscles prirent des proportions exagérées pour son âge. Palmer, qui ne regardait jamais son fils, ne remarquait rien. Et Morgan sut faire preuve de patience pour être certain de frapper juste.

Un jour, alors que Palmer fouettait Isabel avec sa ceinture, Morgan rentrait de la ferme des voisins. Il vit sa mère prostrée au pied de son père, le suppliant d'arrêter. Des hématomes étaient visibles sur ses bras qu'elle plaçait devant son visage tuméfié, sa tempe saignait.

Morgan n'hésita pas une seconde et se jeta sur son père. Ce dernier, surpris par la force et la véhémence de son fils, se débattait sans toutefois réussir à se dégager de l'emprise de son rejeton qui continuait à le ruer de coups. Un seul, bien placé, suffit à l'assommer à moitié.

Couché sur le sol, dos au planché, hébété, Palmer n'eut plus qu'à subir la rage de son fils. Les coups de poings pleuvaient, le sang coulait sur son visage et les mains de Morgan. Sa mère tenta de le retenir mais il la rejeta en arrière. Elle pleurait à côté tout en regardant le visage changé et enragé de son fils qu'elle ne reconnaissait plus. Elle ne cessait d'hurler « arrête ! Morgan je t'en prie, arrête ! » mais la furie de son fils occultait les appels désespérés et broyait sa raison remplacée par une colère aveugle.

C'est ainsi que Morgan tua son père.

Le silence s'abattit après que Colter eut finit son récit. Les pensées de Jack défilaient comme des flèches tirées inlassablement sur une cible sans défense. La santé mentale déficiente de Morgan l'édifiait. Cet homme était fou, un fou furieux. Il avait voulu que Jack tue son propre père, mais pourquoi ? Simplement pour ne plus être le seul à avoir commis ce crime ?

Jack se rappela alors que le Capitaine lui avait crié *c'est revigorant ! Crois-moi !* Non seulement il avait déjà tué son père, mais en plus il trouvait l'expérience fortifiante. Ce type était fou, un fou dangereux qui souhaitait que Jack fut autant torturé que lui. Une nuit désagréable les happa tous. Mais elle fut également fortifiante pour Jack qui plus que jamais, si c'était encore possible, voulait la mort de Morgan. Il lui semblait inconcevable de laisser un tel fou furieux vivre librement.

Le matin suivant, toutes les planches du chalet s'ébranlèrent, une rumeur sourde et lointaine parvint du nord, le sol vibra une minute puis le calme revint. Les compagnons crurent à un tremblement de terre. Freddy les informa qu'il s'agissait d'une avalanche, comme on pouvait en rencontrer régulièrement dans les montagnes d'Hota. Ils n'avaient rien à craindre, elles ne se produisaient que sur des versants inaccessibles et isolés, loin de leurs sentiers.

— Hormis le bruit et les vibrations, les avalanches ne représentent rien d'autre pour nous qu'une énième manière de mourir pour les Indiens, annonça-t-il pour tenter d'égayer la discussion assez maladroitement.

Plusieurs jours passèrent de la sorte, dans une ambiance lourde et lasse. Seules les promenades en compagnie de Freddy donnaient quelques couleurs au tableau désenchanté des habitants silencieux du chalet. Lila semblait être celle dont le besoin d'évasion était le plus vivace. Les trois autres ne pouvaient refuser ces sorties qui, même si elles n'arrangeaient rien à leurs affaires, permettaient au moins, ne serait-ce qu'un peu, de les sortir de leur torpeur.

Jack n'avait pas de plan. Il avait perdu Kelly. Même si en soit cette perte ne portait pas à conséquence, car un pistolet se remplace, la privation de ce symbole pesait sur son moral. Et puis il était recherché dans quasiment tout Casanova désormais. Sans parler de la présence de son père auprès de Morgan…

Alors qu'un jour il se plaignait de la tournure des évènements, et qu'il vociférait contre la faiblesse de son père, Marguerite le secoua en lui parlant vertement :

— Au moins ton père est-il encore en vie ! Sais-tu que notre mère est partie également ? Oui... la maladie l'a emportée il y a quelques mois. Nous cherchions à t'en informer, Tante Lolo ne te l'a pas dit ?

Même s'il avait toujours aimé la mère Johnson, Jack encaissa la nouvelle sans broncher.

— Enfin voilà... toujours est-il que nous n'avons désormais plus rien à perdre. Tu connaissais notre mère, Jack. Elle ne nous aurait jamais permis de faire plus que nous ne le faisions déjà contre Morgan, elle se serait trop inquiétée, et tu sais quelle virulence l'anime quand elle s'inquiète.

Ces derniers mots eurent le don de les dérider tous les deux. Marguerite et Jack échangèrent un sourire de connivence car, même s'il était vrai que leur père, le Shérif Johnson, possédait un caractère indéfectible, leur mère quant à elle pouvait terrasser n'importe qui rien qu'en admonestations, du moment que l'autre l'avait attaquée, elle ou l'un des siens.

— C'est vrai qu'elle faisait peur à voir quand elle s'inquiétait, renchérit Jack.

Marguerite ajouta que la disparition de leurs parents était la raison pour laquelle elle et ses sœurs voulaient à ce point aider Jack. Elle ne mentait pas lorsqu'elle disait qu'elles n'avaient plus rien à perdre. Peu leur importait une vie rangée avec un sage mari. Elles souhaitaient tout autant que lui venir à bout de Morgan et ses hommes. Marguerite se rendra compte qu'en définitive, elle parlait plus pour elle-même que pour Lila.

Sur ces entrefaites, Freddy toqua à la porte. Lila alla ouvrir, comme elle le faisait depuis plusieurs jours déjà. L'immensité qui les entourait offrait de nombreux sentiers et le guide prenait plaisir à les emmener chaque fois dans un lieu différent.

— Mes amis, j'aurais une proposition à vous faire, lança-t-il joyeusement. Mon patron, Etienne, possède également des cabanes à Omaha et vu que vous êtes des clie… heu des invités de marque, nous souhaitions vous faire profiter des splendides plages du sud ainsi que de l'île aux requins ! Je voyagerai avec vous et serai moi-même en charge de vous guider une fois sur place.

Un sourire énorme barrait le visage de Freddy. Les yeux de Lila, qui retrouvaient jour après jour leur lueur, étincelaient d'envie. Marguerite, Colter et Jack tinrent un conciliabule rapide. Il était de toute manière plus prudent de quitter Monterry car cela faisait déjà trop de temps qu'ils habitaient le chalet. Payer Freddy et Burger ne représentait aucun souci car Jack avait, par l'intermédiaire de la firme Redmond, experte en diligence et transport de bien, fait venir une partie de sa fortune depuis Muddy Waters. Le banquier avait reconnu sa signature et n'avait émis aucune opposition au retrait, trop heureux de pouvoir rendre service à l'un de ses plus gros clients dont il espérait un prompt retour dans sa ville.

Ils acceptèrent donc la proposition de Freddy qui ne put retenir sa joie. Burger les invita le soir même à dîner chez lui. Lors de ce repas, Colter tenta de faire croire à l'amphitryon que lui et ses amis travaillaient pour une scierie à Woodenbrook dont le patron leur avait confié la tâche de venir tâter le terrain à Monterry quant à une possibilité d'y installer une nouvelle scierie.

C'est pourquoi ils étaient restés dans les bois, et qu'ils avaient accepté sa proposition car Omaha se situait directement sur la route pour rentrer à Woodenbrook.

Bien que la crédibilité de cette histoire fût ténue, Colter et les autres espéraient qu'elle éviterait que Burger et Freddy fassent le rapprochement entre leurs quatre invités et les fuyards que Morgan recherchait.

25. L'île aux requins

Les préparatifs furent terminés en quarante-huit heures pendant lesquels, dans un souci de facilité, Jack et les siens séjournèrent en ville. Une exubérance mêlée à une précipitation inédite semblait toucher les Monterrois. Marguerite demanda à Burger si cette excitation impromptue provenait de la joie des Monterrois pour le tournoi des bûcherons qui aurait bientôt lieu ou bien, et cette hypothèse ne lui plaisait guère, si elle était due aux agissements virulents du Capitaine dont on avait entendu parler.

En effet, la veille, un colporteur itinérant était arrivé en ville et avait apporté avec lui une ribambelle de récits à propos d'attaques éclairs perpétrées par Morgan, sur des familles exilées, sur des convois sans défenses, sur des voyageurs isolés, en fait, sur tout ce qui se déplaçait sur les routes devenues incertaines de Casanova.

Le colporteur disait que le Capitaine était devenu fou et tentait, par tous les moyens, de retrouver un cow-boy en cavale et, lorsque les quidams qu'il abordait étaient incapables de l'aiguiller après qu'il leur ait donné la description de l'homme qu'il recherchait, il les massacrait froidement. Que ces histoires fussent vraies ou fausses, on ne pouvait nier qu'une nouvelle agitation animait les Casanoviens, comme le témoignait également les télégraphes et les missives qui arrivaient à Monterrois depuis plusieurs jours. Aucun message ne contenait une accusation ouverte envers le Capitaine, mais tous s'accordaient sur le feu qui se répandait dans les plaines.

C'est pourquoi Etienne répondit à Marguerite que l'excitation des Monterrois découlait des deux phénomènes qu'étaient le tournoi et les agressions. Les actes de plus en plus violents, de Morgan ou non, touchaient bien évidemment les Monterrois qui avaient tous de la famille disséminée dans Casanova. A cette angoisse latente s'additionnait l'euphorie qui précède chaque année l'arrivée du tournoi qui voyait, une fois par an, les bûcherons de Monterry, Woodenbrook et Highbury se retrouver à Omaha pour y faire concourir leurs meilleurs éléments en lancer d'arbre, en découpe d'arbre, en taillage d'arbre, et autres joyeusetés à base d'arbres. D'ailleurs, une grande partie de ces champions étaient des fertilisés. Grâce à leur robustesse peu commune, leur place sur le podium lors des épreuves de forces leur semblait promise. Et comme les récompenses étaient alléchantes, on comprend d'autant mieux pourquoi certaines familles s'évertuaient à engendrer une telle progéniture aussi costaude qu'imbécile.

Ce tournoi, dont chaque Casanovien avait obligatoirement déjà entendu parler, leur était complètement sorti de la tête, à Jack et aux autres. Etienne manifesta quant à lui son plaisir en soulignant qu'il avait exprès choisi la date de leur voyage à Omaha pour qu'elle coïncide avec celle du convoi des bûcherons qui s'y rendaient pour participer au tournoi, ce qui satisfaisait Jack, Colter et les sœurs Johnson car cela leur permettait de se mêler à la large foule des supporters qui accompagnait les bûcherons pour les soutenir et les encourager vers la victoire. Rien de mieux qu'un convoi passionné, et donc insouciant, pour se cacher et se déplacer anonymement.

En chemin, l'enthousiasme et les sujets de discussions permirent à Jack et aux autres d'oublier leur situation précaire. Même si le tournoi pouvait paraître bien dérisoire en comparaison des récents évènements, la gaieté des membres du convoi et le rythme lent et agréable de ce dernier fut pour eux comme le plaisir simple de pouvoir fouler, pieds nus, une herbe affectueusement mouillée par la fraiche rosée après qu'ils aient marché durant des heures et des heures sur un sol dur et rocailleux. Ils s'évadèrent de leurs pensées tourmentées. Alors qu'ils profitaient de la tendresse du voyage, un cavalier solitaire et pressé vint rompre le charme.

A peine avait-il rejoint le convoi qu'il alla trouver le responsable de la caravane, M.Raymond Matisse, avec qui il s'entretint plusieurs minutes. Ses gestes vifs et saccadés ainsi que ses haussements de voix ne laissaient rien présager de bon. M.Matisse demanda aux chefs de famille de se réunir. Le cavalier, qui s'appelait Joseph, arrivait directement d'Highbury et il apportait de pénibles nouvelles.

Le Capitaine Morgan et ses hommes étaient à la recherche d'un dénommé Jack. Il fallait croire que cet homme devait être important car le Capitaine n'hésitait pas à recourir à la violence pour le retrouver. Joseph avait entendu parler de plusieurs familles décimées, leur maison brûlée, au nord de Richardson. Même si tout le monde connaissait la nature de Morgan, c'était la première fois qu'il manifestait une telle violence sans se cacher. Il semblait ne plus redouter la justice ou une quelconque sanction de la part du Colonel Smith. Les récits du colporteur s'avéraient donc être justes ainsi que les messages qu'avait reçus Monterry.

Les chefs de famille restèrent quelques instants dubitatifs. Il suffisait qu'un seul homme traitât Joseph de menteur et considéra ses informations de rumeur infondée pour que l'ensemble adoptât une opinion identique, ou en tout cas à amoindrir la portée des propos de Joseph. Morgan ne pouvait pas avoir perdu la tête à ce point. Peut-être avait-il cogné sur une ou deux personnes mais il ne s'autoriserait pas ouvertement à agir plus loin dans la brutalité. Peut-être était-ce même un habitant de Vert-en-plaine qui, fatigué de la tyrannie du Capitaine, s'était enfin confié au marshal de St Gilmour ou autre…

Bref, il n'y avait pas lieu de s'inquiéter. Morgan n'avait de toute manière aucun grief contre eux. Le tournoi demeurait la seule chose importante. Le convoi pouvait continuer sa route sereinement.

Ainsi les discussions au sujet du tournoi reprirent de plus belle. Qui remporterait telle ou telle épreuve, qu'avaient réservé les habitants d'Omaha comme surprise pour accueillir ceux de Monterry, d'Highbury et de Woodenbrook ? Seuls Marguerite, Colter et Jack demeuraient silencieux.

Mais l'enthousiasme général qui revenait au galop, la taille impressionnante de cette fourmilière mouvante, les chants d'encouragement, l'innocence et l'excitation des enfants qui participaient à leur premier tournoi, tous ces éléments masquèrent leur mise à l'écart qu'amoindrissait encore les allers-retours incessants de Lila, continuellement accompagnée de Freddy, entre le convoi et ses amis.

Trois campements composés de tentes et d'installations temporaires avaient été érigés par les habitants d'Omaha pour recevoir le temps d'une semaine les trois convois. La propreté et l'aménagement pratique des baraquements témoignaient du sérieux et de l'implication des hôtes.

Le village entier était décoré de guirlandes et de lanternes. Certains commerçants avaient installé une partie de leur marchandise à vendre à l'extérieur, juste devant leur échoppe. On y trouvait diverses babioles en métal ou taillées dans le bois, des chapeaux aux multiples formes et couleurs, des ponchos bariolés, des ceintures aux milles longueurs, de la nourriture de la région, comme des filets de requin ou de poisson, ainsi que des articles du sport local : cannes à pêche, hameçons, leurres, etc. Le village diapré ressemblait de la sorte à une brocante géante habillée d'une infinité de nuances au travers de laquelle les chalons prenaient plaisir à errer.

Lila fut amusée par la dégaine virevoltante d'un marchand ambulant. Il s'agissait de Robert Hancock, un vendeur de produits soi-disant magiques dont les vertus surnaturelles ne prenaient effet que dans l'imagination des escroqués.

Bien que le métier qu'il exerçât remplisse toutes les conditions nécessaires pour le qualifier de voleur itinérant, lui se percevait comme un généreux marchand de biens, un bienfaiteur de l'humanité se servant de ses pieds pour atteindre toutes les âmes présentes à Casanova et de ses mains pour leur procurer tout ce que le destin a créé de meilleur au cours de son long règne sur le royaume des humains.

Son produit le plus célèbre et dont il était le plus fier était également celui qu'il lui était le plus facile à se procurer : de l'air pur.

Partout où il passait, il brandissait de petites fioles de verre parfaitement lavées, il pressait ensuite un bouchon en liège dans le goulot afin de fermer hermétiquement les récipients, collait une étiquette sur chacun d'entre eux puis, de la meilleure écriture qu'il était capable de produire, y écrivait solennellement "Air pur", avant d'embrasser chaque flacon. Il les rangeait ensuite dans des cagettes en bois, au côté de dizaines d'autres fioles choyées de la même manière.

Sa technique était simple. Il commençait toujours par convaincre son audience de l'authenticité de l'air qu'il vendait, pur car il provenait du plus haut sommet des montagnes glacées d'Hota, là où aucun être humain n'était jamais parvenu et, par conséquent, un endroit où l'air n'avait jamais été avili par l'haleine de l'homme.

Pour profiter de ces bienfaits, chaque personne possédant une fiole n'avait qu'à placer sa bouche près de l'ouverture, de retirer le bouchon et d'aspirer l'air se trouvant à l'intérieur. En procédant ainsi, l'air descendait directement aux poumons et les purifiait par ce principe biologique connu de tous que les scientifiques appelaient « la renaissance ».

Ce mensonge soi-disant tiré de la science et qui était le pain de son commerce, Robert l'exposait ainsi. Les poumons peuvent se renouveler à l'état qui était initialement le leur à la naissance, c'est-à-dire dans des dispositions de fonctionnement optimal, grâce aux forces révélées de l'air pur qui s'infiltre dans toutes les alvéoles et pousse à l'extérieur les pourritures qui y stagnaient depuis trop longtemps, oui messieurs !

— Par ce procédé qui semble magique mais qui n'est rien d'autre que de la science prouvée et approuvée par les plus grands cerveaux de ce monde, nos organes respiratoires connaissent une seconde vie et, partant de leur résurrection, Mesdames et Messieurs, la vie de ceux qui profiteront de l'offre incroyable que je m'apprête à vous faire s'en retrouvera prolongée de plusieurs années, voire des dizaines d'années selon la taille du bocal que vous achetez ! Plus il est grand, plus il vous permettra de vivre longtemps ! Et tenez-vous bien à vos chaussures, Mesdames et Messieurs, car je ne vous ai pas encore fait mention du plus sensationnel là-dedans : votre corps entier en redemandera ! Le thaumaturge se lançait alors dans des discours explicatifs qu'il soutenait en bondissant à gauche et à droite de son estrade. Comme vous le savez tous déjà parfaitement, le corps humain n'est pas composé uniquement de poumons mais également d'autres organes tout aussi importants lorsqu'on souhaite vivre, et vivre de belle manière comme vous ! Et l'ensemble de ces organes discutent ensemble, c'est leurs connexions qui nous maintiennent à flot, Mesdames et Messieurs, et je vous le donne en mille, une fois vos poumons purifiés, vous pourrez être sûrs qu'ils ne tarderont pas à s'en vanter auprès du cœur, du cerveau, de l'estomac, et bien d'autres encore !

« Oui nous étions crasseux, oui à cause de nous la bouche toussait souvent et la respiration était courte à chaque effort, mais les choses ont changé les amis ! Aujourd'hui nous sommes purs, aussi purs qu'à l'époque de notre naissance, et nous nous apprêtons à vous montrer de quoi nous sommes désormais capables ! Courir sans s'arrêter dans les bois, rester neuf minutes sous l'eau sans remonter à la surface, rien ne nous est plus impossible ! Alors rejoignez-nous les amis, purifiez-vous également pour qu'ensemble nous puissions atteindre des sommets de performances dont notre corps n'ose même pas rêver ! »

Nos organes, Mesdames et Messieurs, discutent ensemble et bientôt, ce sera votre cœur et votre foie qui souhaiteront être purifiés! Et, tenez-vous bien à vos chaussures, il se trouve que j'ai les produits qu'il vous faut pour y parvenir ! Pour votre cœur, qui est composé de sang, j'ai du sang pur car il a été drainé du corps d'une vierge, descendante directe de la lignée des licornes ! Pour votre estomac, j'ai de l'herbe pure car elle n'a jamais été foulée. Imaginez-vous bien que la Terre est âgée de millions d'années qui ont vu des millions d'êtres la fouler ! C'est donc un véritable exploit, Mesdames et Messieurs, que de trouver de l'herbe sur laquelle personne n'a jamais mis un pied ou deux. Une gageure même! Mais grâce à l'exploitation que je possède, je peux vous assurer que cette herbe est la plus pure que vous puissiez trouver. Regardez sa couleur, ce vert immaculé! Votre estomac en sortira grandi! Enfin, pour votre cerveau qui est la demeure de l'esprit, je vends des idées et des pensées, mais pas n'importe lesquelles car elles proviennent des plus grands hommes que la Terre ait jamais connu, de Jules César le Conquérant en passant par De Vinci et Socrate. Eh oui, la science est parvenue à récupérer l'intrinsèque qualité de leurs facultés mentales. Mais je vois que je vous perds alors retenez juste que le transfert est d'une simplicité enfantine : j'ai ici un petit boîtier contenant les idées de ces génies et ce câble qui y est branché doit être raccordé à votre esprit par votre oreille droite. Une fois le branchement effectué, je n'ai qu'à appuyer sur ce bouton et un flux électrique partira de la boite pour ensuite s'imprégner dans votre crâne. Vous ressentirez une petite secousse mais croyez-moi, le génie que vous deviendrez n'en aura cure ! Alors dites-moi, Mesdames et Messieurs, qui est intéressé à devenir un être supérieur, une pièce indéfectible à cet édifice futur que représente l'humanité renaissante ?

La plupart des spectateurs ne saisissaient que la moitié ou le quart du discours, mais la véhémence avec laquelle Robert proférait ses paroles, sa verve enthousiaste et sa bonhommie naturelle les intriguaient tous.

Mais il ne parvint jamais à vendre sa boite à idées, les gens étaient trop frileux pour se laisser se faire électrocuter le crâne. En revanche, Robert vendit une multitude de ses fioles de renaissance. La seule chose qu'il demandait aux acheteurs était de retourner chez eux et d'attendre une journée entière avant de goûter aux panacées. Il justifiait cette attente obligatoire par le fait que l'air pur gagnait en puissance lorsqu'il était ingéré dans un foyer après une nuit d'accoutumance à cet environnement spécifique. Bien sûr, et le lecteur l'aura compris, cette prescription lui servait uniquement d'opportunité pour fuir le lieu de son méfait. Lorsque les acheteurs se rendaient compte de la supercherie, il était trop tard car Robert était déjà trop loin pour être poursuivi.

— En vlà un qui risque de s'faire lyncher s'il reste toute la s'maine, remarqua Colter.

— Je te le fais pas dire. J'en connais deux qui prendraient bien leur revanche, continua Jack.

— Des amis à toi ? s'enquit Lila.

— Des fertilisés.

— Alors Robert ne risque rien ! lança Lila dans un grand sourire.

Puis elle empoigna la main de sa sœur et tous se dirigèrent vers la grande cour, délimitée par des piquets en bois plantés et reliés par de la corde, qui représentait l'épicentre des festivités. Des stands de restauration y avait été édifiés, ainsi que des stands de jeu, tir, force, où la foule pouvait s'affronter allégrement. Une estrade, sur laquelle le maire d'Omaha, Sylvestre Néville, tiendrait son discours d'inauguration et de clôture du tournoi, et où les récompenses seront remises aux champions, avait été installée en bordure de la cour.

Sylvestre Néville accueillit en grande pompe Raymond Matisse en lui tapant sur l'épaule. Les deux se connaissaient depuis de longues années. Les membres du convoi furent invités à se rendre au campement le plus proche de la cour.

Profitant de ces minutes de logistique qui ne les concernait pas, Freddy annonça au groupe de Jack qu'il comptait les emmener le soir même sur l'île aux requins, un ilot menu situé à quelques coups de rame d'Omaha. Il argumenta ce choix en précisant que cela leur permettrait de visiter l'île puis de revenir à temps afin de profiter des derniers jours du tournoi, les plus intéressants en terme de compétitivité.

— Les premiers jours ne sont qu'affrontements entre futurs champions et rêveurs tenaces. Ces derniers se font ramassés sans fioriture. Aucun suspens. Tandis que seuls les meilleurs sont présents à la fin !

Lila avait accepté avant même l'argumentation de Freddy. Puis ce fut Colter, apparemment sensible à l'entrain ambiant, qui acquiesça en bougonnant un inintelligible consentement. La foule grouillante revigorait ses sens rongés par l'exil. Marguerite et Jack, pour qui le tournoi tenait plus lieu de prétexte que d'intérêt, approuvèrent à leur tour.

Freddy se chargea efficacement de l'organisation, bien aidé par les employés de Burger sur place. Après avoir contemplé la foule prendre possession des commodités, le groupe se rendit à la jetée pour embarquer. Jack et Colter se partagèrent les rames. La traversée jusqu'à l'île durait environ un quart-d'heure. Le temps pour eux d'admirer cet étroit bout de terre surplombé par une colline qui montait à pic pour leur présenter un piton rocheux, dénudé et abrupte. Ses pieds se cachaient derrière une multitude d'arbres dont certains parvenaient à creuser leurs racines à un niveau plus élevé que les autres, mais jamais assez hauts toutefois pour toucher les quelques buissons épars qui garnissaient le sommet. Sur les rivages, l'eau translucide permettait, au jour, de distinguer les essaims de poissons rouges et bleus qui nageaient paresseusement dans les faibles profondeurs. L'île possédait un charme simple. Rien ne dénotait ce tableau paradisiaque peint avec un minimum de composition : sable jaune, végétation verte et roc gris aux nuances bleues qui pointait au milieu de l'île tel le doigt d'un ancien géant de pierre. Curieux que les indiens ne l'aient pas baptisé le doigt d'Hota pensa Lila.

Toutefois, la terre idyllique ne doit pas faire oublier la prudence qui s'impose en mer. Nous déconseillons même aux plus téméraires de s'y rendre à la nage car dans ces eaux vivent de nombreux requins que les plus hardis pacificateurs n'auront su faire fuir plus loin dans les profondeurs océaniques. Lors de sa traversée, le groupe a eu d'ailleurs l'occasion de voir apparaitre plusieurs ailerons dont la taille n'incitait pas à la moquerie.

Alors qu'ils mettaient pied à terre sur du sable fin et jaune qui leur procura un sentiment immédiat de sécurité, Lila eut une mine dubitative.

— Comment se fait-il que cette île porte le nom d'île aux requins ? Alors que s'il y a bien un endroit dans les environs où il n'y pas de requins, c'est sur cette île !

Freddy répondit qu'en effet, c'était une bien drôle d'idée et qu'il aurait mieux valu la dénommer le « refuge », ou plutôt renommer la mer de l'ouest par la « mer aux requins » mais que, comme toujours dans ce genre de cas, la seule personne auprès de laquelle on pouvait se plaindre était l'auteur inconnu de ces noms illogiques. Puis, toujours dans son rôle de guide, il expliqua que les baigneurs n'avaient toutefois aucune raison de s'inquiéter car les requins ne s'approchaient jamais des plages.

Ils marchèrent une dizaine de minutes avant de parvenir à l'unique village central de l'île, Igiti. C'était un conglomérat hétéroclite composé d'un saloon-hôtel, d'un grand magasin de matériel de pêche et de randonnée et de plusieurs chalets, l'ensemble construit en rond permettant de dégager une place centrale. Englouti par une forêt touffue, les toits et murs des bâtiments étaient chatouillés par les feuilles des végétaux. Seule, au milieu, la cour circulaire était dépourvue d'arbre. Même lorsque l'on se trouvait à quelques pas des habitations, la densité broussailleuse empêchait de voir les chalets. C'était un havre paisible où seuls quelques habitants et les voyageurs de passage se partageaient les plaisirs propres à l'environnement insulaire.

Les installations de la compagnie de Burger, dans lesquelles le groupe dormirait, se trouvaient à quelques pas d'Igiti. Ces baraquements, érigés entre et sous les arbres, convenaient parfaitement à Jack. Construits en bois, simples et usuels, ils permettaient de dormir à l'abri tout en se sentant proche de la nature.

Fourbus par leur voyage, tous allèrent se coucher juste après avoir dîné un bon sanglier broché. Lila et Marguerite d'un côté, Jack et Colter de l'autre. Freddy quant à lui s'installa dans le dortoir prévu pour les membres du personnel, non sans leur vanter une dernière fois les charmes du lieu et la modernité des installations qu'on leur proposait.

Le lendemain se passa sans évènement majeur. Le soleil et le cadre paradisiaque permettaient à tous de reprendre des couleurs de peau et d'esprit. La scène paraissait surréaliste pour Jack. Comment pouvait-il s'amuser à pécher, à randonner, à admirer les oiseaux colorés de l'île alors qu'il était poursuivi, traqué par la furie de Morgan ? Il n'avait d'ailleurs toujours pas de plan quant à la suite des évènements, et il savait parfaitement que ce jeu du chat et la souris ne pourrait durer indéfiniment.

Le soir, une clameur qui provenait d'Omaha parvint jusqu'à leurs oreilles. Freddy se fendit d'une remarque.

— Les premiers participants sont moins bons certes, mais, comme vous pouvez l'entendre, au moins leur piètre niveau est compensé par la ferveur indéfectible de la foule.

Il leur précisa le lendemain qu'hormis le dernier soir du tournoi, les prochaines soirées seraient plus calmes à Omaha afin de respecter le repos des participants.

Le troisième jour sur l'île, alors qu'ils empruntaient l'unique sentier qui bordait la colline et qui permettait de monter jusqu'à une certaine hauteur, après quoi la pente devenait trop raide, Marguerite aperçut deux barques se rapprocher de l'île. Bien que les visites de l'île ne fussent pas rares, un frisson animal parcourut l'échine de Jack.

Ils firent demi-tour après avoir atteint le point culminant de la promenade. Le soleil déclinait et allongeait ses rayons oranges sur le sommet de la colline. Le crépuscule prenait petit à petit ses marques pendant que le groupe redescendait en direction du village. Les bruits se faisaient plus sourds et la température plus fraîche. Les ombres élancées des arbres immobiles les accueillirent alors qu'ils dépassaient les bâtiments à la lisière d'Igiti. Une torpeur semblait avoir saisi les éléments car seul le silence occupait la place ronde inhabituellement délaissée par les habitants.

Mut par son instinct, Jack s'arrêta et leva le bras pour intimer ses amis à l'imiter. Mais Freddy, qui les précédait, n'avait pas vu son geste et continua à marcher tranquillement. Lila, en alerte suite au comportement de Jack, héla le guide.

— Freddy ! chuchota-t-elle bruyamment.

Son appel lui sauva probablement la vie car, alors qu'il se retournait, une détonation retentit et résonna par écho sur les flancs nus du piton rocheux. La balle effleura l'épaule de Freddy qui n'en demanda pas plus pour se précipiter en arrière vers Lila. Jack dégaina et tira au hasard dans la direction de la source du tir. Colter en fit autant lorsque sortirent du saloon et du magasin quatre hommes armés et menaçants.

Jack leur tira dessus au jugé en criant vers Marguerite, Lila et Freddy « Vite ! Au bateau ! ». Ils ne se firent pas prier et coururent vers la plage.

C'est à ce moment que Jack vit Morgan apparaitre sous le préau du saloon. Il s'agissait donc d'une embuscade. Heureusement qu'ils n'étaient pas allés plus loin sur la place, sinon leurs opposants n'auraient fait qu'une bouchée d'eux. Le Capitaine vociférait contre ses hommes.

S'ensuivit une course poursuite à travers le bois. Jack et Colter se relayaient pour maintenir à distance leurs ennemis. Ce manège dura une dizaine de minutes, le temps pour les deux hommes de rallier leurs compagnons qui les attendaient dans une barque prête à partir. Un homme ensanglanté se trouvait couché sur le sable, la tête à moitié enfouie. Marguerite fit un signe à Jack qui signifiait qu'il s'agissait d'un des hommes à Morgan posté là pour garder leurs embarcations. Sauf qu'il n'avait pas été assez prompts lorsque déboulèrent les sœurs Johnson et Freddy.

La distance qui séparait les embarcations de l'orée de la forêt était assez grande pour décourager leurs poursuivants de s'y aventurer à découvert tant qu'ils étaient à portée de tir. Ces quelques secondes leur seraient éventuellement salvatrices. Néanmoins les pensées de Jack se tournaient vers l'avant plutôt que l'arrière car il était probable que Morgan ait demandé à une partie de ses hommes de rester à Omaha afin de les accueillir comme il se devait s'ils parvenaient à s'enfuir de l'île sains et saufs, ce qui, par chance, était le cas.

Marguerite et Colter en étaient arrivés à la même conclusion. Il fut toutefois décidé de continuer à ramer vers Omaha. Jack avait compté environ sept opposants sur l'île, Morgan inclus. Le contingent en charge de l'accueil devait certainement être plus faible. Quant à continuer à ramer plus loin qu'Omaha, il n'en était pas question car leur force diminuerait plus rapidement que celle de l'embarcation qui les suivait au loin.

Jack était posté à la proue pour guetter d'éventuels agresseurs sur la rive tandis que Colter et Freddy ramaient. Ce dernier, entre sa blessure par balle, même légère, la fuite vers la plage et la poursuite qui débutait devait être bien abasourdi. Jack se retourna et constata qu'il ne rechignait toutefois pas à la tâche. Lila devait avoir trouvé les bons mots pour le motiver. Depuis Monterry les deux n'avaient cessé de se rapprocher. Il était évident que Freddy tenait beaucoup à Lila. Sa manière frénétique de ramer le prouvait d'ailleurs, il souhaitait éloigner la jeune sœur le plus possible du danger.

— Pas sûr qu'il ramerait avec autant d'application s'il savait ce qui nous attendait, pensa Jack.

Un cri de détresse loin derrière figea un instant les passagers. Malgré l'obscurité de plus en plus épaisse, Jack distingua, par sa stature, Morgan debout dans la barque. Il venait de balancer par-dessus bord l'un de ses hommes qui se débattait désormais pour rattraper l'embarcation, tout en appelant à l'aide.

— Voilà donc le pauvre malheureux qui nous a tiré trop tôt dessus à Igiti, songea Jack. A cause de lui et son impatience, Morgan n'aura pas pu nous attraper et il lui fait maintenant payer.

D'autres cris de peur puis de souffrance fendirent les airs et les cœurs. Les requins passaient à l'attaque. Un dernier râle déformé par la douleur se fit entendre puis un silence lugubre s'abattit, uniquement rompu par le claquement des rames sur la surface plane de l'eau noire et, encore quelques moments dispersés, par des clapotis provoqués par des remous sauvages.

La chance est avec nous, pensa Jack. En effet, l'épaisseur de la nuit empêchait quiconque de voir à plus d'une encablure. Même si les lumières d'Omaha éclaircissaient la plage en elle-même, leur barque demeurerait invisible assez longtemps pour leur permettre d'approcher sans être vus. Ils accostèrent à l'endroit qui leur paraissait le plus proche de l'enclos où paissaient leur chevaux. Ils s'y rendirent en courant tout en scrutant les environs pour repérer d'éventuels ennemis. Hormis quelques badauds errants sans but dans les rues et les travées des campements, ils n'aperçurent personne. Peut-être y'en avait-il plus d'encore éveillés mais la nuit les rendait invisibles.

Les chevaux furent emmenés à côté de la baraque dédiée à l'entreposage des selles. Jack fut content de constater qu'Amon et ses semblables ne bronchaient pas. Tout se passait dans une bulle feutrée, prestement et sans heurt. Ils avancèrent minutieusement sur quelques centaines de mètres vers l'est avant de bifurquer vers le sud. Aucune trace des hommes de Morgan. Mais Jack ne se réjouissait pas trop vite. Même s'ils parvenaient à quitter les lieux cette nuit, le Capitaine saurait les pister demain. Leur avance de quelques heures était appréciable mais pas confortable.

26. Le sable et l'ivoire

Après deux heures de fuite silencieuse, les sens aux aguets, Marguerite ordonna à la troupe de s'arrêter afin que chacun puisse enfin se reposer. Il était de toute manière dangereux de poursuivre de cette manière dans une purée noire insondable. Colter prit le premier tour de garde. Ils décidèrent de ne dormir que trois heures afin de ne pas trop amoindrir leur avance.

Freddy, qui prit le dernier tour de garde, réveilla ses compagnons un par un, une main sur l'épaule en finissant par Lila. Plus loin au nord une lueur rouge venait gratter les pieds obscurs de la nuit. Jack comprit immédiatement de quoi il retournait. Morgan et ses hommes, après les avoir recherchés plusieurs heures à Omaha, avaient compris qu'ils ne les retrouveraient pas là-bas. Alors ils avaient décidé de mettre le feu au village, par frustration. Le sommeil des victimes couplé à l'effet de surprise leur avait sûrement permit d'agir en toute impunité sans rencontrer d'opposition de la part des habitants ou même des membres des trois campements, pourtant nombreux.

Freddy eut un mouvement de révolte et voulut retourner à Omaha pour aider les pauvres gens mais Colter le retint. Lila restait muette, l'émotion la submergeait. Marguerite sentit sa sœur sur le point de craquer et alla la prendre dans ses bras.

— Tout ça, c'est de notre faute, renifla la plus jeune des sœurs tandis qu'elle fourrait sa tête dans le cou de son aînée.

Freddy rejoignit Lila pour tenter de la réconforter. Jack et Colter savaient que d'une certaine façon, elle avait raison. John se fendit d'un « enflure de fils de chien... » empli de colère et de ressentiment. Jack acquiesça, les pensées du vieux rejoignaient les siennes. Il était temps d'en finir, de terminer ce duel à distance transformé en mascarade sanglante par

Morgan. Sans le moindre scrupule, il mettait à feu et à sang la région pour leur mettre la main dessus. Il fallait faire quelque chose, autre chose qu'une fuite déjà trop longue. Mais à cinq, un si faible chiffre face aux Morganistes, il leur était pour le moment impossible d'affronter ouvertement l'organisation du Capitaine.

Marguerite proposa d'aller trouver le Colonel Smith et de l'obliger à prendre ses responsabilités. Jack, qui avait eu la même idée, approuva. L'équation était simple. Face au nombre, ils avaient besoin d'une force armée conséquente, le Colonel et sa garnison représentaient donc la solution toute trouvée. Colter, dont la première pulsion l'envoyait à Omaha, non pas pour aider ses habitants mais pour dézinguer une bonne fois pour toute Morgan, grommela des paroles inintelligibles avant de concéder qu'il s'agissait de la meilleure option.

Lila exprima alors ce qu'elle avait sur le cœur depuis la mort de Violette, à Mercury. Même si sa volonté avait toujours été de venger son père, puis de rester auprès de ses sœurs pour les épauler, elle savait désormais que ce mode de vie ne coïncidait plus avec ses convictions. Elle avait toujours souhaité aider son prochain, s'opposer à l'oppresseur, mais pas au prix d'un village entier réduit en cendres.

Freddy, qui lui avait pris la main pendant qu'elle parlait, soutenait Lila d'un regard qu'on aurait pu traduire par « quel que soit votre choix, je vous suivrai ». Malgré les protestations, plutôt faibles il faut le dire, de Marguerite, il fut décidé qu'après s'être assuré que Morgan et ses hommes ne pourraient plus les suivre, Lila et Freddy se sépareraient du groupe tandis que les trois autres continueraient vers la garnison du Colonel.

Les premières lueurs de l'aube apparurent sur la plaine aride. Le groupe reprit sa route en longeant la mer de l'ouest qui frappait le sol de ses vagues écumeuses. Aucun ne se retourna pour contempler la fumée qui s'envolait au-dessus des collines, plus loin au nord.

Ils arrivèrent à Asha le soir suivant. Ils y passèrent une nuit mouvementée avant de reprendre la route vers l'est. Ils eurent à monter une haute dune de sable. Jack pensait que s'ils franchissaient cet obstacle, ce qu'uniquement une infime partie des Casanoviens tentaient d'accomplir tant les risques d'échec, voire d'ensevelissement, étaient grands, ils pourraient échapper aux pisteurs de Morgan. Le vent se chargerait d'effacer leurs traces dans le sable.

L'entreprise fut menée avec ce mélange imbattable d'intelligence et de prudence. Les chevaux s'étaient montrés particulièrement efficaces malgré le sol meuble. Ils parvinrent à Asnata deux jours plus tard. Toujours pas de traces de leurs poursuivants mais maintenant que la dune avait été franchie, il était probable que seules les étoiles fussent les témoins de leur fuite.

Asnata, plus qu'un village, était un regroupement de quelques huttes construites en bois clair qui se confondaient dans le paysage. Il y était interdit de fumer car le climat était si sec qu'une simple étincelle pouvait embraser l'ensemble en une seconde. Le sable et la poussière recouvraient chaque objet et bâtisse. Le peu d'hommes qui y vivaient avaient la peau tannée et de profondes rides sillonnaient leur visage tambouriné par les rayons du soleil. La chaleur accablante terrassait le peu d'énergie qu'il restait dans leurs maigres muscles. Leur esprit vaporeux lézardait paresseusement dans des rêves de fraicheur et de lacs gigantesques où l'eau ne manquait jamais.

De loin il était difficile de repérer ce hameau qui revêtait les mêmes couleurs que le désert qui s'étendait derrière, Ihaldo, également appelé désert de la mort par les indiens. Jack et les siens firent le plein d'eau et de nutriments nourrissants et faciles à transporter car ils s'apprêtaient à traverser cette étendue de buttes et collines de sable et de vallons au sol rêche et aride.

Sur les recommandations du marchand qui leur avait vendu ces biens, tous achetèrent et attachèrent un large foulard autour de leur nuque de manière à recouvrir leur nez et leur bouche. Seul le vent les accompagna de temps à autre dans ce lieu où rien de haut ne poussait hormis quelques cactus têtus. Des bruits secs se faisaient entendre lorsque les scorpions fuyaient à leur approche.

Les périls d'une telle traversée étaient connus de tous parce qu'il était facile de se perdre dans une telle étendue ocre où, hormis les étoiles la nuit, rien ne permettait de se repérer. Toutefois Jack y avait déjà bivouaqué lors de ses jeunes années et il savait qu'il reconnaîtrait certaines mesas, chacun possédant des formes caractérisées, qui lui permettraient de s'orienter. Ce choix de traverser ce dédale sableux augmentait de surcroît leur chance de distancer voire de perdre Morgan.

Plusieurs jours passèrent dans un silence à la fois soucieux et admiratif. Soucieux à cause de la chaleur qui écrasait les corps qui ne pouvaient que se courber et se plier en-dessous de cette lourde chape de plomb, à cause de l'horizon flouté qui ne cessait de reculer pour se maintenir dans des illusions inatteignables, à cause des relents de lutte quotidienne qui émanaient de chaque brin d'herbe, chaque plante, chaque animal, chaque être vivant en fait, qui bataillaient durement, heure après heure, afin de survivre au climat inclément. Ces sourdes fatalités alourdissaient le fardeau de la vie tout en imposant aux voyageurs une sorte de devoir envers le deuil.

Sans compter le squelette presqu'entièrement enfoui sur lequel tomba le groupe. De loin, le crâne dégarni brillait et trompait l'œil avisé qui croyait apercevoir un quelconque diamant ou peut-être un morceau d'ivoire, vestige séculaire d'un animal qui vivait là longtemps avant l'arrivée des colons. Mais la tromperie ne passait pas le test de l'inspection rapprochée. L'avant-bras et la tête éburnéens qui surgissaient de la terre étaient humains. Ainsi que Colter le fit remarquer, ces os ensevelis appartenaient probablement à une victime de Morgan qui aimait, lorsqu'il était dans le coin, venir y enterrer ses ennemis et les regarder lentement et interminablement suffoquer sous l'indifférence d'un soleil impitoyable.

Mais cette vision désenchanteresse ne parvint pas à totalement occulter l'admiration du groupe pour la beauté du paysage qui incitait, malgré sa sauvagerie, à la contemplation. Les formations géothermiques, par leurs formes de tables, de tours, d'épées pointées vers le ciel, et leurs couleurs mordorées rechampies par une terre tantôt flavescente, tantôt verdâtre, conféraient un sentiment de petitesse à quiconque avait la chance de pouvoir admirer cette toile naturelle. Les dunes de sable en forme de vagues chatouillaient de leur écume poussiéreuse l'horizon que la chaleur faisait danser dans des ondes bleues, jaunes et lointaines.

Le voyage dura plusieurs jours chauds, plusieurs nuits froides. Aucun des compagnons ne se plaignit, hormis Colter, naturellement, qui pestait contre les grains de sables qui, malgré son foulard protecteur, s'insinuaient assidûment dans ses narines et sa bouche.

— P'tain de sable ! Qui est l'salaud qu'a osé inventer un truc pareil ? De la merde en miette q'vous agresse sans répit ! V'la c'qu'est ce p'tain de sable !

Ces invectives distrayaient Lila, Marguerite et Jack. Ils avaient toujours cru jusqu'alors que le père Johnson était le plus grand et généreux râleur de Casanova. Mais Colter s'avérait être un concurrent talentueux.

La séparation de Lila, accompagnée de Freddy, était actée. Marguerite, Jack et Colter savaient où ils devaient se rendre, ce qu'ils avaient à faire. Une atmosphère paisible s'installa, due au fait qu'ils ne fonçaient plus dans un lendemain inconnu, due également à l'immobilité apaisante d'un paysage millénaire. Marguerite s'autorisa même à plaisanter avec Jack à propos du peu de nourriture qu'il avait acheté à Asnata.

— Connaissant les excès de ton appétit, je pensais que tu te serais fait des réserves plus conséquentes !

— Je sais, je sais. Je fais ça pour Amon, il est content, je suis moins lourd du coup, répondit Jack en caressant la crinière de son cheval et en lançant un regard déridé à l'aînée des Johnson.

— Les choses changent alors, continua Marguerite. Je me rappelle de l'époque où tu ne tenais pas en place tant que ton estomac n'était pas rassasié. N'était-ce pas Marie qui t'en avait fait le reproche d'ailleurs un jour, alors qu'elle te cherchait partout dans Pakuchi pendant que tu te faisais un bon gueuleton ? « Et voilà, on s'absente cinq minutes et on se fait remplacer par un steak » t'avait-elle reproché ! D'ailleurs qu'est-ce qu'elle devient Marie ? Je l'aimais bien celle-là.

Jack aussi l'avait bien aimé, Marie. Un jolie brin de fille, joviale, dynamique, pas peureuse pour un sou et plutôt douée au lit. La seule femme qui ait jamais réussi à percer, en partie, le blindage qui protégeait le cœur de Jack. Mais il ignorait totalement où elle pouvait bien se trouver désormais. Elle l'avait quitté des années auparavant, lassée par son entêtement à vouloir retrouver le responsable du meurtre de sa famille. Malgré son fort caractère, l'amour qu'avait ressenti Marie n'avait pu tenir la distance face à l'obstination égoïste de Jack.

— Je n'ai jamais autant aimé quelqu'un que toi. Mais il faut relativiser ça avec le fait que je n'ai jamais autant détesté quelqu'un non plus, lui avait-elle dit le jour de son départ.

Pouvait-il lui en vouloir ? Non, bien sûr que non, il la comprenait. Elle avait fait le bon choix car elle n'aurait hérité que d'un ersatz de vie si elle s'était maintenue à ses côtés.

Lorsqu'ils parvinrent à la frontière du désert, à l'endroit où l'herbe verte combat vaillamment le sable jaune, où les buissons et les arbres trouvent la force de pousser à nouveau timidement, Lila alla trouver sa sœur pour la prendre dans ses bras. Jack et Colter serrèrent la main de Freddy. Ils avaient apprécié sa rapidité d'exécution et sa discrétion sur l'île aux requins et à Omaha, lorsqu'il aurait pu être réfractaire à l'effort et demander des comptes. Lila s'avança vers Jack et l'entoura de bras chaleureux, comme une sœur ferait pour dire au revoir à son frère. Son étreinte à lui, bien qu'il ait toujours été proche de Lila, fut plus froide et distante. Marguerite demanda à Freddy de prendre soin de sa sœur. Il le lui promit en esquissant un sourire confiant.

Lila et Freddy, qui était devenu plus qu'un guide pour la jeune sœur, prirent le chemin de Vallois, vers le nord. Ils se rendraient ensuite à Pakuchi, le village d'enfance des Johnson. A eux de voir lorsqu'ils parviendraient là-bas s'ils souhaitaient rester et s'y installer ou continuer plus au nord vers Monterry.

Les trois autres prirent le chemin de Dourdan, au sud. Ainsi que Jack avait déjà procédé quelques semaines auparavant, ils y embarquèrent sur l'un des bateaux de la Henry Clemens Cie. Toutefois, cette fois-ci, au lieu de naviguer jusqu'à l'embouchure, ils descendirent à Paris, à mi-parcours. De là-bas, ils reprirent leur route à cheval jusqu'à la garnison de Smith. Après moins d'une journée, on devinait les sommets des collines du lac bijou à l'horizon, sur la droite. Cette apparition fit ressurgir le visage d'Auguste Blanchard dans l'esprit de Jack. Marguerite raconta qu'elle et ses sœurs y avaient déjà séjourné et qu'elles avaient adoré ce lieu mais Jack l'écouta distraitement. Le souvenir du lieutenant qu'il avait poussé dans le ravin raviva sa hargne envers le Capitaine. Il touchait enfin au but.

Plusieurs fois durant le trajet les trois compagnons s'étaient retournés pour tenter de détecter un quelconque nuage de poussière au loin, mais rien ne permettait de penser qu'ils étaient suivis. Colter expliqua cette absence de poursuite par la décision que Morgan avait dû prendre à Omaha, après avoir réfléchi aux évènements récents. Par deux fois déjà, à la maison des tortures puis sur l'île aux requins, Jack avait échappé au Capitaine et à ses sbires. Les deux fois parce qu'ils n'étaient pas assez nombreux et avaient agi dans l'empressement. Le Capitaine ne réitèrerait sûrement pas une troisième fois la même erreur en se lançant précipitamment dans une course poursuite incertaine.

A en croire les circonstances, il avait déployé des hommes partout dans la région pour accroître leur chance d'identifier Jack. Toutefois cette division des forces, bien qu'elle lui ait permis de savoir que Jack se rendait à Omaha pour le tournoi des bûcherons, ce qui signifiait que quelqu'un avait dû le reconnaitre à Monterry, cet éclatement avait contraint Morgan à accourir avec seulement une poignée de ses hommes. Insuffisance du nombre, précipitation des actions… Morgan ne répétait jamais les mêmes erreurs. Il y avait fort à parier qu'il était donc retourné à son domaine pour y fomenter un plan infaillible.

En chemin Marguerite, Jack et Colter croisèrent les ouvriers de la ligne ferroviaire, inactifs. La construction semblait avoir été stoppée. Après s'être renseigné, ils apprirent qu'en raison des évènements récents le concours entre St Gilmour et Muddy Town concernant le chemin de fer avait été mis entre parenthèses car, selon les propres mots des deux maires, « la priorité revenait désormais à la sécurité des concitoyens ». Il avait donc été demandé à la majorité des employés de retourner en ville. Et s'il restait encore une dizaine d'entre eux sur place, c'était parce que Gérald Morganfield se montrait méfiant vis-à-vis d'Edouard Montillard qu'il suspectait capable d'engager des hommes pour venir saboter une partie de sa ligne. Les travailleurs faisaient donc maintenant office de gardiens.

Jack et les siens firent ensuite une halte rapide à Stockton pour s'y rafraichir avant de se montrer sous les remparts de la base militaire. Ils y furent accueillis prudemment par les vigiles. Alors qu'ils patientaient sous le porche de l'entrée, en faisant face à une poignée de militaires qui les surveillaient, De La Costa reconnut Jack de loin et alla toquer au baraquement du Colonel. Ils échangèrent quelques mots puis Smith s'avança hâtivement vers les arrivants.

— Soldats, qu'on arrête cet homme, ordonna-t-il d'une voix calme mais ferme en pointant du doigt Jack lorsqu'il fut parvenu à deux mètres de ce dernier.

27. Le réveil de la loi

Surpris mais conscient qu'il lui valait mieux coopérer plutôt que résister s'il désirait mieux se faire entendre par la suite, Jack ne broncha pas et se laissa menotter puis escorter dans une cellule dont la fenêtre donnait sur la cour. Il vit Marguerite et Colter se révolter contre l'iniquité de la situation mais ils se calmèrent bientôt. Que ce fut par l'argumentaire du Colonel, par menace ou par imitation de sa propre coopération, Jack ne put le dire.

Il ne resta toutefois pas longtemps dans le flou puisque Smith vint le voir dans sa cellule quelques minutes après son enfermement. Et ce qu'il lui dit coïncidait avec sa réflexion. Morgan avait bien fait son boulot car Jack se retrouvait accusé d'être responsable de la mort des quatre lieutenants qu'il avait farcis. Le Colonel ajouta qu'en l'absence même de ces meurtres, il aurait arrêté Jack car, tant qu'il parcourait librement Casanova, cette dernière et ses habitants étaient en danger faute au trouble qu'il provoquait à cause de son combat avec Morgan. Jack allait être conduit à la prison de St Gilmour pour ensuite y être jugé.

Le Colonel conclut qu'il était loin d'être ravi de cette situation et qu'il aurait préféré trouver un arrangement différent mais son devoir lui imposait ses actes. Puis, à demi-mot, il avoua à Jack qu'il tenait la suppression des lieutenants comme un bienfait et qu'il ne pouvait tenir Jack entièrement responsable des nuisances survenues lors des semaines précédentes. Cette confidence impromptue étonna Jack tant elle lui semblait hors de propos de la part d'un Colonel vis-à-vis d'un homme qu'il venait d'arrêter.

Sa surprise n'empêcha pas Jack de s'engouffrer dans la brèche en intimant le Colonel d'écouter ce qu'il avait à dire. Ce dernier ne se fit pas prier et, dans une attitude droite du militaire prêt à répondre à toute situation, il fit un signe de la tête à Jack qui signifiait « allez-y ».

Jack eut alors conscience qu'il ne pouvait effectivement se soustraire complètement aux évènements passés. Il trouva donc préférable de faire le récit exhaustif de son existence, de la mort de sa famille jusqu'à la fuite depuis Omaha, afin que le Colonel puisse mieux saisir les tenants et aboutissants de toute l'affaire. Toutefois Jack garda pour lui les raisons de sa visite ce jour-là. Le haut-gradé avait gardé le silence jusqu'à la fin, montrant des signes d'intérêt particulier lorsque Jack évoqua le discours à St Gilmour.

Jack regardait le Colonel dont l'immobilisme témoignait d'une intense réflexion.

— Qu'attendez-vous de moi ? demanda-t-il fermement au bout d'une minute.

Il n'était pas dupe. Jack n'était pas venu se rendre. Il souhaitait quelque chose. Bien qu'il en devinât la nature, le Colonel ne voulait pas être celui qui mettrait le sujet sur le tapis.

— Que vous leviez votre armée contre celle de Morgan.

Nous y voilà ! pensa le Colonel. Cette idée lui avait bien entendu déjà traversé l'esprit, mais il s'était refusé une telle intervention musclée car il redoutait les dégâts que pouvaient engendrer un tel conflit ouvert. La venue de Jack tombait à pic car, lorsqu'il aura été jugé et condamné, il y avait fort à parier que Morgan se calmerait et qu'il serait alors possible de passer un accord à l'amiable pour éviter tout autre débordement.

Bien sûr, il était hors de question de laisser le Capitaine agir en toute liberté par la suite, car lui aussi devait être soumis aux sanctions de la loi. Le Colonel eut un goût amer dans la gorge lorsqu'il se remémora le récit de l'estafette quant à l'incendie qui emporta Omaha…cela avait été une panique générale. Les trois convois étaient repartis cahin-caha vers leur ville respective pour tenter d'échapper à la colère de Morgan. Tous avaient colportés les mêmes informations, chaque récit coïncidait avec celui de l'estafette, le Capitaine avait détruit une ville entière, sans parler de ses tortures à Monterry pour retrouver Jack, sans parler de… Le Colonel cracha par terre, ce qu'il ne faisait jamais. Oui Morgan serait également jugé. Mais il fallait tout d'abord le calmer, l'amener à coopérer, un tant soit peu.

Jack fut transporté dans un wagon blindé jusqu'à la prison de St Gilmour trois jours après. Marguerite et Colter, grâce à leur intelligence et le discours qu'ils tinrent au Colonel, réussirent à s'imposer dans le convoi du prisonnier, sans obtenir toutefois l'autorisation d'entrer en contact avec lui. Amon était avec eux. Après plusieurs heures de route somnolente, alors que la surveillance des gardes s'émoussait, et sous le caprice des cahots dus aux cailloux du chemin, Marguerite s'approcha du fourgon et à travers les barreaux voulut réconforter Jack en lui disant de garder espoir. Jack lui sourit bien qu'il ait toujours abhorré ce mot parce que, d'après lui, l'espoir est l'excuse de ceux qui ont déjà renoncé à leur présent.

Hors il n'en était pas là. Même si son récit et sa plaidoirie s'étaient avérés insuffisants pour convaincre le Colonel de la nécessité qu'il prenne les armes avec ses soldats, sa captivité ne le décourageait aucunement. Au contraire, bien que les circonstances fussent différentes de ce qu'il s'était imaginé, cette prise de position de la part du Colonel contraignait ce dernier, à minima, d'agir et de ne pas oublier ses responsabilités. Agir, pensa Jack, voilà tout ce que je demande. Que vous agissiez Colonel Smith.

Désormais Smith connaissait l'identité de Jack. Désormais Smith ne pouvait plus ignorer les agissements de Morgan. Désormais Smith prenait part au conflit. Jack, encore une fois, touchait au but.

Le jugement devait avoir lieu une semaine après l'arrivée du prisonnier à St Gilmour. Jack reçut la visite peu courtoise d'Edouard Montillard. Sans se connaître, les deux hommes se haïssaient. Le maire voulu rencontrer l'homme qui donnait tant de fil à retordre au Capitaine. Jack ne pipa pas un mot. Son regard noir animal fut la seule réponse qu'il adressa aux questions et menaces de Montillard.

Le Colonel alla également le voir deux jours après leur arrivée. Il échangea quelques amabilités de circonstances avec le Marshal Hyde, puis vint se tenir droit devant la cage de Jack. Il sembla jauger ce dernier du regard. Peut-être hésite-t-il à me jeter nûment à la potence, pensa Jack. Après tout, je pourrais lui être très utile en m'évertuant dans une vendetta personnelle contre le tyran. Ni vu ni connu, il me relâche et je lui permets de venir à bout de Morgan sans qu'il ait à lever le petit doigt. Mais les risques trop grands et cette méthode trop opposée à sa droite morale rendaient l'idée improbable.

Marguerite et Colter eurent le droit de rendre visite à Jack. Ils l'informèrent que le Capitaine avait annoncé qu'il assisterait à sa comparution. L'information n'avait rien de surprenant car Morgan était un plaignant prêt à incarner sa propre justice si le verdict de cette dernière s'opposait au sien.

Le jour fatidique, une foule imposante s'agglutina dans les rues de St Gilmour. N'avaient-ils jamais vu un homme se faire pendre ? se demanda Jack. En réalité, la présence de tous était motivée par une curiosité moins lugubre. Tous voulaient voir qui était ce Jack qui osait s'opposer à Morgan. Ceux qui avaient encore une mémoire se demandèrent également s'il s'agissait du même homme qu'ils avaient vu, quelques mois auparavant, tuer le lieutenant lors du duel dans les rues. De tels personnages étaient toujours accompagnés par la promesse d'un spectacle grandiose et personne ne voulait rater ça.

Des nuages gris et bas cachaient le soleil, un orage semblait se préparer. Jack sentit une tension inhabituelle habitée chacune des personnes qu'ils croisaient : le Marshal qui était venu ouvrir la cellule, l'adjoint qui le pointait avec son fusil, le Colonel Smith qui attendait à la porte et même si ce dernier semblait serein, sa nervosité n'échappa pas à Jack.

— J'ouvre la marche. Suivez-moi dans une minute, ordonna-t-il au Marshal sur un ton qui ne souffrait aucune contestation

Après avoir été menotté, les mains devant lui, Jack fut conduit dehors. Marguerite et Colter se trouvaient au premier rang des badauds. Dans le brouhaha général, on distinguait parfois des insultes adressées à Jack. On le traitait de fauteur de trouble, d'assassin et fou dangereux. Mais que serait un jugement sans dissonance ? On pouvait également entendre de temps en temps des exclamations d'encouragement et de soutien envers Jack. « Tiens bon mon gars ! » ou « T'as eu raison de faire ça ! » ou encore « Pour une fois qu'un homme a des couilles, il faut qu'on lui fasse passer la corde au cou ? »

Plus le cortège s'approchait du tribunal, plus la clameur augmentait. La foule, qui comprenait désormais qu'elle était divisée entre ceux qui souhaitaient punir l'accusé et ceux qui le soutenaient, commença à devenir plus bruyante et mouvementée. Les gens se rentraient dedans, jouaient du coude, çà et là on pouvait voir deux individus en venir aux poings. Même si les adjoints du Marshal et les soldats du Colonel se chargeaient de les calmer immédiatement, Jack sentait qu'il n'en faudrait pas beaucoup plus pour faire exploser cette bombe humaine.

L'attaque eut lieu à ce moment précis. De part et d'autre du cortège, en provenance de l'arrière de la foule mais aussi en plein milieu de celle-ci, des cris et des coups de revolver retentirent violemment. Le Colonel, peu habitué à se retrouver pied à terre face à une agression, courut jusqu'au perron surélevé du tribunal afin de comprendre et d'évaluer la situation. Ce qu'il vit, et que devinèrent Jack, Marguerite et Colter, ne lui fit pas plaisir. Une vingtaine d'hommes tiraient en l'air, frappaient en tous sens, braillaient des menaces et insultes, afin de disperser dans un désordre sans nom la foule interloquée. Il tenta de se faire entendre par ses soldats afin de répondre du mieux possible au capharnaüm. Mais ses cris restèrent inaudibles et le désordre régna sans pitié.

Le Marshal, qui tenait Jack par le bras, prit une balle à l'épaule gauche. Sa main droite relâcha son étreinte pour appuyer sur la blessure. Hébété, Hyde se fit violemment poussé sur le côté. Il tomba sur le sol, son adjoint accourut pour l'aider. La cavalcade des jambes et des corps les cachèrent alors aux yeux de Jack. Au même moment, ce dernier sentit deux paires de bras l'attirer brutalement en arrière. Puis des mains puissantes le maintenaient au sol tandis qu'il se débattait du mieux possible. Quelqu'un, une sorte de géant sorti d'un conte des anciens temps, tentait de lui mettre une cagoule sur la tête.

Trois coups de feu proches explosèrent alors et un poids qui lui sembla énorme s'affala sur Jack qui ne distinguait quasiment rien car la cagoule lui pendait devant les yeux. Ses bras étaient bloqués par le corps du colosse qui reposait sur lui, inerte et dégoulinant.

D'autres bras soulevèrent ce corps pour le libérer. Il entendit une voix féminine lui ordonner de se relever puis de la suivre. Jack reconnut la longue chevelure blonde et ondulée de Marguerite et lui emboîta le pas. Tout autour de lui tournait à une vitesse ahurissante. Impossible de distinguer nettement un visage ou une voix.

Marguerite fendait la foule en direction de la prison. Elle épiait chaque mouvement douteux ou un peu trop précipité, ce qui n'était pas une mince affaire face au déchaînement de la situation. Elle ne put voir débouler sur Jack un homme avec une longue barbe. Il arriva lancé, sur le côté, et s'était baissé juste avant de toucher Jack de manière à lui asséner un coup de crâne dans le torse. Le souffle coupé Jack tapa du poing mais ne toucha que de l'air. Une autre détonation retentit. Colter, qui suivait Jack, venait de tirer sur l'homme hirsute. Ce dernier poussa un râle féroce de douleur avant de trébucher au sol. Il saisit la cheville de Jack mais un coup de talon sur la bouche par ce dernier lui fit lâcher prise. Les lèvres ensanglantées, il jeta un regard noir vers Colter avant que ce dernier ne l'assomme avec la crosse de son revolver.

Jack entendit plusieurs fois « Il est là-bas ! Choppez-le ! » mais il ne pouvait reconnaître les voix. Il semblait toutefois clair que ces indications étaient destinées aux hommes chargés de l'attraper.

Heureusement il bénéficiait de la protection, involontaire, de la foule qui l'entourait. Chacun tentait de trouver un refuge rapidement, de déguerpir de cette rue devenue dangereuse, de se terrer à l'abri d'une porte, d'une carriole, d'un tonneau ou de tout autre objet assez grand pour pouvoir se cacher derrière, mais le nombre d'individus dépassaient largement le nombre de ces planques. Ainsi plusieurs personnes se faisaient refouler et couraient alors dans une autre direction choisie au hasard.

Les maisons et commerces les plus proches se remplissaient à grande vitesse. Marguerite, Jack et Colter atteignirent enfin la prison dans laquelle ils se réfugièrent. Le Marshal arriva quelques secondes après, suivi de son second. Une minute plus tard, Smith, qu'on avait entendu hurler des ordres à l'extérieur, débarqua telle une tempête humaine. Il barricada la porte puis se tourna, le visage rouge de fureur, vers Jack.

Hors de lui, il se jeta sur lui et le plaqua contre un mur. Les yeux révulsés, il resta silencieux quelques secondes, les lèvres tremblantes dans un rictus méchant. Il sembla que s'il avait pu descendre Jack, là, tout de suite, il l'aurait fait. Il l'accusa ensuite d'un ton méprisant d'avoir fomenté cette tentative d'évasion, qu'il avait la mort de ses soldats sur la conscience.

Par la fenêtre, on pouvait effectivement distinguer une douzaine de cadavres d'hommes, certains habillés normalement en cowboy, d'autres revêtus de la tenue militaire. Pendant que Jack et ses deux compagnons rejoignaient au galop la sécurité de la prison, plusieurs militaires avaient tenté d'appréhender les agresseurs. Ces derniers avaient alors ouvert le feu. Une courte mais fatale opposition avait eu lieu entre les deux camps avant que les soldats ne parviennent à faire fuir les quelques antagonistes qui restaient.

Le Marshal intima au Colonel de se calmer et lui demanda de lâcher Jack, que ce dernier allait être de toute manière jugé pour répondre de ses crimes. Alors qu'il s'apprêtait à répliquer de manière cinglante, Smith fut interrompu par la chute de Colter sur le sol. Touché au mollet et au bras, il avait perdu du sang abondamment et s'était évanoui.

On fit appeler le médecin. Celui-ci dût être rassuré sur la sécurité retrouvée de la rue avant d'accepter. Après avoir demandé qu'on allonge le patient, ce qui fut fait sur le lit d'une des cellules, il examina Colter et diagnostiqua qu'il n'était pas en danger. Il pansa ses blessures, lui rafraîchit le front à l'aide d'un tissu mouillé, puis lui mit du whisky dans la bouche. John se réveilla en sursaut. Affaibli mais conscient, il remercia le docteur avant de s'appuyer sur le mur derrière lui pour se relever à moitié.

Profitant des cinq minutes que durèrent les soins, le Marshal avait réussi à calmer Smith. Jack profita de cette accalmie pour lui demander de l'écouter. Le Colonel refusa mais Jack continua à parler. Il argua qu'il n'était pas responsable de cette attaque. S'il avait voulu s'enfuir, pourquoi serait-il revenu à la prison ? Si les hommes qui les avaient attaqués voulaient le libérer, pourquoi avaient-ils tiré sur Colter ? Pourquoi lui avait-il mis une cagoule sur la tête ? Pourquoi Marguerite en aurait-elle descendu deux s'ils étaient dans le même camp qu'elle ?

Le Colonel fut obligé d'admettre que cela n'avait aucun sens. Puis il fit silence. Sentant que c'était le moment ou jamais, Jack répéta la demande qu'il lui avait déjà faite à la garnison.

— Prenez vos hommes avec vous, Smith, et accompagnez-moi pour supprimer une bonne fois pour toute Morgan. Vous voyez bien qu'on ne peut négocier avec un tel homme. Il n'écoute que sa volonté, il veut se venger de la mort de ses lieutenants, à n'importe quel prix. Son attaque frontale en votre présence et celle du Marshal prouve qu'il ne reculera devant rien. Et si vous me pendez, il s'en prendra à vous, au Marshal, au juge, bref à tous ceux qui lui auront ôté la chance de se faire justice lui-même.

Mais le Colonel n'était toujours pas décidé. Son désir de préserver un maximum de personnes l'incitait encore à refuser une intervention armée d'envergure. Alors une voix grave et sourde se fit entendre de la cellule où se reposait Colter, à moitié avachi sur le lit inconfortable.

— J'vous ai entendu, Smith, q'vous comptez 'core marchander avec ct'enfoiré d'Morgan. Ptet c'que j'vais vous raconter va v'z'ôter la mélasse qu'y a dans vos mirettes.

28. Cathy

C'était-il y a presque trente ans. Le prélude ne présageait pourtant rien de bon et Morgan, plus que quiconque, fut surpris par la chaleureuse couverture de romance qui vint se poser sur son existence jusqu'alors glaciale.

Une année s'était écoulée depuis qu'il avait éliminé Léo Caspian. Malgré les nombreux et glorieux vols et crimes qu'il avait organisés durant douze mois afin de conférer une pertinence criminelle à sa prise de pouvoir, par l'intermédiaire de la peur, de l'admiration ou du respect selon le caractère de chacun des membres du gang, Morgan sentait encore une réticence chez certains de ses gars à le considérer comme leur maître légitime. C'est pourquoi la prochaine mission devait être choisie avec soin afin d'asseoir une fois pour toute sa position de chef, la nature de leur fait d'arme devait différer des précédentes missions pour marquer le coup. Morgan avait tablé sur le fait que ses acolytes apprécieraient le rapport largement positif entre les gains à remporter vis-à-vis des risques encourus, ces derniers étant plus faibles que d'habitude sans toutefois amoindrir le niveau de récompense.

Leur tâche consistait à kidnapper Cathy Hammond, la fille d'un riche commerçant de Highbury puis de demander une rançon en échange de sa libération. Simple et efficace. Morgan avait jeté son dévolu sur la famille Hammond pour plusieurs raisons. La première, de manière évidente, venait de la solide fortune de Thomas, le père.

La deuxième raison de ce choix était la mort, à cause d'une maladie incurable, de la grande sœur de Cathy, plusieurs années auparavant et qui avait atterré la mère jusqu'au plus profond de son être. Sa maigreur et son visage marmoréen soulignait les affres quotidiennes qu'elle subissait encore, des années après. Morgan était ainsi certain qu'elle ne laisserait pas sa seconde fille mourir, qu'elle ne supporterait même pas l'idée qu'on puisse la toucher, elle brandirait haut et fort son amour maternel afin que sa fille lui soit rendue entière et vivante et ce, quel que soit le montant exigé en échange.

La dernière raison répondait à un argument géographique. Highbury, de par son emplacement au pied des montagnes d'Hota, en pleine forêt et à la frontière des banquises éternelles, aux confins septentrionaux de Casanova, permettait à Morgan et sa bande de se terrer dans une planque introuvable par le shérif et ses hommes, car ils seraient incapables de choisir ne serait-ce qu'un lieu où commencer à chercher tant les dédales, les crevasses, les grottes et les étendues inexplorées se multipliaient dans ce coin.

Morgan avait déjà rencontré les parents, Thomas et Maggie, de son vrai prénom Margaret, lorsqu'il était sous les ordres de Léo. Ce dernier avait tenté d'amadouer le père pour qu'il partage une partie de ses gains en échange *d'une aide et protection contre ses ennemis.* Mais le caractère bien trempé du père, qui se retrouverait chez Cathy, comme on le remarquera par la suite, ne souffrait d'aucune faiblesse.

— Et me protéger de qui ? De quoi ? Je suis bien assez grand pour défendre ma famille, la banque assez solide pour conserver intacte ma fortune, pour que j'en vienne à vouloir m'embourber dans un tel accord avec vous. Merci pour votre proposition mais je ne suis pas un margoulin, alors je vous dis au revoir.

Léo Caspian, dont le succès de ses équipées de truand dépendait souvent de sa sagesse et du calme de son tempérament, qui lui permettaient de toujours choisir la solution la plus judicieuse face à l'adversité, posa un regard profond mais sans antipathie sur Thomas, le remercia pour le temps qu'il lui avait accordé, et sortit de la pièce aussi dignement qu'il y était entré sans donner l'impression, ne serait-ce que par un geste ou une parole déplacée, qu'il avait été éconduit virulemment.

Morgan, plus attaché à son ego que ne l'était son mentor, voyait dans ce kidnapping, en plus de la promesse d'un pactole conséquent, un acte de vengeance froide.

— Léo, personne ne te donnait d'ordre, mais plusieurs fois, au lieu d'agir, tu baissais la tête et ton froc et t'en allais sans rien dire. Qu'est-ce que j'ai pu te détester lorsque tu agissais de la sorte.

Le Capitaine espérait ainsi venger son ancien ami du refus sec, qu'il considérait comme un inadmissible affront, de Thomas.

— On ne se laisse pas renvoyer à la niche comme ça ! Je vais lui montrer, moi, à ton Thomas que t'avais voulu épargner, ce qu'on est capable de faire. Ce prétentieux croyait pouvoir protéger sa famille tout seul… Ah, je voudrais bien voir sa gueule dans quelques jours !

La capture de Cathy fut rapide et efficace. Alors qu'elle rentrait chez elle à pied, sous un soleil sans nuage, après avoir passé la fin de l'après-midi chez une amie, Morgan et trois hommes l'attrapèrent, l'attirèrent dans une ruelle déserte, la bâillonnèrent et lui mirent une cagoule en l'espace de cinq secondes.

Ni vu ni connu, ils lui attachèrent ensuite les bras dans le dos puis la hissèrent sur la croupe d'un cheval. Morgan monta sur la selle de la même monture, plaça une large couverture sur le corps de Cathy, de manière à faire croire qu'il transportait de la marchandise au travers du canasson, puis il la menaça afin qu'elle cesse de gémir et de gesticuler, et enfin trotta vers le nord entouré de ses trois hommes, en discutant du repas qu'ils allaient avaler le soir.

Le peu de monde qu'ils croisèrent n'y vit que du feu. Cathy ne bronchait plus car Morgan lui avait juré qu'il tuerait son amie, « la jolie rousse qui se trouve trop grosse par rapport à toi », si elle se faisait entendre par qui que ce soit. La crainte pour la vie de son amie paralysait plus Cathy que la brusquerie de sa propre capture.

La route dura plusieurs heures sans halte à l'ombre épaisse que leur prodiguait la densité des conifères de la forêt d'Highbury, que les Indiens appelaient « l'entrée », en rapport avec leur rite du voyage vers la mort. Cathy était fourbue et commençait à ressentir un froid, qui augmentait au fur et à mesure que le groupe continuait à gravir le flanc de la montagne, lui saisir ses membres. Bien que la neige ne tombât que légèrement, elle recouvrait entièrement la cime et les branches des sapins d'une épaisse couverture étouffante qui conférait au trajet une lourde froideur sans air. Il était de notoriété publique que l'ensemble du paysage au nord et à l'ouest d'Highbury, autour du lac gelé, respirait difficilement.

Un acolyte de Morgan avait construit, quelques années auparavant, dans un endroit reculé et en dehors des sentiers, une cabane faite d'épaisses planches de pins avec une base de pierres qui pouvait servir de planque au besoin. Dans une forêt dense, assez loin de toute civilisation pour ne pas tenter le trajet à pied et, enfin, sur les racines des hautes montagnes d'Hota qui dominaient les alentours, le lieu s'avérait idéal pour garder captif n'importe qui. Privez le captif d'une paire de gants et d'une bonne laine et il n'y avait même pas besoin de verrouiller la porte de la cabane, à moins que la personne emprisonnée se révélât également suicidaire à vouloir s'enfuir dans un froid implacable.

Cathy aimait la vie donc Cathy ne tenta pas de fuir. Toutefois elle jugea que sa situation de captive ne justifiait pas qu'elle se laissât faire et, à chaque occasion qui lui était donnée, elle injuriait vertement ses assaillants, Morgan en premier. Ces admonestations le faisaient sourire car leur flux incessant prouvait que la fille avait du cran, ce qu'il appréciait. Les premières heures, dès qu'elle le pouvait, elle saisissait un objet et le balançait sur le premier homme à portée. Elle ne savait pas viser mais une lourde casserole fait toujours mal, quelle que soit la partie du corps touchée. Les conséquences ne se firent pas attendre car bientôt des liens vinrent entraver sa relative liberté. Les seules fois où elle fut détachée coïncidaient aux moments de préparation des repas dont elle était en charge afin de nourrir ses geôliers, sous une surveillance accrue cela va de soi.

Deux jours passèrent ainsi et Cathy sentait son énergie défaillir heure après heure sous les gouttes insinuantes de l'ennui. Toutefois, elle ne ressentait plus aucune forme d'angoisse car elle avait percé à jour les intentions de ses ravisseurs. Elle devinait ainsi qu'ils ne comptaient pas la tuer car sa mort signifiait la perte de leurs gains. Rassérénée quant à son futur proche mais s'ennuyant follement, tout ce qu'elle souhaitait était de sortir du flot de torpeur qui durait, à vrai dire, depuis toujours et que les heures d'inaction dans une cabane étroite rendait encore plus insupportable.

Le troisième jour, Morgan vint la voir pour l'informer qu'il avait transmis une demande de rançon à son père. Elle ne tarderait donc pas à revoir ses chers parents, tout du moins si elle se tenait tranquille. Par provocation, elle se leva, les bras toujours attachée dans le dos, se dirigea vers lui et lui cracha à la figure. Elle attendait une gifle, elle reçut un sourire.

Morgan éclata de rire en s'essuyant le visage. Jamais il n'avait rencontré de femme, car Cathy venait d'avoir dix-huit ans, comme elle. Pas une seule fois elle ne s'était plainte de sa situation, contrairement à ce qu'il croyait, elle n'avait pas pleurniché une seule fois. Sa moue dédaigneuse et sans crainte ainsi que son fort caractère plaisait à Morgan. En face de lui se trouvait un défi à relever, un esprit à conquérir, un cœur à séduire, une femme à embrasser.

Ce qu'il fit. D'instinct il attrapa Cathy par la taille et l'attira à lui. Elle ouvrit des yeux grands de surprise mais ne put le repousser lorsqu'elle sentit la chaleur du baiser l'envahir toute entière. Alors que leurs lèvres se cherchaient, s'entremêlaient et flirtaient avec les rives des interdits, Cathy sut qu'elle n'avait jamais connu de plus grand plaisir que d'embrasser, d'un seul et même coup, et l'homme et la liberté.

Elle pensa à ses parents, au regard halluciné qu'ils auraient s'ils la voyaient se saisir de la tête de son ravisseur avec tant de force, afin d'augmenter l'ampleur du baiser et d'aller là où gît le désir inavouable. Ils ne l'avaient jamais comprise, tentant depuis des années de réfréner ses pulsions qu'ils qualifiaient de libertines, de la cantonner dans un carcan sans surprise. Leur amour pour elle était trop protecteur pour qu'ils puissent véritablement la comprendre.

Et là, pour une fois qu'elle s'amusait à n'en faire qu'à sa tête, pour une fois qu'elle enlaçait vigoureusement l'indépendance en agissant inconsidérément, ce ne fut pas une rebuffade qu'elle obtint mais le baiser d'un homme qui riait de ses frasques.

Ainsi commença l'histoire d'amour entre Cathy et Morgan, dont la passion augmenta jour après jour.

Comme on pouvait s'y attendre dès lors, Morgan abandonna l'idée de rançon (il dut d'ailleurs se racheter auprès de ses acolytes pour éviter qu'ils ne lui en tiennent rigueur) et fit croire aux parents de Cathy qu'elle avait péri à cause du froid. Les pleurs de ces derniers durèrent des jours entiers après qu'ils aient lu la lettre aux nouvelles funestes qui avait été glissée subrepticement sous leur porte. Le shérif et ses adjoints firent encore des recherches quelques jours puis ils abandonnèrent leur démarche, peu motivés par l'idée de retrouver un cadavre gelé en putréfaction au lieu d'une jolie jeune femme prête à l'éclosion.

Les années passèrent sans regret pour Cathy, dont sa vie d'avant, rangée et sans surprise, lui paraissait aussi fade que sa nouvelle lui semblait brûlante et pleine de promesses.

Ses débuts dans le gang reflétaient cette envie de s'extirper du carcan monotone qui l'avait enveloppé jusqu'alors. Elle faisait preuve d'esprit et d'initiative, non pas pour tenter de plaire aux hommes qui l'entouraient, mais parce que sa nature, enfin libre, s'exprimait ainsi, à travers l'humour et l'action.

Les sentiments de Morgan évoluèrent à la vitesse d'un cœur sans barrières et, quelques mois seulement après avoir kidnappé Cathy, il l'a demanda en mariage. Elle accepta aussitôt sans hésiter.

Une grande fête de truand fut organisée, c'est-à-dire que les invités étaient peu recommandables, l'alcool présent en quantité exagérée et que les coups de pétard semblaient sans fin. Tous avaient adopté Cathy. Elle leur prodiguait soins et écoute lorsque leur esprit et corps d'hommes fiers étaient dépassés par les blessures mentales et physiques et, même s'ils ne pouvaient se l'avouer à eux-mêmes et encore moins aux autres, ils avaient parfois besoin d'être dorlotés par une douceur différente des bras onéreux d'une prostituée. L'ambiance de la fête fut donc joyeuse et les plus résistants rendirent les armes et le contenu de leur panse uniquement lorsque le soleil pointa son nez dans l'alacrité d'un matin recouvert de vomi.

Les premiers mois passèrent à une vitesse ahurissante pour Cathy qui découvrait la vie trépidante et nomade des brigands. Son excitation l'empêchait d'ouvrir des yeux honnêtes sur les méfaits de Morgan et ses hommes. Elle les accompagnait et les aidait alors qu'ils se construisaient, à coup de vol, corruption et autres crimes qui poussaient parfois jusqu'au meurtre, un empire sanglant. Son soutien aveugle ne venait pas d'une méchanceté enfouie qui aurait été révélée par les évènements, mais d'un amour de plus en plus puissant pour Morgan qui anéantissait le jugement par l'admiration.

Ce manque de discernement dura quelques années encore. Morgan prenait soin de la gâter et de lui offrir tout ce qu'elle souhaitait. Il savait que le succès de son entreprise reposait autant sur sa capacité à agir bassement que sur les interventions bienvenues de Cathy avec le monde extérieur. Ces dernières, toujours prodiguées au bon moment, au bon endroit, désamorçaient les situations qui sentaient le souffre une seconde avant, et permettaient la naissance de pactes qui n'auraient jamais vu le jour sans elle.

Au sein même du gang qui grandissait jour après jour, elle était un lien indéfectible entre tous les membres et chacun l'admirait à sa façon.

Puis, alors qu'elle avait assisté plusieurs fois aux accès de violence de Morgan, qu'il avait réussi jusque-là à lui cacher, un sentiment de répulsion prit le pas petit à petit sur son admiration, son esprit critique ne pouvait plus être ensommeillé par les présents de son mari. Finalement, sa vraie nature pleine de bonté se réveilla enfin après un long rêve d'aventure vécu dans une semi-conscience.

Plusieurs fois elle tenta de calmer le penchant de son mari pour la violence, de réfréner ses habitudes en lui demandant de faire appel à la lucidité de son esprit plutôt qu'à la fougue de son sang, mais elle ne parvenait jamais tout à fait à toucher le noyau de son caractère de feu. Du côté de Morgan, il l'écoutait attentivement car il l'aimait du plus profond de son cœur, il tentait réellement de comprendre ce qu'elle lui disait, mais il lui semblait qu'elle lui parlait dans une autre langue. Son incompréhension était d'autant plus grande que, de son point de vue, il était resté le même depuis le début et ne pouvait donc saisir d'où venait la soudaine envie de sa femme de le changer.

Les mois qui suivirent leur première discussion sérieuse à ce propos effritèrent leur relation qui était restée passionnelle jusque-là. Elle ne concevait plus de s'ouvrir à lui comme elle l'avait fait jusqu'alors, lui ne la comprenait plus mais tentait malgré tout, par des actes inconsidérés si l'on s'en tient à ce qu'elle souhaitait alors, de la reconquérir. Mais la maladresse de ses initiatives ne faisaient que renforcer la résignation de Cathy de le quitter, de fuir cette bande néfaste qu'elle avait aimée mais qu'elle regardait désormais comme un groupe d'étrangers cruels.

Lorsqu'elle lui parla pour la première fois de son désir de partir, Morgan éclata de rire car il n'avait pas saisi le sérieux de ses paroles. Elle revint le lendemain et lui réaffirma son intention. Face à son regard franc et résolu, Morgan dut se rendre à l'évidence qu'il ne s'agissait pas d'une mauvaise blague. Lorsqu'il lui demanda les raisons de son départ, elle lui répondit juste « tu le sais très bien ».

Mais non il ne savait pas ! Même s'il avait bien remarqué que quelque chose entre eux était cassé, il ignorait totalement d'où pouvait venir cette cassure. Il jurait qu'il était prêt à tout faire pour qu'elle reste, il suffisait qu'elle lui parlât afin qu'il puisse agir en conséquence et la satisfaire. Mais elle lui rétorqua que cela faisait maintenant des mois qu'elle essayait de lui parler, de lui faire comprendre, mais que rien n'avait changé. Elle parlait dans le vide.

Un brouillard épais et insondable se forma autour de Morgan qui continua ses supplications plusieurs minutes encore. Mais elle ne reculait pas, sa détermination ne présentait aucune faille. Le cœur arraché, Morgan lui intima alors de *décamper* sur le champ, de partir loin et de ne jamais revenir. Dans un premier temps, ce ton vindicatif heurta Cathy qui souhaitait malgré tout que la séparation se fit en bons termes, et la conforta dans un second temps dans sa conviction quant à l'impossibilité de poursuivre à vivre ensemble. Elle monta à l'étage de leur maison, fit ses valises à la hâte, redescendit et passa devant Morgan, assis sur une chaise devant l'entrée, la tête basse et l'œil triste, mais sans larmes. Même un verre brisé vole plus haut qu'un désir refoulé, pensa-t-elle avant de s'approcher pour lui embrasser le front, lui donner quelques dernières paroles réconfortantes mais le visage rigide de Morgan la fit changer d'avis. Elle le quitta sans mot dire. Elle passa ensuite à cheval devant les hommes du gang qui la regardèrent s'éloigner en silence. Ils avaient sûrement, et depuis longtemps, deviné l'inéluctable et ce passage muet ne fut donc pas une surprise pour eux.

Cathy alla rejoindre sa famille quelques jours plus tard. Elle avait longuement hésité avant de se présenter à ses parents car elle savait que ce qu'elle leur conterait leur briserait une seconde fois le cœur. Peut-être même auraient-ils préféré qu'elle ait réellement péri à son choix d'aller vivre dans la déchéance. Voilà pourquoi Cathy se tâtait à les retrouver, elle ignorait le type d'accueil qu'ils allaient lui proposer.

Mais rapidement, et tandis qu'elle était jusqu'alors sans faute, sa volonté lâcha. Elle ressentait le besoin de les voir, qu'ils la prennent dans leurs bras afin de lui prodiguer une chaleur humaine qui lui manquait depuis des mois. Tant pis si elle devait se soumettre à leur jugement. Tant qu'ils ne la rejetaient pas, elle était prête à encaisser.

Ses parents l'accueillirent dans des cris et des larmes de joies. Thomas eut le souffle coupé. Maggie faillit s'évanouir, submergée par l'émotion. Les deux parents avaient fait leur deuil et c'est ainsi qu'ils ressentirent à la fois une vive douleur, car la présence de leur fille réveillait d'ancien sentiments de désespoir, et une euphorie bienheureuse.

Cathy ne savait pas quoi dire et fut prise de vertige lorsque ses parents l'assaillirent de questions. Ils comprirent heureusement rapidement qu'elle avait besoin de temps et acceptèrent son silence avec dévotion. Déjà comblés par ce retour miraculeux, ils sauraient prendre patience jusqu'à ce qu'elle parvienne à se confier.

Deux semaines passèrent comme dans un rêve pour Cathy qui souriait béatement aux politesses que lui prodiguaient ses voisins contents de la revoir. Peut-être ses parents leur avaient-ils transmis des recommandations car aucun ne lui posa de question sur ces six années d'exil. Aucun de ses amis ne réussit à la faire parler. En fait, elle se sentait perdue dans un tourbillon de paradoxe. Elle avait récupéré une vie qu'elle avait, durant un temps, détestée. Elle avait quitté un homme qu'elle pensait qu'elle suivrait toute sa vie. Mais elle ne se sentait pas triste, juste satisfaite. Comme si cette aventure lui avait permis de vivre plus intensément qu'elle ne l'avait jamais imaginé ni espéré, et, maintenant que la flamme était consumée, elle était soulagée de retrouver une vie normale, entourée par des gens qui l'aimaient et qui ne souhaitaient que son bien-être.

De manière naturelle, elle se leva un matin, alla rejoindre ses parents dans la cuisine et les salua d'un bonjour qui fut suivit de son récit. Ses parents l'écoutèrent religieusement et n'osèrent l'interrompre de peur qu'elle s'arrêtât et restasse à nouveau silencieuse de trop longues journées.

Une fois son histoire contée, ses parents se regardèrent, abasourdis par le comportement insensé de leur fille. Mais son discours était teinté des intonations étouffées du regret et ils ne purent lui en vouloir. Il leur semblait que Cathy était venue à résipiscence. Après tout, pensaient-ils également, son péché n'aura été que de courte durée lorsqu'on le compare à une vie entière. Peut-être allait-elle finalement réussir à avoir une vie pieuse et encore même, car elle était toujours aussi belle, se trouver un homme assez compréhensif pour se transformer en mari qui parviendrait à lui pardonner son passé sulfureux.

Leur souhait se réalisa plus vite qu'ils ne l'auraient cru. Il faut dire que le retour de leur fille n'était pas passé inaperçu à Highbury. Un homme solitaire, Edgar, qui avait passé une trentaine d'année célibataire avait entendu parler de Cathy et, dans un élan désespérément intéressé, vint lui faire la cour. Le ravissement des parents était total car il s'agissait, malgré ce mauvais présage du célibat étiré au-delà du raisonnable, d'un homme d'une bonne famille. Qu'est-ce qu'un physique ingrat et un caractère insipide quand on est bien éduqué ?

Cathy, dont le tempérament paraissait désormais rechercher le calme et dont il semblait que plus rien ne pouvait l'atteindre vraiment, comme si elle contemplait dorénavant sa vie de loin au lieu de la vivre, accepta ses avances et rapidement leurs fiançailles furent annoncées.

Alors les mois d'ennuis avec Edgar succédèrent au tumulte éphémère avec Morgan. Cathy semblait, sinon heureuse, au moins satisfaite de sa situation. Elle ne se plaignait jamais et la bonhommie de son mari aidant, il lui arrivait à nouveau, parfois, de rire aux éclats. Plus les années passaient et plus son visage retrouvait sa couleur vivace. Lorsqu'elle sut qu'elle attendait un enfant, elle enterra définitivement ses souvenirs de sa période sur les routes et entreprit de donner une réelle chance à son futur et à Edgar.

Ce soir-là, elle lui prépara un bon diner et partagea avec lui la bonne nouvelle. Il ne l'avait jamais connue aussi belle et rayonnante. Un peu plus et elle se serait mise à chanter. Il fut conquis mais, l'habitude étant tenace, resta simplement poli. Edgar faisait partie de ce genre d'hommes qui ne connaîtront jamais le feu.

Leur fille naquit sept mois plus tard. Suzie grandit dans un cercle affectueux. Thomas et Maggie jouaient leur rôle de grands-parents à merveille. Les vices de Cathy n'existaient plus, la poussière avait recouvert et cachait la voie temporaire qu'elle avait empruntée jadis. Edgar et elle vivraient heureux avec Suzie et peut-être qu'un autre enfant viendrait compléter la famille. Les années à venir s'annonçaient radieuses.

Mais la joie fut de courte durée ! Un beau jour, Morgan débarqua avec fracas dans leur maison. Il défonça la porte d'un coup de pied et assomma Edgar avec la crosse de son revolver avant que ce dernier ait eu le temps de réagir. Suzie, assise par terre dans la pièce centrale, explosa en pleurs bruyants et aigus tandis que Cathy accourait depuis la cuisine pour comprendre d'où provenait ce boucan.

Son cœur fit un bond lorsqu'elle vit Morgan, debout et immobile dans l'entrée, surplombant le corps inerte d'Edgar, avec un rictus de mauvais augure aux lèvres.

— Salut ma chérie. Ça fait un bail !

Ce furent ses seules paroles, prononcées sur un ton grave et menaçant. Les genoux de Cathy ployèrent, tout son corps tremblait. Elle tenta d'attirer Suzie à elle mais les hommes de Morgan entrèrent à ce moment-là dans la maison, attrapèrent l'enfant et l'emmenèrent dans la cuisine. Le corps d'Edgard y fut également transporté.

Morgan sortit un bout de papier plié en deux de la poche intérieure de sa veste, le posa sur le sol. Puis il s'avança vers Cathy, l'œil fixe, le pas lent, sa main tenait toujours le revolver. Cathy ne comprenait pas ce qu'il voulait, elle l'interrogea plusieurs fois tout en le suppliant de laisser sa famille en vie et tranquille.

Morgan s'accroupit à côté d'elle, lui releva le visage en passant sa main sous son menton, la fixa dans les yeux et lui colla un baiser sec sur ses lèvres fermées. Cathy crut voir un regard embué puis tout fut noir.

Morgan venait de lui tirer une balle dans le crâne. Il respira profondément afin d'avaler le dernier soupir de Cathy, comme pour profiter de son dernier don sur Terre. Cela lui donnait l'impression d'être le seul à avoir jamais réellement possédé Cathy jusqu'au bout.

Il s'essuya les yeux en faisant mine d'enlever le sang qui avait giclé sur son visage. Puis tous sortirent en silence, en laissant Suzie sangloter auprès de son père pendant que Cathy gisait sur le sol dans une mare rouge, à côté d'un bout de papier plié.

Morgan avait mis du temps avant de se résoudre à tuer la seule femme qu'il avait jamais aimée. Au départ, la lenteur du temps qui passe lui infligeait de longues heures de peine. A défaut de l'accepter, il respectait la décision de Cathy et, plutôt que de lui en vouloir à elle, il se maudissait lui-même. Ce combat intérieur s'exprimait par des crimes plus sérieux qu'auparavant afin de parvenir plus rapidement au pouvoir, même si c'était de manière plus risquée, moins transparente aussi. La séparation avait exacerbé son ambition au point de lui faire oublier, momentanément, tous les préceptes de prudence que lui avait prodigués Léo Caspian.

Puis les années passèrent et, alors que son pouvoir grandissait de jour en jour, il sentait une ombre se propager sur son empire naissant. Il ne pouvait saisir la provenance de cette impression et ne pouvait donc lutter contre elle. Cette sensation menaçante et rongeante s'insinua dans sa chaire et le rendit presque fou car il pressentait son royaume menacé par une force insidieuse, invisible et pourtant redoutable.

La révélation eut lieu le jour où il tomba sur un bracelet de Cathy qu'elle avait oublié le jour de son départ. En un éclair, il comprit que c'était elle, la menace. Pas elle en personne, il savait qu'elle n'avait jamais rien intenté contre lui, même après leur séparation, mais le pouvoir qu'elle pourrait avoir sur lui, si elle le voulait et revenait, pouvait être dangereux. Son cœur et son esprit ne l'avait toujours pas oubliée et les vestiges de passion qu'elle avait érigée en lui risquaient de devenir des obstacles à son ambition. Comme ils étaient un rempart d'humanité tout autant que des fleurs qu'elle n'avait qu'à cueillir pour le tenir dans sa main, ils représentaient une faiblesse inacceptable.

Alors il enquêta pour savoir où se trouvait Cathy et ce qu'elle était devenue. Lorsqu'il apprit qu'elle avait épousé un homme, qu'elle s'était installée avec lui à Asha et qu'ils avaient eu un enfant ensemble, sa rage éclata. Jamais ses hommes ne l'avaient vu dans un tel état. Il tapait sur tout ce qu'il voyait, donnait des coups de pieds aux chaises et aux tables, balançait les objets au loin puis dégainait pour tirer dessus sans réellement les viser, bref, il se défoulait sur tout ce qui l'entourait. Il agissait de la sorte tout en hurlant des injures qui la visaient elle et son mari, il leur lançait des malédictions bruyantes et sans queue ni tête, il frappait les murs à s'en déchirer les phalanges avant d'hurler à la mort des menaces virulentes.

Une fois la fièvre descendue, il prit une décision. Il en parla à ses hommes qui furent d'abord surpris, puis ils acquiescèrent car ils comprirent qu'il était inutile de tenter de le raisonner.

Morgan ne pouvait supporter le fait que Cathy puisse vivre avec un autre homme que lui. Il ne pouvait supporter qu'une personne qui avait délibérément choisi de le quitter, lui, puisse encore vivre. Et puis il ne pouvait supporter l'idée qu'il avait eu un jour des sentiments pour quelqu'un. En comparaison aux enjeux qui se présentaient à lui désormais, cette lubie lui semblait enfantine. Il souhaitait anéantir cette part dérisoire de lui-même.

Edgar ne chercha jamais à savoir qui avait perpétrer le meurtre. Dans la lettre laissée par Morgan, seuls étaient inscrits les mots suivants : Si tu essaies de nous retrouver, ta fille mourra.

Edgard ne se fit pas plus prier pour ne rien tenter. Dès qu'elle est liée à la mort, la beauté perd sa qualité première. Ainsi la disparition de Cathy ne le chamboula pas au plus haut point car ses sentiments n'avaient jamais véritablement été menés par une passion profonde. Si elle avait été laide, Edgar n'aurait, à proprement parler, jamais envisagé de s'unir à Cathy. Le risque était trop grand, la vie de sa fille valait trop à ses yeux pour tenter de venger une femme avec qui il avait partagé un toit plutôt que son cœur.

Quant aux parents de Cathy, incrédules et révoltés face à l'inaction de leur gendre, ils firent de leur mieux pour élever Suzie avec amour. Ils moururent tous les deux peu de temps après la mort de leur fille, soulagés de quitter ce monde qui avait repris le souffle de leurs deux enfants avant le leur. Suzie continua de grandir à Asha avec son père. Elle n'eut aucun souvenir de sa mère et Edgar en vint à éviter de l'évoquer.

Voici le récit que fit Colter à ses auditeurs, mais d'une manière, le lecteur l'aura deviné, moins pompeuse.

En définitive, Morgan s'en tira sans avoir à craindre d'éventuelles conséquences. On résuma également l'épisode dans lequel il avait tabassé à mort son père. Des meurtres, il en avait commis d'autres, mais il s'agissait sûrement des plus excessifs et représentatifs de la nature du Capitaine. Pour conclure, Colter ajouta à l'adresse du Colonel :

— Smith, z'avez le choix. Mais j'dois bien dire qu'si vous osez faire confiance dans l'homme qu'a tué et son paternel et sa bien-aimée, vous m'en trou'riez un deuxième !

29. Le réveil des armes

La minute qui suivit le récit et la remarque finale de Colter fut agitée. Le Marshal, son adjoint, le Colonel Smith, Marguerite, Jack, chacun nourrissait la cacophonie générale en essayant d'imposer son point de vue.

L'adjoint et Marguerite voulaient passer immédiatement à l'action en poursuivant, dans un premier temps, les agresseurs qui fuyaient sûrement vers le domaine, puis en allant attaquer Morgan dans sa tanière, sans plus attendre afin de profiter de l'effet de surprise. Son absence aujourd'hui ne signifiait qu'une chose, il se barricadait dans sa demeure. Plus les heures passeraient, plus il serait difficile de le vaincre.

Dans un premier temps le Marshal sembla indécis, entortillé dans une spirale mouvementée à laquelle sa passivité jusqu'alors ne l'avait pas préparé. Puis il recommanda de reprendre le jugement comme si rien ne s'était produit. Les hommes du Capitaine avaient déguerpi ? Qu'on en profite pour faire ce que nous comptions faire dès le départ. Nous devons agir rapidement ? Qu'on prononce alors la sentence sur le champ. Le devoir avant l'action.

Le Colonel semblait en proie à de profondes réflexions. D'un côté on sentait sa volonté d'obéir à la loi et de rejoindre le point de vue du Marshal. D'un autre côté, en plus du récit conté par Colter qui éveillait l'aversion et l'animosité envers Morgan, on devinait sous le costume impeccable de l'officier une colère que faisait bouillonner l'assassinat de ses soldats. Une lave incandescente et remuante coulait dans ses veines, sur le point d'exploser, de se répandre et calciner fiévreusement tout ce qui se mettrait au travers de son chemin.

Depuis sa cellule, Jack regardait ce beau monde se chamailler. Il comprenait le point de vue de chacun d'entre eux. Il n'avait toutefois pas besoin d'écouter leurs arguments pour savoir ce qu'il avait à faire. Sa décision était prise. Il devait se débrouiller pour faire passer son jugement dans un second temps afin de se rendre chez Morgan, avec ou sans les autres.

Si le Capitaine le tuait, eh bien cela calmerait sûrement ses ardeurs dévastatrices actuelles. Si Jack parvenait à provoquer et remporter un duel, l'empire de Morgan se désintègrerait. S'il se passait quoi que ce soit d'autre…il aviserait et s'adapterait. Dans tous les cas, il lui était impensable de rester enfermer plus longtemps. Sa résolution d'obtempérer avec les forces de l'ordre, de se laisser menotter, emprisonner, juger, d'être peut-être conduit à la corde, tout avait disparu. Ce moment de torpeur flottante ne se reproduirait plus. Les discussions continuaient autour de lui lorsqu'Edouard Montillard fit une entrée bruyante et fracassante dans la prison.

— Qu'est-ce que c'était que ce bordel Robert ? beugla-t-il à l'attention du Marshal.

Ce dernier, habitué par les manières grossières et la familiarité du maire de St Gilmour, ne tint pas compte de son ton insolent et lui résuma l'attaque et la tentative de capture Jack en laissant entendre que le Capitaine y était peut-être lié. Ce qui augmenta encore plus l'indignation de Montillard.

— Vous osez accuser Morgan de ce larcin ? Laissez-moi vous dire, à vous tous, que le Capitaine est un citoyen modèle de Casanova, indigne de votre accusation malfamée.

Le silence réprobateur de ses interlocuteurs poussa Montillard à reprendre la parole plus virulemment.

— Morgan avait obtenu gain de cause en envoyant ce détraqué, ce fou furieux (il désigna Jack de son index empoté) au tribunal. Quel intérêt aurait-il eu à organiser une telle attaque aujourd'hui ? Hein, dites-moi ! Quel intérêt alors que la justice était de son côté ?

Tous avaient eu vent de la corruption du maire par le Capitaine. Ainsi personne ne fut étonné par la plaidoirie irrationnelle et malvenue de Montillard. Sa façon virulente et obtuse de vouloir innocenter Morgan les dégoûta tous. La moue de Marguerite soulignait la répugnance que lui provoquait la nature méprisable du prévaricateur. S'il n'y avait les barreaux qui le maintenaient loin de ce dernier, Jack aurait voulu pouvoir cracher sur cet incapable, sans jugeote et sans honneur. Plus calme, comme s'il avait planifié depuis longtemps cet esclandre avec Montillard, le Colonel devança d'éventuelles représailles en prenant la parole d'une voix grave et décidée qui soulignait la hargne contenue.

— M. Montillard, avec tout le respect que je vous dois, je suppose que les pots de vins de Morgan sont assez généreux pour vous rendre aveugle face à l'évidence même. Veuillez me croire que ce n'est pas un manque d'humilité qui me fait dire que je ne me considère pas comme le dernier des idiots, et je sais M.Hyde doté d'un esprit vivace également. Or nous sommes arrivés à la même conclusion, cette attaque a été organisée par Morgan. Dans quel intérêt demandez-vous ? Celui de pouvoir octroyer sa propre justice. Il s'agit d'un individu dangereux dépourvu de scrupule avec qui il est désormais impossible de raisonner. Par conséquent, il doit être arrêté, pour l'acte outrancier d'aujourd'hui, mais aussi pour son passé rempli d'agissements tout aussi abusifs, et le terme est faible. M. Jack, je ne connais pas votre nom, je me dois, dans cette situation de vous présenter des excuses. Vous aviez raison, face à un tel homme, le recours à la raison est malheureusement vain. Ainsi, M. Montillard, eu égard à votre relation déshonorante avec Morgan, je vais vous demander de bien vouloir la boucler et de dégager sur le champ.

Le maire vira au rouge de colère et d'indignation. Jamais personne n'avait osé lui parlé de la sorte. Il pesta, tambourina du poing sur le bureau du Marshal, nomma les paroles du Colonel de billevesées avant de lui asséner des menaces. Les « Argousin ! Vous allez le regrettez amèrement ! » et autre « Je vous ferai redevenir éplucheur de patates ! » pleuvaient sans interruption. Robert Hyde, convaincu par les paroles de Smith ou exaspéré par le comportement excessif du maire, saisit ce dernier par les bras et le poussa sans ménagement à l'extérieur pour mettre fin à l'algarade grotesque.

Puis il se retourna calmement vers la troupe. Il expliqua que Montillard lui avait plusieurs fois fait du chantage dans le passé afin de tenter de faire passer à l'as certains délits ayant lieu dans le comté. Jusqu'à ce jour, Hyde n'avait jamais considéré ces tentatives de pots-de-vin comme quelque chose de grave. Par mégarde ? Par fainéantise ? Par lassitude ? Lui-même n'aurait su le dire. En tant que Marshal, il lui était souvent arrivé d'être courtisé contre tel ou tel service opéré « au nom de la loi ». Il s'y était toujours refusé, bien entendu, sans toutefois creuser plus loin les tenants et aboutissants de ces marchandages.

— Colonel, venez voir ! Goliath a été descendu ! héla un des soldats à l'attention du Colonel avant que le Marshal ait eu le temps de continuer son récit.

Goliath était le surnom de James Keenan, le cinquième mousquetaire et brute épaisse qui officiait en tant que recruteur et entraîneur des troupes de Morgan. Il devait ce sobriquet à son impressionnante stature ainsi qu'à ses manières barbares. Beaucoup considéraient qu'il devait avoir du sang de fertilisé dans ses veines, ce qui expliquait sa taille et ses impressionnantes capacités physiques tout en soulignant ses défaillances intellectuelles sporadiques. Morgan lui avait ordonné de capturer Jack et de le lui rapporter, pensant que la puissance brute de son lieutenant suffirait à l'extirper des bras de la justice. Erreur car la tentative de Keenan, qui n'avait relevé que du muscle, avait échoué par manque de jugeote au moment fatidique. Le mousquetaire, lorsqu'il avait attrapé Jack, avait oublié de compter sur la présence et l'aide de ses proches, Marguerite et Colter, qui, contrairement aux hommes de lois soumis à cette dernière, n'hésiteraient pas à sortir les armes pour défendre leur ami. C'est ainsi que Keenan fut tué sans fioriture par l'aînée des Johnson. Celle-ci profita de la sortie de Smith et Hyde, qui répondaient à l'appel du soldat, pour s'approcher de la cellule de Jack.

— Si je continue comme ça, tu n'auras même plus besoin de retrouver Kelly, plaisanta-t-elle auprès de Jack.

— Et moi qui pensais les descendre tous les sept, lui répondit-il sur un ton qui mélangeait la déception et la badinerie. Bien qu'il la connût depuis toujours, Jack continuait d'être surpris par la force de caractère de Marguerite qui, même si sa plaisanterie servait surtout à cacher sa tristesse teintée d'angoisse, n'en restait pas moins un roc de détermination encore capable de faire preuve de légèreté dans des heures si sombres. Je t'assure Maggie, je comptais vraiment les tuer les sept moi-même.

— Prétentieux.

— Motivé... Même si au final, il y en a un de moins à compter avec, mon père...

— Ouais... tu comptes faire quoi quand tu le reverras ? Peut-être qu'on peut encore faire revenir Henry à la raison, tu sais.

Le Colonel et le Marshal interrompirent leur conversation lorsqu'ils entrèrent à nouveau dans la prison. Hyde lança une réplique dont le ton satisfait et enjoué eut le don d'irriter Smith.

— Eh bien voilà une bonne chose de faite malgré tout. Ce Keenan était un barbare pur et simple, Casanova gagne à sa disparition.

— Mais à quel prix ! Bon dieu, à quel prix ! Hurla le Colonel qui ne pouvait souffrir d'avoir vu ses hommes tomber au combat. Morgan doit payer !

— C'est le lot commun des soldats, Smith, et vous le savez mieux que quiconque. Si ça peut vous consoler, je suis d'accord avec vous, Morgan doit payer, et rapidement.

La véhémence corrompue de Montillard et le cadavre encore fumant de Keenan avaient convaincu le Marshal quant à la nécessité d'agir contre le Capitaine. Le Colonel acquiesça. Lui aussi s'était décidé.

— Allons trouver ce trou du cul, lâcha Colter en guise de conclusion.

« Mieux vaut tard que jamais », se murmura Jack pour lui-même avant de sourire car même s'ils n'étaient pas nombreux, toutes les personnes présentes dans la pièce partageaient désormais son avis, à s'avoir s'unir contre l'ennemi commun, Morgan.

Il fut également satisfait de constater que tous saisissaient la nécessité d'agir rapidement. Plus ils attendraient, plus Morgan aurait de temps pour réunir ses troupes et de s'organiser. Mais pas question de foncer aveuglement dans la gueule du loup pour autant. C'est pourquoi un plan d'action fut décidé. De nombreuses personnes allaient être réquisitionnées pour mener à bien les préparatifs. L'heure était venue de soulever les armes.

La semaine que dura ce branle-bas de combat, Marguerite tenait Jack quotidiennement au courant de l'avancement des préparatifs. Le Colonel envoya une estafette à la garnison pour ordonner à De La Costa de lever l'armée et de venir sur le champ à St Gilmour. Robert Hyde envoya des télégrammes aux principales villes de Casanova pour expliquer la situation aux responsables. Il demandait aux shérifs volontaires de venir se joindre à eux dans la lutte contre Morgan. Certains refusèrent, d'autres acceptèrent, informant le Marshal que des citoyens les accompagneraient.

On vit ainsi, depuis Monterry, depuis Richardson ou encore Muddy Town et Omaha, les shérifs se mettre à la tête d'expéditions composées d'hommes désirant se battre contre Morgan pour lui faire payer ses agissements dans ces différentes villes. Chacun avait une femme, un fils, un ami ou un cousin à venger, que ce soit parce que la victime avait été tuée lors d'un conflit ouvert, comme à Omaha, parce que le proche avait disparu étrangement, ou avait été torturée puis relâchée avec un esprit à moitié vidé de son essence. Il y avait toujours une histoire louche derrière ces disparitions, même si les victimes avaient toujours le point commun d'être des personnes incorruptibles.

Lorsque la garnison et l'ensemble de ces groupes parvinrent à St Gilmour, on compta trois-cents soldats et une centaine de citoyens, du fier adolescent débrouillard jusqu'au vieillard têtu et revanchard. Le matin où fut comptée cette armée, Edouard Montillard avait disparu depuis deux jours. Le Marshal avait demandé à ce qu'on tente de retrouver sa trace mais rien n'y fit. On supposa qu'il avait déguerpi lâchement la nuit pour s'éloigner des hostilités. On évoqua également la possibilité qu'il se fut rendu chez Morgan pour le prévenir, ce qui ne portait pas à conséquence car il était évident, grâce à ses espions mais aussi car ce n'était pas un imbécile, que le Capitaine était déjà au fait de l'attaque qui se tramait. Hormis quelques fidèles qui furent congédiés dans leur foyer après qu'ils aient essayé à plusieurs reprises de saboter le plan du Marshal et du Colonel, le sentiment général suite à la fuite du maire engraissé fut un soulagement empreint de satisfaction.

Malgré la taille non négligeable de l'armée qui s'était formée à St Gilmour, le Colonel ne cessait de prévenir les hommes du danger vers lequel ils se dirigeaient, de les avertir qu'il serait néfaste de déjà croire à la victoire car le Capitaine avait sûrement fait appel à tous ses Morganistes, ce qui, même s'il était impossible d'en connaître le nombre exact, signifiait avec certitude que l'armée qui les accueillerait aux portes du domaine de Morgan serait d'une taille conséquente..

Gérald Morganfield, par l'intermédiaire du shérif de Muddy Town, avait fait parvenir au Colonel une lettre dans laquelle il présentait ses excuses de ne pas se joindre à eux, parce que, selon ses propres mots, il ne possédait aucun talent pour l'arme et, mise à part servir de cible facile pour l'ennemi, il n'aurait été d'aucune aide sur le champ de bataille. Il promettait toutefois de soutenir activement Smith et ses hommes en leur venant en aide de la manière qu'il plairait à ce dernier. Ravitaillement des troupes, livraison de munition, d'armes neuves, recrutement de nouveaux soldats, il se mettait au service du Colonel. Ce dernier, même s'il apprécia le geste du maire de Muddy Town, ne put réprimer un sourire railleur.

— Vous babillez, Morganfield. Comme s'il était question de ravitaillement ou de recrutement. Il y aura une attaque, une riposte, voilà tout. Cette guerre n'aura qu'une bataille qui durera une seule journée.

Samuel Alaix, le maire de Richardson, ne tarda pas à se rendre à St Gilmour. Lorsqu'on lui demanda s'il avait croisé Montillard, il répondit tristement par la négative. Mais ce n'était pas son seul motif de déception. Pendant que les honnêtes gens se réunissaient à St Gilmour, nombreux étaient les hommes moins scrupuleux à répondre à l'appel du Capitaine. Alaix évoqua plusieurs dizaines de groupes armés qu'il aperçut au loin sur la route et se dirigeant vers le nord, vers le domaine de Morgan. Cela confirmait que ce dernier était au courant de la tournure des évènements et se préparait en conséquence. L'image terrifiante de deux troupes imposantes s'affrontant s'imprima alors vigoureusement dans tous les esprits.

La veille du départ, Jack demanda à parler à Smith. Il lui affirma son intention d'aller provoquer Morgan en duel afin de tenter d'éviter un affrontement qui opposerait l'intégralité des deux forces en présence. Si le

Capitaine acceptait et si Jack gagnait, on pouvait alors s'attendre à ce que les Morganistes laissassent tomber les armes. Au lieu de plusieurs centaines, un seul sang se répandrait. A sa surprise, le Colonel accepta immédiatement alors que Jack s'attendait à devoir négocier, argumenter, parlementer, bref, à faire face aux possibles réticences du Colonel.

A vrai dire ce dernier n'avait rien à perdre et considérait cette proposition comme une opportunité d'éviter un bain de sang. Soit Jack gagnait et les évènements pouvaient effectivement prendre la tournure qu'il avait présentée, soit Jack perdait, ce qui, au final, représentait un fardeau en moins pour Smith. Et Morgan vivrait juste assez longtemps pour constater que sa victoire face à Jack ne lui réservait rien de moins que l'envahissement de son domaine par une armée prête et volontaire. D'après ses calculs, le Colonel n'avait donc aucune raison de refuser la requête de Jack.

— Bonne chance mon garçon, lui dit-il sans montrer aucune chaleur. J'espère que grâce à vous on ne sera pas obligé d'en venir à une bataille ouverte.

Le jour du départ, une atmosphère chargée de tension électrisait l'armée tandis qu'elle franchissait la sortie nord de St Gilmour.

— C'est ici que tout a commencé, pensa Jack. Le duel, la mort du premier lieutenant, et ce cavalier qui est allé cafter chez Morgan, en prenant cette même route… Y a pas de doute Amon, ce chemin représente le début de la fin.

Tout en se remémorant les évènements passés, Jack scrutait les gens qui l'entouraient, leur attitude, leurs interactions, leurs traits. Il vit des visages fermés, des mains serrées sur les crosses des revolvers accrochés aux ceintures, des corps sans mouvements excessifs. Tout, des paroles aux gestes, était parcimonieux. Il ne vit aucun fanfaron, aucune exultation de joie. N'entendit aucun chant, aucune plainte. Le cortège dépeignait un tableau crépusculaire dans lequel se mêlaient laborieusement l'appréhension et la colère.

Chaque individu voulait en finir définitivement avec Morgan, supprimer celui qui était responsable de la gangrène malsaine et dangereuse qui pourrissait Casanova. Jack se réjouissait de voir la justice ainsi en mouvement.

Mais sa satisfaction n'était pas complète à cause des centaines, voire des milliers ? d'hommes absents ce jour-là. Des hommes qui étaient restés chez eux bien qu'ils souhaitassent également et ardemment la fin du règne de Morgan. La peur qu'inspirait ce dernier les avait fait renoncer à prendre les armes. Jack s'imaginait sans peine le genre de discours que devaient tenir ces « lâches ».

« Et si Morgan remportait la bataille ? Pour sûr qu'il viendra ensuite chez nous pour se venger. Il viendra nous exterminer les uns après les autres. Il choisira ma femme ou ma fille pour ses parties de plaisir. Il torturera mon fils et si jamais je sors vivant de la bataille, il viendra pour me pendre à l'arbre le plus proche. Non, non vraiment, j'aurai bien voulu aider mais là, y a trop de risques... »

Heureusement cette peur ne paralysait pas universellement. La preuve en était du large contingent qui suivait Hyde et Smith et que continuait à examiner Jack. Ces volontaires s'apprêtaient à détruire les barrières érigées par les Morganistes, à surmonter les barricades, à attaquer avec l'ardeur féroce du châtiment. Les paroles du Colonel sur les troupes avaient eu un effet salutaire qui avait rapidement calmé les plus animés qui croyaient se défaire sans mal du Capitaine. Smith avait intimé aux hommes de ne pas se laisser happer par la dangereuse illusion d'une victoire facile. Après tout personne ne savait quel serait le nombre d'opposants ni ce que leur avait réservé Morgan en guise de bienvenue. Il était donc hors de question de se voir trop beau, trop grand, trop fort. Jack percevait de la concentration là où avant, lorsque les hommes arrivaient en masse à St Gilmour et voyaient leurs rangs grandir jour après jour, il y avait de l'excitation aveugle.

L'armée arrive au domaine de Morgan quatre jours après avoir quitté St Gilmour.

Comme prévu, Morgan et ses hommes les attendaient. Le Capitaine avait fait installer des barricades, composées de planches de bois, de meubles, de meules de foin ou encore de charrettes. L'ensemble surplombait des tranchées creusées expressément d'une profondeur d'environ un mètre dans lesquelles s'accroupissaient des fusils en joue.

L'armée du Colonel fit halte au sommet du relief trop bas pour qu'on puisse le désigner comme une colline, mais assez haut pour pouvoir regarder l'entièreté du champ de bataille.

Après avoir donné des consignes à leurs subalternes, Hyde et Smith, accompagnés de Jack, marchèrent en ligne droite vers les lignes ennemies jusqu'à ce qu'ils parvinrent à une cinquantaine de mètres de la première tranchée. Un drapeau blanc que tenait le Marshal flottait au-dessus d'eux. Ils durent patienter plusieurs minutes avant de voir Morgan sortir sans se presser de sa villa, par la porte principale à double tenant, accompagné par deux hommes. Le premier était Archibald Gallagher, reconnaissable à la largesse de son ventre qui témoignait de ses fonctions sédentaires. Bien que légèrement caché par les deux autres derrières lesquels il marchait, Jack reconnut immédiatement le second. C'était son père !

Henry… Jack dut se contenir pour ne pas piétiner l'herbe et garder son calme. Ce n'était certes pas une surprise qu'Henry fut présent, mais Jack aurait préféré des circonstances plus favorables à leur réunion.

Même s'il savait que ce n'était plus réellement son père qui se rapprochait de lui, qu'Henry n'était plus que l'ombre de lui-même, une ombre tout court en fait sans tissu humain pour l'étoffer, sans désir ni colère pour le différencier d'un automate sans âme, malgré tout ça, Jack ne s'était pas décidé à renoncer à faire revenir son paternel.

Se rappelant que le Colonel et le Marshal ignoraient totalement les liens qui l'unissaient au troisième homme qui s'approchait d'eux, parce que les deux figures de la loi ne le considéraient que comme un énième lieutenant jusqu'alors, Jack leur indiqua hâtivement sa relation avec chien fou. Si l'information les surprit, ils n'en montrèrent aucun signe. Une preste réflexion leur permit simplement de considérer cet élément comme une source supplémentaire de tension. Par expérience, Smith et Hyde se concentrèrent donc davantage tels deux prédateurs aux aguets.

Morgan, Gallagher et Henry s'arrêtèrent à cinq mètres de Jack. Ce dernier enragea intérieurement lorsqu'il vit la crosse de Kelly dépasser de l'étui du Capitaine. Ce dernier l'observait obstinément, son regard rouge ne pouvait s'en décrocher, ses yeux sans battements de cils lui conféraient un air terrible, le visage même de la folie intoxiquée. Henry quant à lui guettait les gestes du Colonel et du Marshal, à l'affut de la moindre brusquerie inopinée. Gallagher de son côté ne pouvait guère que faire appel à son bon sens si les choses devaient s'envenimer car il ne possédait aucun talent dans le maniement des armes.

Après une dizaine de secondes d'observation glaciale, Jack décrivit succinctement la situation au Capitaine. Une haine énorme fouettait les tripes des deux hommes mais, jusque-là, ils parvenaient à conserver superficiellement leur calme. L'impassibilité de Morgan lors de l'exposé de Jack démontrait qu'il était déjà au fait de la décision du Colonel de venir l'arrêter, déjà au courant de l'armée qui s'était formée et qui viendrait l'envahir, qu'il savait déjà que tout se finirait ce jour-là. Mais la véritable raison qui avait poussé Jack à évoquer ces éléments n'était pas d'informer Morgan, le but était de lui faire prendre conscience du nombre tragique d'hommes qui succomberaient ce jour-là s'ils s'obstinaient tous dans la voie de la violence.

— Morgan, cette histoire ne concerne que nous deux, déclara Jack à la fin sur le ton qu'il voulait le plus neutre possible, même si ses traits témoignaient d'une férocité sans bornes. Terminons-la à deux. Un duel, rien de plus. Les hommes du vaincu se séparent pour rentrer chez eux, sans combattre. Toi contre moi, qu'on en finisse une bonne fois pour toute.

Sans attendre, le Capitaine émit un large sourire et accepta le duel, sans conditions ni négociations. Jack, Smith et Hyde refoulèrent leur surprise. Mais l'instinct de Jack frappait aux portes de sa lucidité, quelque chose clochait, le sourire féroce de Morgan ne présageait rien de bon, sa rapidité à répondre par l'affirmative devait cacher quelque chose, merde, s'il gagne, je suis sûr qu'il ne respectera pas notre accord, il passera à l'attaque quoi qu'il advienne, pensa Jack. Mais à cet instant il ne pouvait rien y faire, il lui était impossible de contraindre le Capitaine à respecter les conditions évoquées.

Un silence attentif battait la plaine rasée par un soleil déclinant. Les deux armées se tenaient coites, scrutant attentivement les six hommes qui se tenaient face à face, attendant impatiemment le dénouement. A ce moment précis, Jack ne pouvait rien faire de plus que de se présenter face à Morgan.

30. Le vacarme

Le Capitaine ne se déparait pas de son sourire cruel. Les tripes de Jack l'intimaient à se méfier mais il ne pouvait que respecter les modalités du duel qu'il avait lui-même provoqué. Ces prérogatives imposaient à Jack et Morgan de reculer de plusieurs pas pendant que leurs témoins s'écarteraient. Alors qu'Hyde et Smith commençaient à s'éloigner de lui, Jack leur échangea un regard de consentement avant de percevoir un brusque mouvement du côté du Capitaine. Jack tourna alors son regard vers Morgan. Il le vit dégainer soudainement Kelly, pointer le canon vers le crâne d'Henry et tirer ! La tête du père fit un ricochet brusque vers le côté opposé puis son corps s'affala comme un pantin sans maître. Il était mort sur le coup.

Un bouillon incandescent de fureur envahit Jack ! L'incendie d'une haine irrépressible et incontrôlable brula tout son être qui fulminait et n'aspirait plus qu'à une chose : tuer, massacrer, exterminer, bousiller Morgan. Le reste n'avait plus aucune importance, était invisible à ses yeux. Il dégaina et visa en direction du Capitaine qui riait cruellement et provoquait Jack avec un regard qui disait « viens, viens, je n'attends que ça ». Il tira ensuite frénétiquement mais sans précision à cause de sa furie aveugle.

Les trois témoins restants réagirent alors. Smith et Hyde saisirent Jack et l'empêchèrent de continuer à tirer. Malgré ses protestations virulentes et ses coups pour se libérer de l'étreinte, ils parvinrent à le faire reculer. Archibald Gallagher de l'autre côté faisait de même avec Morgan. Alors que les deux groupes s'éloignaient cahin-caha dans une débandade excitée et bruyante, Jack sentit une douleur lui saisir soudainement le ventre. Il sombra alors dans des ténèbres agitées.

Il se réveilla quelques minutes plus tard. On l'avait couché à-même le sol. Un bandage blanc mais de plus en plus rouge lui enserrait les côtes. Smith lui apprit qu'après avoir insisté auprès de Gallagher en lui hurlant « Encore une ! Laisse-moi en tirer juste une seule Archi ! » la balle de Morgan l'avait touché à la hanche. Jack devina quel revolver avait utilisé le Capitaine. Il pesta de rage. Il voulut se relever mais la douleur le maintint au sol. Il hurla. Il revit le visage de son père juste avant la détonation, son corps qui tomba mou sur la poussière, le rire provocateur de Morgan au-dessus du cadavre. Son esprit repartit à la dérive.

Lorsqu'il émergea à nouveau et parvint enfin à se relever presqu'entièrement, Jack s'était calmé. Sa haine était si grande qu'elle s'était transformée en une simple obstination, comme si après avoir erré dans un tunnel noir pendant des années il percevait enfin la lumière salvatrice. Il savait qu'il ferait tout son possible pour exterminer Morgan. La pensée d'être si proche du but ainsi que le sang qu'il avait perdu et l'affaiblissait le tranquillisait.

Il observa les environs. Marguerite et Colter se tenaient près de lui. Au-delà, un spectacle singulier s'étalait sous ses yeux. A sa gauche se tenaient immobiles plusieurs rangées de soldats au garde à vous, à sa droite la cavalerie tendue attendait l'ordre de charger.

Derrière lui et sur plusieurs lignes également, les citoyens, les civils comme les nommait le Colonel Smith, patientaient de manière désorganisée. Même si Smith avait tenté d'établir le strict minimum de hiérarchie et d'ordre pour gérer au mieux cet assortiment hétéroclite, Jack sentait un mélange de tension et de fébrilité prêt à faire exploser en éclat le plan de bataille du Colonel. Il fut étonné de constater dans cette troupe la présence de prêtres qu'il n'avait pas remarqué lors du trajet jusqu'au domaine.

Enfin, pour terminer ce tableau, Jack vit, à droite de la cavalerie, les Cheyuukees, à pied ou à cheval, peintures de guerre sur les visages, armés d'arcs et de tomahawks. Ils scrutaient calmement, du moins en apparence, leurs opposants Hurapawa, de l'autre côté de la plaine.

— Le Colonel considère que les indiens ne sont pas là pour nous, les blancs. Il pense qu'ils profitent de cette opportunité pour en finir une bonne fois pour toute avec leur conflit atavique, commenta Marguerite qui voyait le regard de Jack se balader entre les lignes. Il trouve même surprenant qu'ils aient accepté de donner la charge en même temps que nous alors qu'ils trépignent d'impatience.

— M'est avis qu'face à ceux-là, y a pas à chiquer, faut tirer l'premier, ajouta Colter en pointant du doigt les Hurapawas.

Ce qui amena l'attention de Jack sur le versant opposé. Il constata que Morgan avait fait creuser plusieurs lignes de tranchées sur une centaine de mètres depuis sa maison dont on distinguait aux fenêtres des fusils qui pointaient dans leur direction. Le Capitaine possédait lui aussi un régiment de cavalerie qui faisait face à celui du Colonel. Une dizaine de canons étaient installés sur le perron de la villa et à quelques endroits clefs du champ de bataille. Jack vérifia dans son camp et fut soulagé de voir que le Colonel possédait également une douzaine de ces armes dévastatrices.

Des nuages bas, chassés par le vent, s'éloignaient au nord et disparaissaient derrière le toit rouge de la villa. Les quelques arbres qui l'entouraient habituellement avaient été déracinés. L'herbe avait été coupée. Hormis les tranchées et le relief qu'ils allaient bientôt quitter, le sol était d'une platitude parfaite. Jack se demanda comment les canons allaient pouvoir être utilisés sans que les boulets ne percutent leur propre camp. Marguerite, comme si elle lisait dans ses pensées, l'informa que le Colonel ne souhaitait pas faire feu avec ses canons qu'il utilisait uniquement pour effrayer les soldats ennemis et pour dissuader le Capitaine d'ouvrir le feu avec les siens.

— Pas sûr que cela suffise, ajouta Jack en direction de Marguerite qui fit une moue approbatrice.

Devant ce décor qu'aucun homme ne devrait souhaiter pouvoir voir un jour, une seule pensée fit naître une étincelle de joie dans son cœur. Eliakim était absent. Malgré son entêtement à toujours vouloir aider son prochain, son ami n'avait pas accompagné les Cheyuukees, il n'était pas venu le retrouver, il était resté chez lui, avec sa femme, à Amahoro. Peut-être se disputait-il avec le clergé quant à la meilleure manière de prodiguer de l'amour ? La meilleure idée de la journée persifla-t-il.

Plusieurs minutes passèrent dans un silence lourd. Le Colonel, Juan-Luis De La Costa, Robert Hyde et Samuel Alaix tenaient un conciliabule. Ils devaient sûrement établir un plan précis d'attaque, chacun commandant une troupe spécifique. Lorsqu'ils eurent fini, Smith rejoignit Jack.

— Nous allons passer à l'attaque, lui dit-il comme s'il s'agissait d'une conversation normale sur un sujet quelconque. Vu votre état, si j'étais vous, je resterais en arrière. Mais je ne peux vous obliger à vous conduire de la sorte. Faites donc ce qu'il vous plaira. Vous et vos amis n'avez pas à participer à la charge, mais ensuite, faites comme bon vous semble. Là-bas (il désigna du doigt l'espace qui les séparait des hommes du Capitaine), référez-vous à moi, Hyde ou Alaix.

Puis il lui tendit la main. Cette familiarité surprit Jack qui tendit à son tour la sienne. Ils se souhaitèrent bonne chance et bon courage d'un hochement de tête puis le Colonel s'éloigna en direction de la cavalerie. Marguerite et Colter s'étaient mis en selle et avaient dégainé. Le vieil homme avait rembarré Marguerite lorsqu'elle lui avait conseillé de rester en retrait car sa blessure datant du jour du procès inachevé de Jack n'était pas totalement guérie.

— Mamzelle, c'pas aujourd'hui qu'on verra l'vieux Colter caner.

Puis il lui tendit une fiole de whisky qu'il s'était gardé sous le coude. Marguerite but une lampée et le remercia. Jack les observait les deux de derrière, sur leur chevaux, se demandant s'il était nécessaire qu'ils participent à la bataille. Puis il se rappela le vœu de Marguerite de venger son père, et aussi désormais sa sœur Violette dont elle n'avait pas parlé depuis Mercury, préférant certainement laisser faner son deuil dans l'action plutôt que les paroles. Jack se souvint aussi du désir de Colter de rendre hommage à la mémoire de Léo Caspian, qu'il considérait comme son ami plutôt que son chef. Oui, ce combat était le leur également, alors Jack demanda à boire un coup pour partager ce moment avec eux, puis, avec peine et détermination, monta sur son cheval. Il caressa l'encolure d'Amon qui lui répondit en tournant la tête et en lui lançant un regard de connivence, sans peur. Ça allait commencer. Au loin il vit Morgan, assis sur sa monture, en dernière ligne.

Ça allait commencer, ou, plutôt, tout allait se terminer.

Le Colonel fit sonner la charge et alors tout ne fut plus qu'un étourdissant chaos. Les quatre régiments de cavaleries se percutèrent les premiers, les indiens hurlaient frénétiquement leurs cris de guerre, les trompettes retentissaient et couvraient les hurlements des chevaux qui se fracassaient sur leurs semblables ou qui trébuchaient dans les tranchées en écrasant leur cavalier ou les hommes accroupis à l'intérieur. Tout s'accéléra encore lorsque l'infanterie entra à son tour dans la fureur. Les coups de fusils claquèrent des deux côtés, de nombreux corps tombèrent avant même d'atteindre la tranchée la plus proche.

Puis Alaix passa à l'attaque avec le régiment civil. Jack, Marguerite et Colter se joignirent à eux. Dix secondes plus tard se firent entendre des déflagrations de tonnerre, des hurlements de douleur transpercèrent les tympans, des lambeaux de chair volèrent dans les airs avant de retomber sur une terre rouge ou le visage horrifié d'un vivant. Morgan avait ordonné qu'on fasse feu avec les canons et le résultat était horrible à voir. Corps à corps, escarmouches dans les tranchées, explosions qui faisaient trembler le sol et les membres, hennissements déchirants des chevaux, tomahawk contre tomahawk, tomahawk contre baïonnette, une fumée commença à envahir le champ de bataille qui s'était transformé en gruyère suite aux trous creusés par les canons. Bien qu'ils furent cinq fois trop étroits, des hommes tentaient de s'y réfugier, le visage contre la terre, pour s'y cacher en se plaquant contre elle, en la mangeant pour creuser un peu plus la frêle cavité qui les abritait.

Jack, étourdi par le chaos sonore alentour, s'assit par terre et demanda à Amon de venir à ses côtés. Ils avaient perdu de vue Marguerite et Colter. Ils étaient protégés par une barricade en bois et les corps couchés, humain ou animal, qui les masquaient. Dans la fureur environnante, ils profitèrent d'un dernier instant d'accalmie.

— Je ne crois pas avoir vraiment suivi le dernier conseil de Johnson... Tu sais Amon, le fameux « sois heureux mon fils ». Pas si facile, finalement. Tu sais, je suis convaincu que j'aurais pu devenir un autre homme, meilleur peut-être Mais les circonstances en ont voulu autrement. J'espère juste qu'aujourd'hui toi tu survivras, tu le mérites, pour ta fidélité et le reste. Je remercie l'ami, et si jamais tu vis encore demain, pars loin en direction des pâturages les plus verts que tu pourras trouver et engendre plein de poulains, je les chérirais d'en-haut, ou plutôt d'en-dessous.

En grimaçant, il se releva. Son bandage devenait de plus en plus rouge. Il se retrouva au milieu des combattants qui étaient autant de pères, de fils, de maris, d'estropiés, de miséreux, d'incertains, d'ambitieux, de peureux, de courageux, d'hommes pas vraiment rutilants. Un fertilisé se jeta sur

Jack qui fut emporté par sa force surhumaine et chuta rudement contre le sol. Par un heureux reflexe, il empoigna son couteau et l'enfonça dans la poitrine de son ennemi qui poussa un cri de douleur avant de s'affaisser de toute sa longueur. Amon vint aider Jack à se relever une seconde fois. Ses cotes le tiraillaient, la tête lui tournait, il ne parvenait même pas à distinguer les Morganistes des civils qui se battaient à ses côtés.

Le vacarme des canons ignivomes percuta à nouveau toutes les âmes mutilées et les corps apeurés qui se défiaient sur le champ de bataille. Les hommes ne pouvaient que constater impuissamment les charges de violence qui explosaient en mille feux tout autour d'eux, dispersant en même temps que leurs membres décharnés une part de leur courage.

Chacun réalisa la dure vérité dans laquelle il se trouvait. Chacun se demanda ce qui l'amenait en ce jour, en ce lieu, à périr d'une mort sans gloire sur un sol froid et étranger. Aucun ne put ignorer plus longtemps la vaste comédie de poussière qui s'étendra bientôt sur leurs cadavres. Certains en chièrent dans leur froc mais aucun ne recula. L'adrénaline avait éliminé toute logique et c'est ainsi qu'ils couraient, dérapaient, tiraient, frappaient et mutilaient sans discernement.

On ne voyait plus le Marshal Hyde. Quant au Colonel Smith, on le distinguait fièrement assis sur son cheval, là-bas, juste un peu plus loin, qui hurlait un charabia qui semblait l'exciter mais dont seuls ceux qui l'entouraient directement distinguaient la teneur. Sa stature, ou son statut, lui permettait d'être suivi par une poignée de soldats qui ne se rendaient pas compte que le combat l'avait rendu dément. Les innombrables récits et légendes qu'il avait lus où apparaissaient des êtres formidables aux destins mémorables et qu'il admirait depuis toujours, qui faisaient vibrer sa fibre aventurière, éveillaient en lui le désir de rentrer dans l'Histoire à son tour. Pour certains hommes, le sacrifice n'est pas une histoire d'abnégation mais un appel à la gloire. L'éternité n'est pas affaire de longueur mais d'instant.

L'instant où notre acte colossal devient immortel grâce à la mémoire de l'homme.

— Les grands hommes ne meurent jamais dans le même monde que les petites gens, hurlait le Colonel Smith, la bave aux lèvres. Car ces derniers s'en vont dans l'oubli tandis que les premiers se retirent dans la postérité !

Déraisonné par sa littérature, Smith chargea insouciamment et se mêla aux épées et tomahawk qui s'entrechoquaient dans le tintamarre abrutissant d'une humanité qui se perd au rythme des coups portés. Le sang brûlant dégoulinait en cascades ininterrompues sur les joues meurtries du quidam abandonné par la vie, et les bras et les hanches et l'herbe s'habillaient de ce rouge funeste, l'air se raréfiait sur le champ de bataille pour prendre les allures indéchiffrables d'un brouillard pourpre tandis que les balles continuaient à pleuvoir et les hommes à hurler.

Alors la nature, face à ce déferlement de merdes et d'images saccadées de la mort, se rebiffa et balança ses odeurs putréfiées et ses couleurs cramoisies sur le champ de bataille où les effluves nauséabondes commençaient à affluer de toutes parts. Les yeux pleuraient et il valait mieux qu'ils pleurassent car les larmes cachaient en partie le carnage. La terre, les rochers, les hommes, les nuages, le ciel, les canons et les revolvers, les capitaines et les inconnus, les preux et les oubliés, les pères, les fils, les oncles, tous étaient devenus aveugles.

Les hommes continuaient à beugler. Certains enrageaient tandis que d'autres cherchaient leur courage non pas dans les paroles ardentes de leur chef mais dans les tréfonds de leur gorge, rapportant de leur estomac et de leurs tripes toute la haine qu'ils étaient capables d'accumuler et de réunir, pour la laisser s'échapper virulemment dans des exhortations *à la mort, à la mort,* et ces simples mots qui jaillissaient de leur corps leur procuraient l'adrénaline suffisante pour repartir à l'assaut des barricades, pour trouer les peaux et traverser les chair.

Les prêtres étaient présents également et priaient au milieu du capharnaüm.

— Dieu, toi qui est si grand, pardonne à tes enfants et accueille les dans l'amour de ton paradis. Ne sois pas trop dur avec eux car ces pécheurs ne savent pas ce qu'ils font. Fais montre de ta grandeur par la largesse de ton pardon.

Les prêtres priaient Dieu afin qu'il rattrapât la tâche qu'ils n'avaient su eux-mêmes accomplir. Ils n'avaient su guider les brebis vers la vertu d'une vie paisible, ils n'avaient su les écouter et les conseiller afin de calmer leur rancœur et leur jalousie. Ils priaient Dieu et le tutoyaient car ils se sentaient plus proches de l'être céleste que des tueurs qui les entouraient, tout en oubliant qu'à travers leurs paroles et leur sagesse, ils eussent pu éviter l'apparition de la bête tueuse qui sommeille en chacun de nous, ils eussent pu mener sur un chemin vertueux tous ces hommes, ces pères et ces fils qui s'entretuaient au nom d'une cause qui n'en valait pas la peine, jamais.

— Dieu miséricordieux, pardonne leur car ils ne savent pas ce qu'ils font.

Au-delà des prêtres qui psalmodiaient, le feu continuait de se propager sur la plaine et dans les cœurs. Il devint soudainement aisé d'occulter la valeur de sa propre vie et d'oublier ses souvenirs. Vint le moment où ce n'étaient plus des humains qui se battaient mais des bêtes enragées, déracinées de leur propre nature et donc aptes aux pires atrocités sans même en être conscientes. Colter faisait partie de ce zoo. Il laissait sa colère prendre le dessus. Des années de ressentiments émergèrent et cette rage volcanique qui l'animait ne cessa que lorsqu'un ennemi plus adroit que les autres parvint à toucher le vieil homme au ventre. Ce dernier vociféra, insulta son bourreau et le Capitaine et le ciel et cette putain de balle qui lui fourrageait les intestins. Il reçut une autre balle dans le bras qui fut projeté en arrière. Hagard, il contempla les deux trous qui ruisselaient de sang. Il râla une dernière fois contre le reste du monde avant de choir lourdement et de prononcer ses derniers mots.

— Une dernière lampée, merde. Z'auriez au moins pu m'laisser boire un dernier whisky, bordel d'enflure d'fils de chiens.

Sa mort fut ignorée de tous. Jack ne l'avait pas remarqué, trop accaparé à sa propre survie, à sa propre vengeance. Il en allait de même pour Marguerite. Entre les balles et les hurlements, Jack parvenait à se frayer petit à petit un chemin vers Morgan, qui restait en retrait et donnait des ordres via des drapeaux à ses troupes. Le capharnaüm était tel que personne ne prenait garde à protéger le Capitaine. Lorsque ce dernier aperçut Jack qui se rapprochait, il ordonna à Gallagher de se charger de lui.

Bien que ce dernier n'ait jamais combattu, il semblait galvanisé par ce qui se passait autour de lui. Il galopa tête baissée en émettant un rugissement épouvantable qui mélangeait l'effroi et l'excitation des premières fois. Mais avant que Jack ait eu le temps d'esquisser le moindre geste, Marguerite le dépassa en trombe sur son cheval qu'elle éperonnait hardiment. Les montures du lieutenant et de la sœur Johnson se percutèrent violemment, les cavaliers tombèrent à terre à cause du terrible tampon qui fit hennir et tordre de douleur les montures.

Marguerite, qui s'était préparée au choc, se releva la première. Bien que titubante et se tenant l'épaule droite, elle s'avança sans fléchir vers Gallagher. Ce dernier, encore à terre, dégaina des deux mains et vida son chargeur frénétiquement en direction de Marguerite qui répliqua instantanément. Un cri aigu transperça le ciel puis ses genoux vinrent heurter le sol. Sa tête chuta sur son torse puis son corps s'effondra sur toute sa longueur. Jack se précipita mais il était trop tard, Marguerite avait rendu son dernier souffle. Son regard se perdait vers le sud-ouest. Laquelle de ses deux sœurs contemplait-elle ? Celle qui se trouvait dans les bras de la terre à Mercury ou celle qui se trouvait dans les bras de l'amour à Pakuchi ? Probablement les deux.

Jack se pressa ensuite vers Gallagher. Les mains crispées sur son revolver, il avait les yeux qui n'exprimaient plus que le néant. Un filet rouge qui jaillissait de sa bouche entrouverte lui coulait sur les joues.

Morgan quant à lui n'avait pas bougé d'un pouce, il observait la scène comme s'il s'agissait d'un simple spectacle.

Jack sentit que sa blessure s'était rouverte. Il dirigea Amon vers le Capitaine qui ne bronchait pas, toujours immobile sur son cheval noir. Jack s'arrêta lorsqu'il n'y eut plus que quelques mètres de poussière rouge qui les séparaient. Les deux hommes se scrutèrent quelques secondes, il n'y avait qu'animosité dans leurs yeux. Par un accord tacite, ils descendirent de leur chevaux au même moment puis ils se firent face. Plus de triche, plus de ruse, pensa Jack. Malgré la guerre qui rugissait dans son dos, ils n'étaient plus que deux. Les alentours se vidaient, le vacarme devenait vague et lointain. C'était une clameur qui ne lui semblait pas plus forte que le vrombissement d'une abeille.

Jack et Morgan placèrent leur main droite ouverte tout prêt de la crosse de leur revolver. Un monde naquit et mourut dans leur regard. Une goutte de sueur perlait sur le front du Capitaine.

Ils dégainèrent et tirèrent en même temps. Jack sentit une douleur aiguë à la cuisse mais il gardait les yeux rivés sur son rival qui semblait mal en point. Et en effet, Morgan tomba d'un coup, son rictus cruel avait laissé place à des yeux grands ouverts pleins de surprise. Son visage se fracassa contre le sol.

Amon vint renâcler le visage de Jack qui se tenait toujours debout, légèrement courbé. Le cheval le lécha, sa façon à lui de dire qu'il était là pour aider son maître. Mais Jack ne ressentait ni ne percevait plus rien. Lentement, avec des sursauts provoqués par la souffrance, il cahota vers le corps du Capitaine couché sur le ventre. Ses bras pendaient grotesquement le long de ses côtes. Sa joue droite reposait sur le sol. Jack ne voyait qu'une partie de son visage car son chapeau cachait partiellement son profil gauche. Du sang glissait depuis sa narine jusqu'à ses lèvres entrouvertes.

Alors qu'il ouvrait grand les yeux sur le cadavre et qu'il commençait à esquisser un sourire démoniaque, les genoux de Jack sombrèrent dans les abîmes de la douleur. Jack chuta subitement de travers. Ses côtes heurtèrent violemment le sol. En rampant vers Morgan, Jack parvint à attraper Kelly. Il ouvrit le barillet et compta deux balles.

Ses nerfs lâchèrent et il se mit à rire si fort qu'il se tordait de douleur. Ses éclats ranimèrent Morgan qui pivota difficilement sur son séant et tourna la tête dans la direction de Jack. Ce dernier eut un mouvement de recul car il croyait son ennemi mort. Et mort, le Capitaine l'était pratiquement. Chaque mouvement lui arrachait des ahanements et des gémissements parce que cela lui demandait un effort surhumain et ravivait des douleurs insupportables.

Jack regarda Morgan droit dans les yeux. Il attendit juste que le Capitaine ait partiellement repris conscience puis il lui tira dans le cœur. Il y eut deux détonations. Morgan eut un hoquet d'effarement puis ses traits s'affaissèrent et sa tête mut sur son épaule. Kelly était nue désormais. Ses huit balles avaient été utilisées mais pas comme Jack l'avait prévu. Il ouvrit le barillet et contempla les emplacements vides. Il le fit tourner d'un coup sec de la main et l'arrêta presqu'aussitôt. Les chambres étaient toujours vides. Kelly était devenue inutile, une arme sans fonction, un vieil objet massif à l'unicité superflue. Morgan ne bougeait plus. C'était fini.

— Tout ça pour ça, railla Jack, qui n'apportait aucune importance à l'abîme qui lui tendait les bras.

Il imita ensuite les postures de Marguerite, Gallagher et Morgan en s'allongeant lui aussi douloureusement sur le sol. Le regard tourné vers les nuages rouges qui miroitaient au-dessus du champ de bataille, loin en dehors de ce monde à l'agonie, Jack se mourait. Il crut entendre le triste hennissement d'Amon avant de diriger son regard vers Vallois, là-bas, bien plus loin, le village de son enfance où subsistaient les dernières cendres de sa famille.

L'horizon toujours présent, visible entre les ombres des hommes qui se déchiquetaient, ne souffrait point les affres d'ici parce qu'il était toujours ailleurs. L'horizon ne distinguait même pas ce corps qui saignait et se recouvrait déjà d'une poussière qu'il allait bientôt rejoindre, il ne perçut même pas l'écho de son ultime murmure, « quel monde de fou ».

1.	Première balle de Kelly	7
2.	A la poursuite du prochain	13
3.	Les peintures du lupanar	25
4.	Ivresse mortelle	33
5.	Les dix condamnés	45
6.	Les huit flingues fantômes	55
7.	De longues fiançailles	61
8.	Les géants de Casanova	67
9.	Le lac des ruptures	79
10.	Rencontre	85
11.	Les Morganistes	95
12.	Les corrompus	101
13.	Le deal de la pipe	105
14.	Le squelette fortuné	111
15.	Herbe rouge	125
16.	Croisière fertile	137
17.	Le faux riche	149
18.	Transaction mortelle	165
19.	La promesse des cendres	175
20.	Résurrection	185
21.	Confrontation	195
22.	Incompréhension	201
23.	Révélations	207
24.	Les vœux de départs	215
25.	L'île aux requins	229
26.	Le sable et l'ivoire	245
27.	Le réveil de la loi	255
28.	Cathy	265
29.	Le réveil des armes	281
30.	Le vacarme	295